Ulrike Barow
Baltrumer Dünengrab

Ulrike Barow
Baltrumer Dünengrab
Inselkrimi

1. Auflage 2011

ISBN 13: 978-3-939689-62-1
© Leda-Verlag. Alle Rechte vorbehalten
Leda-Verlag, Kolonistenweg 24, D-26789 Leer
info@leda-verlag.de

www.leda-verlag.de

Lektorat: Maeve Carels
Titelillustration: Carsten Tiemeßen
Gesamtherstellung: Bercker Graphischer Betrieb GmbH & Co. KG
Printed in Germany

Ulrike Barow: Baltrumer Dünengrab

Inselkrimi

LEDA

Handlungen und Figuren dieses Krimis sind frei erfunden. Eventuelle Übereinstimmungen mit lebenden und verstorbenen Personen sind zufällig und nicht beabsichtigt.

Anfang September

Jakob Pottbarg staunte nicht schlecht. Was ihm sein Lektor und alter Freund Goldberg da gerade eröffnet hatte, wollte ihm nicht in den Kopf. Warum ausgerechnet er? Er war Krimischreiber. Und kein schlechter.

»Jakob, du musst nicht, versteh mich richtig. Es ist nur ein Angebot. Du hast doch mal Psychologie studiert, wenn ich mich recht erinnere. Wirklich, ich dachte, ich könnte dir damit eine Freude machen.«

Jakob Pottbarg schaute seinen Freund ratlos an. »Mitte November? Auf eine kleine Nordseeinsel? Ich glaube, du hast sie nicht mehr alle. So viele dicke Klamotten habe ich gar nicht. Ich bin Stadtmensch, wie du weißt. Ich brauche Inspiration. Die kleine Brasserie, das pulsierende Leben auf den Straßen Hamburgs, und nicht zuletzt den Mikrokosmos meines Waschcenters um die Ecke. Das ist meine Welt. Außerdem liegt mein neuester Krimi in den letzten Zügen.«

Peer Goldberg lachte. »Der Mikrokosmos hat einen Namen. Claudia. Gib es zu. Und was deinen Krimi angeht: Es wäre schön, wenn die letzten Züge endlich bei mir auf dem Schreibtisch einfahren würden. Wir wollen im nächsten Jahr damit rauskommen, wie du weißt. Es ist zwar noch Zeit bis dahin, aber die vergeht schnell. Trotzdem denke ich, eine Auszeit auf der Insel könnte dir gut tun. Willst du 'nen Kaffee?«

Jakob schüttelte den Kopf und stand auf. »Nee, lass man. Ich mach mal 'nen Gang an der Alster lang. Kopf freipusten lassen. Ich sage dir dann Bescheid.«

»Aber warte nicht so lange, sonst muss ich jemand anderen bitten. Ist schließlich eine Auftragsarbeit. Vielleicht die Grobert, was meinst du?« In Peer Goldbergs Augen sah Jakob kleine Lichtpunkte vergnügt aufblitzen.

5

Die Herbstsonne schickte ihre letzten warmen Strahlen über die Außenalster. Einige Segelboote durchschnitten mit raschem Zug die Wellen, auf die der Wind weiße Schaumkronen gezaubert hatte. Jakob setzte sich auf seine Lieblingsbank unter der mächtigen Trauerweide. Er beobachtete durchtrainierte, braungebrannte Marathontypen, die völlig in sich selbst versunken leichtfüßig ihre Runden liefen, aber auch junge Leute in seinem Alter in schicken Laufklamotten. Er selbst hatte seinen Körper nie zu mehr als einem Spaziergang überreden können. Wenn überhaupt. Wenn er denken wollte, musste er sitzen. So wie jetzt. Außerdem – wie würde es denn aussehen, wenn er in seiner Jeans, die beim letzten Waschen wieder ein wenig eingelaufen war, und seinen Uralt-Turnschuhen versuchen würde, mit diesen smarten Typen mitzuhalten?! Nee, dann lieber die Welt aus der Ruhe betrachten. Dazu kam, so gestand er sich ein, dass es höchste Zeit war, ein paar Dinge einmal von mindestens zwei Seiten zu bedenken. Existenzielle Dinge.

Womit sollte er anfangen? Wie wäre es mit Finanzen? Gute Idee. Könnte gar nicht besser laufen. Gleich in den übelsten Tiegel gegriffen. Der Brief der Sparkasse, der seit Tagen auf seinem Schreibtisch lag, war nicht sehr freundlich abgefasst gewesen. Dispo überschritten. Da kannten die keinen Spaß. Aber der neue Krimi würde erst in ein paar Monaten erscheinen. Und das mickerige Honorar dafür frühestens ein halbes Jahr später. Falls denn jemand überhaupt Interesse an den Abenteuern seiner Kommissare Möglich und Ender zeigte.

Folgte das zweite Problem. Seine Schreibblockade. Dieses große, schwarze Loch im Gehirn, das sofort größer wurde, wenn er nur wagte, an den Mittelteil seines neuen Werkes zu denken. Jakob wusste schlichtweg nicht, wie und wo er den Widersacher seiner Kommissare sterben lassen konnte. So, dass es zum Ende der

Geschichte passte. Das Ende war ihm nämlich, dessen war er sich sicher, perfekt gelungen und wartete nur auf die lobenden Worte der Öffentlichkeit.

Und endlich: Claudia. Wie war noch der Satz? Ach, ja. »Mein Brummbär, ich liebe jedes Kilo an dir.« Er fand den Satz schön. Bis er in ihr Gesicht sah. Sie stand auf Dominic Raacke. Der hatte einmal Wäsche bei ihr abgegeben. Das war bei den Dreharbeiten zu *Tod in Harvestehude* gewesen. Schon ein paar Jahre her. Seitdem zuckte sie jedes Mal zusammen, wenn ein Mann mit grauen Locken am Schaufenster vorbeilief.

Er würde niemals ein Raacke werden. Schon allein wegen seiner Größe nicht. Ein Meter zweiundneunzig kriegte man nun mal nicht kleiner. Nur schlanker.

Was hatte Peer Goldberg genau erzählt …? Fenna Boekhoff, eine alte Bekannte von Baltrum und sehr geschichtsinteressiert, hätte sich mit der Bitte an ihn gewandt, einen Schriftsteller auf die Insel zu schicken, der vier Wochen lang alteingesessene Insulaner befragen und dann das Erhörte – oder Unerhörte – aufschreiben sollte. Hauptsächlich ginge es um alte Sitten und Gebräuche, Aberglauben und derlei Dinge. Dafür werde dem Schreiber eine Ferienwohnung zur Verfügung gestellt. Nebst Verpflegung bei ebendieser Dame. Außerdem wolle Frau Boekhoff alle Türen öffnen, die der Schreiber für seine Recherchen brauche. Klang irgendwie gar nicht schlecht.

Okay, ich bin ein fast erfolgreicher Schriftsteller von Kriminalromanen, fasste er abschließend zusammen. Habe somit ein Renommee zu verlieren in den Abgründen der Auftragsschreiberei. Aber ich muss es keinem erzählen, oder? Außerdem – vier Wochen kostenloses Wohnen und Essen sind ein schlagkräftiges Argument. Ganz abgesehen von der Möglichkeit, dass mir der Mittelteil meines neuen Krimis am Nordseestrand sozusagen auf dem Silbertablett serviert wird.

Jakob beschloss, dass die ganze Geschichte eindeutig unter seinem Niveau lag. Aber er würde seinen Freund nicht enttäuschen, sondern ihn anrufen und das Angebot annehmen. Er zog sein Handy aus der Tasche. Leer. Also zurück zum Verlag, der seinen Sitz an der vornehmen Rothenbaumchaussee hatte.

Er stieg die Stufen zur gläsernen Eingangstür hoch und wollte sie gerade mit einem leichten Schwung öffnen, als er Petra Grobert neben sich auftauchen sah. Das hatte ihm gerade noch gefehlt. Ausgerechnet diese arrogante Zicke im roten Designerkostüm. »Hallo, Jakob, wie geht's? Hast du schon gehört? Bin soeben für den *Pöseldorfer Jugendbuchpreis* nominiert worden.«

Er schluckte und krächzte ein undeutliches »Glückwunsch« heraus.

Sie lachte glockenhell. »Und wie läuft's bei dir?«

»Ach, ich ...« Er zögerte. »Ich ... ich habe ein ... – Stipendium der Nordseeinsel Baltrum erhalten. Coole Sache. Gut dotiert. Klasse Gelegenheit.«

»Na, dann pack mal schön deine Koffer«, flötete die Grobert. »Viel Spaß in der Einöde.« Schon war die zierliche Frau mit der großen getönten Brille an ihm vorbeigezogen und in den Weiten des Verlagshauses verschwunden. Auch sie schrieb Krimis und moderierte außerdem im Hörfunk. »Blöde Tussi«, murmelte er und dachte an den Abend, an dem sie seinen ersten Krimi in ihrer Sendung nicht gerade verrissen, aber eben auch nicht so gewürdigt hatte, wie er sich das gewünscht hätte. »Der Krimi hinterlässt nicht gerade das Gefühl, dass wir seit Jahren darauf gewartet haben«, war ihr knapper Kommentar gewesen.

»Es ist ein hartes Geschäft«, hatte Peer festgestellt, als Jakob damals zu ihm gelaufen war, um seine angeknackste Seele wieder aufbauen zu lassen. »Du kannst es drehen und wenden, wie du willst: Objektiv kann man nicht mal Leberwurst beurteilen. Geschweige denn ein Buch. Immerhin, wir glauben an dich. Sonst würden wir dich bestimmt nicht veröffentlichen, oder?«

Kräftig klopfte er an die Tür, hinter der er seinen Freund Goldberg zu finden hoffte.

*

2° Celsius, Wind: WNW Stärke 6
Donnerstag, 24.November

Ole drehte sich unruhig hin und her. Die erste Nacht war immer fürchterlich. Er kannte das. Er knipste die Nachttischlampe an und schaute auf den Wecker. Halb drei. Er hörte Riekes kräftiges Schnarchen aus dem Nachbarzimmer und lächelte. Nicht einmal nachts kann sie ihre Klappe halten, dachte er und sah ihr fröhliches Gesicht mit den dunklen Sommersprossen vor sich. Seine kleine Schwester, die nie um ein passendes Wort verlegen war. Was war das für ein wohliges »Ich bin zu Hause«-Gefühl gewesen, als sie ihm bei seiner Ankunft in die offenen Arme gelaufen war! Auch seine Eltern hatten am Hafen auf ihn gewartet. Die Mutter wie immer ein bisschen auf dem Sprung, so als ob sie jeden Moment damit rechnete, dass irgendwelche äußerst wichtigen Dinge ohne sie stattfinden würden. Dahinter sein Vater, der alle Angelegenheiten gründlich durchdachte, bevor er sich zu einer Aussage hinreißen ließ.

Drei Monate war Ole unterwegs gewesen. Drei Mal New York und zurück auf einem der großen Containerschiffe, den Transportmitteln der globalisierten Welt. Nun hatte er Urlaub. Wie das so war in der christlichen Seefahrt: Für jeden Tag Arbeit gab es einen Tag frei.

Jetzt hätte er die Zeit zum Schlafen gehabt. Stundenlang. Kein Gedanke mehr an Ladelisten, Sicherheitsvorschriften und Rettungsübungen.

Doch nun fehlte ihm das monotone, nie enden wollende Vibrieren der riesigen Antriebsmaschine im Bauch des Schiffes, das sein Schlafen und sein Wachsein in den letzten Monaten begleitet hatte. Dieses Geräusch, das selbst in den Häfen, während der knappen Liegezeiten, nicht verstummte.

Er schaltete die Lampe wieder aus, drehte sich auf die Seite und versuchte sich einzubilden, dass er sich noch immer in der geräumigen Kammer der *London Star* befand.

Um halb sechs gab er auf. Er zog seinen Jogginganzug an und öffnete die Tür seines alten Kinderzimmers. Leise schlich er durch den langen Flur, vorbei an Riekes Zimmer und an dem seiner Eltern. Dann ging er behutsam die hölzerne Treppe hinunter, am ersten Stock vorbei, in dem die beiden Ferienwohnungen lagen, und erreichte schließlich aufatmend das Erdgeschoss.

Er spürte ein leichtes Ziehen in der Magengegend und dachte an die leckeren Mahlzeiten zurück, die der Koch zur Freude der Besatzung täglich zubereitet hatte. Da war es von Vorteil gewesen, dass sich auch ein Fitnessraum an Bord befand. Er schaute an sich herunter und strich sich leicht mit der flachen Hand über die Stelle, an der eine Wölbung, knapp so groß wie ein halber Fußball, den angestrebten Waschbrettbauch ersetzte.

»Und bei Mutters guter Küche wird das mit dem Waschbrett auch nichts werden«, stöhnte er leise und öffnete den Kühlschrank.

Ein Erdbeerjoghurt leuchtete ihm entgegen. Seine Lieblingsmarke. Ungeduldig zog er die metallene Deckelfolie ab. Dann genoss er Löffel für Löffel den süßlich-herben Geschmack.

Eine gute Stunde würde er warten müssen, bis sich der Rest der Familie um den Frühstückstisch versammelte. Auch jetzt, in der gästearmen Zeit Ende November, war während der Woche an Ausschlafen nicht zu denken. Rieke musste zur Schule und Mama stand wie immer auf, um das Frühstück zuzubereiten. Auf seinen Vater wartete die Arbeit. Der hatte sich auf der Insel einen kleinen Handwerksbetrieb aufgebaut. Hausmeisterdienste und Gartenarbeiten im Sommer, tapezieren, malern und Reparaturarbeiten im Winter.

Oles Blick fiel auf das Küchenfenster. Er schob die Gardine zur Seite in der Hoffnung, schon irgendwo am Himmel einen hellen Streifen zu entdecken. Vergeblich. Es war einfach noch zu früh. Würde er eben wieder ins Bett gehen. Plötzlich zuckte links vom Gartenzaun ein Licht auf. Einmal. Zweimal. Was war das? Eine Taschenlampe? Ein Fahrradlicht? War gestern nicht die Jahreshauptversammlung des Bootsclubs gewesen? Also ein Nachtschwärmer auf dem Weg nach Hause? Wieder leuchtete das Licht auf. Es schien sich nicht von der Stelle zu bewegen. Also konnte es keine Fahrradlampe sein. Sollte er rausgehen und nachsehen? Lieber nicht. Das konnte leicht als Neugierde ausgelegt werden, sollte es sich tatsächlich um einen der Spätheimkehrer handeln. Angestrengt schaute er nach draußen, konnte aber nichts erkennen. Nur das Licht, das im Wind schaukelte und immer wieder aufleuchtete. Aber was, wenn jemand Hilfe brauchte?

Er würde nachsehen. Als er die Haustür öffnete, war das Licht verschwunden. Er schaute angestrengt in die Dunkelheit, lauschte, doch nichts rührte sich. Dann eben nicht. Auf der Insel passiert sowieso nichts, beruhigte er sich.

Oder sollte der Schriftsteller, der in einer der Ferienwohnungen seiner Mutter Quartier genommen hatte, bereits unterwegs sein? Auf der Suche nach Kobolden und Elfen? Seine Mutter hatte kurz von ihrer Idee erzählt, die alten Geschichten aufschreiben zu lassen, und dass sie sich an Peer Goldberg gewandt hatte. Der war in der Zeit seiner regelmäßigen Baltrumaufenthalte fast schon ein guter Freund der Boekhoffs geworden. Schon seine Eltern hatten auf der Insel ihre Jahresurlaube verbracht. Und Peer Goldberg hatte ihnen Jakob Pottbarg geschickt.

Nun war der Mann schon ein paar Tage da, und seine Mutter hatte ihm natürlich als Erstes Tant' Anna vorgestellt, die eine wahre Fundgrube für derlei Geschichten war. Wenn sie denn wollte.

Unschlüssig trat Ole von einem Bein auf das andere. Noch eine halbe Stunde mindestens, bis die anderen kamen. Der Gedanke an die kuschelige Wärme seines Bettes überwältigte ihn. Genauso vorsichtig, wie er zuvor die Treppen heruntergestiegen war, schlich er wieder hinauf und schloss leise die Tür seines Schlafzimmers.

»Mama, Mama, hast du meinen Zeichenblock gesehen? Ich kann das öde Teil nicht finden.« Rieke schlug mit der flachen Hand auf den Küchentisch.

»Psst, Rieke, wir haben einen Gast im Haus.« Fenna Boekhoff hatte ihren Zeigefinger an die Lippen gelegt.

»Ja, ja, ich weiß, die lieben Gäste. Immer das Gleiche. Wenn es wenigstens nur im Sommer wäre. Aber nein, meine Mutter, die Retterin der Baltrumer Geschichte, muss ja unbedingt auch im Winter Gäste aufnehmen.« Unwillig schaute Rieke ihre Mutter an. »Das wär's dann mal wieder mit der Selbstverwirklichung. So viel zum Thema ›Freiheit für Insulanerkinder‹.« Rieke trat mit dem Fuß gegen das Tischbein. Das Geschirr schepperte.

Fenna zuckte zusammen. »Sag mal, geht's noch? Tob dich in der Schule aus. Im Matheunterricht. Und heute

Nachmittag bei der Gartenarbeit. Du kannst mir helfen, die Stühle reinzutragen. Papa kommt ja nicht dazu. Da kannst du dich selbst verwirklichen.«

»So hab ich das doch alles nicht gemeint. Es ist nur … Der Winter ist halt die Zeit im Jahr, in der wir nicht ständig auf Gäste Rücksicht nehmen müssen. Du weißt schon: Freundinnen einladen und so, ohne Angst, dass wir die Gäste nerven. Also denen nicht auf dem Kopf rumtrampeln und all das. Aber was soll's. Im nächsten Jahr bin ich sowieso weg. Dann könnt ihr mein Zimmer auch noch vermieten.«

»Was soll dieser Aufstand am frühen Morgen? Hast du Stress in der Schule, oder was ist los?«, fragte Riekes Mutter verwundert.

Rieke zögerte, dann schüttelte sie den Kopf. »Entschuldige, Mama, war wirklich nicht so gemeint. Ich habe nicht wirklich etwas gegen Jakob.«

»Für dich immer noch Herr Pottbarg, meine Liebe! Ein bisschen mehr Disziplin, wenn ich bitten darf. Außerdem solltest du dich etwas beeilen mit dem Frühstück. Die Schule fängt gleich an«, sagte Fenna energisch.

»Mama, er hat mir angeboten, dass ich Jakob sagen darf. Das macht man wohl so unter Schreibern. Ich habe schließlich auch schon mal einen Beitrag für die *Inselglocke* geschrieben. Außerdem hat er mir noch verraten, dass er unter einem anderen Namen seine Krimis veröffentlicht. Spannend, nicht?«

Fenna nickte. »Unter Pseudonym? Weißt du, wie er sich nennt?«

»Nein, ich wollte ihn fragen, aber dann habe ich es einfach vergessen.«

»Hast du stattdessen wieder nur auf den kleinen Mann im Ohr gehört, der ›*Tokio Hotel, Tokio Hotel*‹ gerufen hat? Typisch meine Tochter«, lachte Fenna auf.

»Papa, nun mach doch mal was. Mama dreht durch.

13

Und außerdem – meine *Tokio-Hotel*-Phase ist schon seit einem Jahr vorbei.« Mit großen, bittenden Augen blickte Rieke ihren Vater an, der sich hinter der Zeitung vom Vortag verschanzt hatte.

»Bin ich froh, wenn ich gleich in Ruhe meine Arbeit machen kann. Tapeten reden nämlich nicht, müsst ihr wissen«, murmelte er. Dann leerte er seine Tasse Tee, stand auf, zog seine dicke grüne Arbeitsjacke mit den bunten Farbflecken an und ging raus. Verblüfft schauten die beiden Frauen hinter ihm her.

»War es gerade sooo schlimm?«, fragte Rieke erstaunt.

Fenna schüttelte den Kopf. »Nee, es geht noch viel schlimmer. Aber jetzt los, ab zur Schule.«

Als Jakob Pottbarg die Küche betrat, deutete die Kaffeemaschine gerade mit einem letzten Seufzer an, dass sie ihren Job erledigt hatte. Seine Gastgeberin stand winkend am Fenster. Dann drehte sie sich um. »Na, Herr Pottbarg, gut geschlafen?«

Jakob lächelte. »Wenn man hier nicht schlafen kann, ist man selber schuld. Bin früh zu Bett und habe bis gerade geratzt wie ein Bär.«

»Na, dann haben Sie von unserer lebhaften Familienunterhaltung vorhin gar nichts mitbekommen. Inzwischen hat sich die Lage allerdings beruhigt. Mein Mann ist zur Arbeit, Rieke gerade in die Schule gefahren und Ole schläft noch. Was haben Sie denn heute vor?«

Jakob zögerte. »Ich weiß es noch nicht genau. Ich glaube, ich werde dem Grabstein von Hendrik deBoer einen Besuch abstatten, dann den Friedhof aufsuchen. Frau Albers, Ihre Tante, ich meine, ich soll ja Tant' Anna zu ihr sagen, hat mir so vieles erzählt. Jetzt will ich sehen, ob ich noch passende Namen zu den Geschichten finde.«

Fenna nickte. »Ich finde es schön, dass Sie an dem Thema wirklich interessiert sind. Ich bin gespannt, was

Sie zusammengetragen haben. Das Schwierigste wird sicher sein, Reales von Sagen und Aberglauben von altem Naturwissen zu trennen. Aber bei meiner Tante sind Sie in guten Händen. Nun frühstücken Sie erst einmal in Ruhe. Um viertel nach eins gibt es Mittagessen. Bis dann.«

Ehe Jakob antworten konnte, fand er sich schon allein am Küchentisch wieder. Genüsslich biss er in sein Brötchen. Es war der perfekte Tagesbeginn. Er war rundum zufrieden. Hier unten in der Küche seiner Gastgeber herrschte genau die Mischung zwischen Moderne und gelebter Gemütlichkeit, die er so liebte.

Inzwischen war er sich sicher, dass es ein guter Rat von Peer Goldberg gewesen war, auf die Insel zu fahren. Auch wenn ihm der Mittelteil seines Krimis immer noch fehlte.

Seit knapp einer Woche war er nun auf Baltrum, hatte schon viele Einwohner kennengelernt und ihren Geschichten zugehört. Manchmal wiederholten sich die Inhalte. Manchmal wichen sie ein wenig voneinander ab, doch es war immer spannend. Er dachte an Frau Boekhoffs Worte. Genau das war das Aufregende an den alten Lebensweisheiten: herauszufinden, wie sie entstanden waren, und welche Lehren man heute noch daraus ziehen konnte.

Er hatte alles, was er in den letzten Tagen von den Insulanern erfahren hatte, erst handschriftlich gesammelt, dann abends in sein Laptop eingegeben. Zu Hause in Hamburg würde er alles noch einmal überarbeiten. In eine interessante, gut lesbare Form bringen. Er musste zugeben: Was ihm zu Beginn eher als lästige Beigabe zu einem preiswerten Monat erschienen war, hatte ihn inzwischen mit Haut und Haaren gepackt.

Als die Küchentür mit einem Ruck aufgestoßen wurde, zuckte Jakob zusammen.

»Aha, Sie sind sicher der Schreiberling, den meine

Mutter herbeordert hat, nicht wahr? Und außerdem gerade im Begriff, meinen Lieblingsschinken aufzuessen.«

»Das konnte ich doch nicht wissen«, versuchte Jakob sich zu rechtfertigen. »Den hat Ihre Mutter auf den Tisch gestellt.« Er stand auf und streckte dem jungen Mann, der in schlabberigen Jogginghosen, einem zerknitterten T-Shirt und strubbeligen blonden Haaren vor ihm stand, die Hand entgegen. »Sie müssen Ole sein, nicht wahr? Der Herr der sieben Weltmeere?«

»Bin ich, bin ich. Gestern angekommen. Würden Sie mir was von Ihrem Kaffee abgeben? Wette, meine Mutter hat genug für zwei gemacht.« Ole zog einen Stuhl unter dem Küchentisch hervor und ließ sich mit einem lauten Stöhnen drauf plumpsen.

Jakob lachte. Er nahm eine Tasse, ein Frühstücksbrettchen, Messer und Löffel aus dem Schrank und legte alles vor dem jungen Mann auf den Tisch. »Ich mache mich gut als Steward, oder? Ihre Mutter hat mich in die Geheimnisse ihrer Küche eingewiesen. Falls sie mal nicht zu Hause ist und ich Hunger bekomme. Darf's ein Brötchen sein? Schinken ist auch noch da.«

Ole gähnte laut. »Gerne. Ist genau das, was ich brauche: schlafen und essen. Und ab und zu ein bisschen feiern. Drei Monate lang. Kann man mit leben, oder?«

»Das ist der Vorteil Ihres Berufes: viel freie Zeit und ein gutes Gehalt.« Jakob seufzte, als er an sein Bankkonto dachte. »Und ein relativ sicherer Arbeitsplatz. Aber ob mir der monatelange Aufenthalt auf See so großen Spaß machen würde – ich weiß nicht.«

»Fürs Familiegründen ist es in der Tat nicht vorteilhaft«, antwortete Ole mit vollem Mund. »Aber sonst geht's. Will ich auch nicht ewig machen. Mal sehen, was später so läuft. Havariekommissar oder so. Und Sie – erzähl'nse mal von sich. Aber vorher – ich heiße Ole. Ist doch einfacher, oder?«

»Da hast du recht. Jakob. Aus Hamburg.« Jakob überlegte, wo er anfangen sollte. Beim Einkommen besser nicht. »Also, ich habe in den letzten Jahren Krimis geschrieben. Regionalkrimis. Hamburger Regionalkrimis. Genauer gesagt Alsterkrimis … Mein nächster soll in ein paar Monaten erscheinen. Dann geht es wieder los mit Lesungen und so. Deutschlandweit. Jede Menge Arbeit.«

»Ach, und da hast du dir jetzt eine Auszeit genommen zum Erholen?«, fragte sein Gegenüber neugierig.

Jakob schnitt ein frisches Brötchen auf. »Nun ja, Erholung, ich weiß nicht. Man könnte es eher wissenschaftliche Studien nennen. Deine Mutter hatte die Idee mit dieser geschichtlichen Aufarbeitung. Hochinteressant. War gleich Feuer und Flamme. Ist ein gutes Gefühl, sein Können dieser interessanten Aufgabe zur Verfügung zu stellen«, sagte er selbstgefällig. »Und wer weiß, vielleicht springt zusätzlich neuer guter Krimistoff dabei raus. Als Schreiber ist man immer auf der Suche nach Input.«

»Das sieht man«, grinste Ole und zeigte auf das Brötchen, das Jakob gerade mit einer doppelt gefalteten Scheibe Schinken belegte.

»Ich meinte natürlich eher geistiger Natur«, nuschelte Jakob beleidigt. Er konnte quasi fühlen, wie sein Gesicht rot anlief. »Aber ohne Essen geht es schließlich nicht. Gerade wir Autoren müssen auf abwechslungsreiche Kost achten. Der Geist will ständig frisch genährt sein, und der Körper hat mit dem vielen Sitzen in den endlos langen Stunden des Denkens und Schreibens sonst Probleme …«, Jakob stockte. Ole hatte seinen Kopf in die verschränkten Arme gelegt, und wenn der Mann nicht gerade aus Mitgefühl weinte, dann lachte der, dass sein ganzer Körper zuckte.

Jetzt war Jakob richtig sauer. Er wischte sich den Mund mit der bunten hühnerbedruckten Papierserviette ab, die seine Gastgeberin dekorativ gefaltet neben seinen Teller gelegt hatte, stand auf und verließ die Küche. Was bildete sich dieser Schnösel eigentlich ein? Der hatte bestimmt von Literatur nicht die geringste Ahnung. Und auch nicht davon, wie viel Kraft mit jedem Buchstaben verbunden war, den man aufs Papier brachte. Wort für Wort. Zeile für Zeile. Seite für Seite. Ein täglicher Kampf. Die beste Formulierung. Man ruhte nicht eher, bis sie gefunden, entstaubt, immer wieder auf den Prüfstand gestellt und zu guter Letzt niedergeschrieben war. Und dann, als krönender Höhepunkt, musste man sich noch mit Leuten wie Petra Grobert rumschlagen!

Langsam stieg Jakob die Treppe hoch zu seiner Ferienwohnung. Was war das für eine gehässige Kuh! Kollegenneidisch. Hochgradig. Dass man so eine im öffentlich-rechtlichen Rundfunk ihr Unwesen treiben ließ, wollte ihm nicht in den Kopf. Nur langsam beruhigte sich sein Puls, und seine Gedanken richteten sich wieder auf das, was ihn auf die Insel geführt hatte.

*

Fenna Boekhoff saß in ihrem Wohnzimmer und nippte vorsichtig an ihrem heißen Holundertee. Ihr Blick suchte das Gartenhaus, das nebenan, von der Straße nicht einsehbar, auf dem Nachbargrundstück bei den Grombachs stand. Horst Grombach hatte es vor einigen Jahren hinter seinem großen Wohnhaus zwischen zwei ausladenden Pappeln bauen lassen. Zu Anfang hatte er tatsächlich nur sein Gartenwerkzeug darin gelagert, aber dann hatte es nicht lange gedauert, bis die ersten Feriengäste dort eingezogen waren. Ob er je eine Genehmigung dafür bekommen hatte, bezweifelten die meisten Insulaner.

Stefan war wieder da. Ein Jahr war seit dem letzten Wiedersehen vergangen. Schon Tage vor seiner Ankunft hatte sie der Gedanke nervös gemacht, ihn zu sehen. Als es dann so weit gewesen war, hatte sie sich vor Aufregung fast übergeben müssen. Sie hasste das Prozedere, sich wie zwei entfernte Bekannte über den Gartenzaun begrüßen zu müssen.

»Tag, Herr Mendel, Sie auch wieder hier?«

»Tag, Frau Boekhoff, tatsächlich, ein Jahr ist wieder rum.«

Grauenhaft, dieses Gesieze in der Öffentlichkeit. Aber es hatte sich irgendwie so ergeben.

Dann hatte sie die unwiderstehlichen Lachfältchen um seine braunen Augen gesehen und alles war gut gewesen.

Sie merkte, wie ihre Hände beim Hochnehmen der Tasse zitterten. Warum musste er immer wieder auf die Insel kommen? Gab es nicht genügend andere abgeschiedene Orte, die er mit seinen schwierigen Kindern aufsuchen konnte? Wieso nicht Norderney? Oder Amrum?

»Es passt so gut«, hatte er ihr erklärt. »Das Gartenhaus hat genau die richtige Größe für meine Truppe. Um diese Zeit sind kaum Gäste da, die sich gestört fühlen könnten. Ich kann mit den Jungs Ausdauertraining am Strand machen bis zum Abwinken und ihnen so die gefährlichen Gedanken an Diebstahl und Kampf aus dem Kopf treiben.« Mit einem Lächeln hatte er hinzugefügt: »Außerdem ist es schön, wenn wir uns wiedersehen, oder?«

Ihr war klar, dass sie es gar nicht anders wollte. Einmal im Jahr sie beide. Das musste reichen.

Sie stand auf, als sie Oles Stimme im Flur hörte. »Mama, wo steckst du?«

»Hier, ich bin im Wohnzimmer.«

Kurz darauf stand ihr Großer im Raum und lachte sie fröhlich an. »Habe soeben ein äußerst vergnügliches Gespräch mit dem Herrn Literaten gehabt. Mann, der glaubt aber fest an sich selbst.«

»Na ja, es kann eben nicht jeder so bodenständig sein

wie wir. Wir wissen, dass man auch mit Toilettenputzen sein Geld verdienen kann, nicht wahr?«, sagte Fenna.

Ole nickte. »Oder mit Reinigen von Ballasttanks. Ein wirklich schweißtreibender Job. Aber nützt ja nix. Irgendwie muss man über die Runden kommen.«

Fenna berührte ihren Sohn leicht am Arm. »Es ist schön, dich wieder bei uns zu haben. Erhol dich erst einmal richtig. Hier hast du die Gelegenheit.«

»Genau das werde ich tun und mich noch zwei Stündchen meinem Bett anvertrauen«, antwortete Ole und war verschwunden.

Fenna atmete tief durch. Sie hatte keine Ahnung, wie es ihr immer wieder gelang, die Gefühle, die sie im Moment beherrschten, nicht nach außen dringen zu lassen. Zumindest hoffte sie, dass es so wäre. Kein Mensch durfte davon erfahren, vor allem nicht ihre Familie.

Sie schaute auf die Uhr. Noch eine Stunde. Dann würde er die Aufsicht über die vier Jungen für kurze Zeit in die Hände der anderen Betreuer legen und sich mit ihr in den Dünen treffen. Er hätte ihr was zu erzählen, hatte er wie beiläufig gemurmelt, als sie sich morgens zufällig gesehen hatten. Er war wie immer von seinen Schützlingen umringt gewesen.

Im Garten nebenan bemerkte sie Horst Grombach, der einige Ausläufer der großen Pappel mit der Astschere beschnitt. Der Herr arbeitet selbst?, dachte sie erstaunt. Sonst lässt der doch nur seine Angestellten malochen. Dann fiel ihr ein, dass Viktor, der es als Hausmeister tatsächlich einige Jahre bei ihm ausgehalten hatte, vor ein paar Wochen aufgehört hatte. Man sagte, es hätte wiederholt zwischen den beiden Streit gegeben. Nicht zuletzt um den jämmerlichen Lohn, den Grombach seinen Mitarbeitern zahlte.

Ihr Nachbar legte das Arbeitsgerät ins Gras und zündete sich eine Zigarette an.

Horst Grombach und seine Frau waren seit etwa zehn Jahren ihre Nachbarn, angereist aus Hessen. »Wir wollen doch mal sehen, ob man hier nicht ganz schnell ganz viel Geld verdienen kann«, waren die Worte gewesen, mit denen sich Grombach auf der Insel eingeführt hatte. Zuerst hatten sie das Haus mit den acht Ferienwohnungen gekauft und auf den neuesten Stand gebracht und den großflächigen Garten neu gestaltet. Wie sagte neulich jemand? Nach den Richtlinien deutscher Gartenbaukunst. Schön ordentlich! Bei Horst Grombach musste der Rasen mit Zirkel und Wasserwaage beschnitten werden. Wöchentlich.

Boekhoffs ließen die Natur gerne wachsen. Gemäht wurde zweimal im Jahr. Völlig ausreichend auf einer Insel, fanden Fenna und ihr Mann. Da die beiden Grundstücke nur durch den auf Baltrum üblichen weißen Holzzaun getrennt waren, hatte es zu Anfang ein paar Diskussionen zwischen Boekhoffs und ihren neuen Nachbarn gegeben. Ein immer wiederkehrendes Thema war dabei die Flugweite von Unkrautsamen gewesen. Dann hatte Jörg Boekhoff, der ansonsten eher zu den Stillen im Lande gehörte, ein Machtwort gesprochen. Laut und unüberhörbar. Seitdem grüßte man sich, aber das war es dann auch schon.

Inzwischen besaßen Grombachs tatsächlich mehrere Häuser auf der Insel. Er machte den Papierkram, seine Frau musste putzen.

Das kleine Gartenhaus vermieteten sie inzwischen sommers wie winters an feste Gruppen. So auch an das *Better Life Camp*, ein Heim für verhaltensauffällige junge Menschen. Vier Jugendliche – Fenna schätzte sie zwischen dreizehn und sechzehn – und drei Betreuer waren in diesem Jahr auf die Insel gekommen. Auch der Leiter des Camps, Stefan Mendel, war wieder mit dabei. Ihr Stefan.

Horst Grombach war mit den Jahren auf der Gewinnerseite angekommen. Diesen Eindruck erweckte er zumindest, wenn er mit hocherhobenem Kopf auf dem Fahrrad unterwegs war, um seine Immobilien zu begutachten. Seine große Klappe ging vielen auf den Geist. Sein Erfolg schien ihm allerdings recht zu geben. Zumindest war dies Grombachs feste Überzeugung. Seine Frau Christina jedoch war mit den Jahren immer stiller geworden. Sie sagte kaum ein Wort, nickte nur verhalten freundlich, wenn sie und Fenna sich auf der Straße begegneten. Weder nahm sie an den Aktivitäten des Kultur- und Sportvereins teil, noch war sie anderweitig irgendwie öffentlich anzutreffen. Das wäre mir viel zu langweilig, überlegte Fenna, und dachte daran, wie oft sie versucht hatte, Christina in das insulare Leben einzubinden. Es war ihr bis heute nicht gelungen.

*

Er fror. Genau wie gestern und vorgestern. Warum hatte er nur so eine dünne Jacke an, die allenfalls für kurze Wege auf der Rothenbaumchaussee geeignet war? Und dann auch nur, wenn man mit dem Auto unterwegs war? Es hätte ihm klar sein müssen, dass dieses Teil nicht ausreichen würde, seinem Körper vor dem kalten Nordseewind Schutz zu bieten. Windstärke sechs aus Nordwest, das steckte man eben nicht einfach so weg. Und die Böen erst. Selbst bei Rückenwind – unerträglich! Ärgerlich zog er seinen Kragen noch fester um den Hals.

Hätte er doch bloß … Quatsch. Hätte er nicht. Um der Wahrheit die Ehre zu geben, dachte er säuerlich, ich habe gar keine Jacke, die diesen Novemberwetteransprüchen genügen würde. Keine von diesen dicken Dingern mit Vlies innendrin, mit denen hier jeder rumlief. Mit einer schönen, warmen Kapuze dran. Er hatte das Gefühl, seine Ohren frören langsam ab. Dabei hatte er

immer gedacht, dass seine langen Haare den Kopf vor
Kälte schützen würden. Taten sie aber nicht. Unwillig
schüttelte er seine Mähne. Das Einzige, was passierte,
war, dass die Haare ihm ständig vor dem Gesicht rum-
wehten. Das nächste Mal würde er sie sich mit einem
Gummiband zusammenbinden, bevor er rausging. Das
war sicher.

Und selbst, wenn er sich eine dicke Jacke zulegen
wollte, er hätte gar kein Geld für so ein schönes, kusche-
liges Teil. Das war die nackte Wahrheit. Immerhin bekam
keiner mit, wie sehr er in der dünnen Jacke zitterte. Es
war weit und breit keine Menschenseele zu sehen.

Vor der Kläranlage fand er den alten Grabstein, dessen
Inschrift er sich notieren wollte. Er ging in die Knie und
versuchte, die in den Stein gehauene Schrift zu lesen.

HIER RÜST HET
S.V.L.K.D.
VAN H.D.DE BOER
GB. 12.OKT. 1794 IN VEENDAM
OVERLEDEN ALLHIER
DEN 12. JULI 1849

Jakob hatte gehört, dass die Insulaner den holländischen
Schiffer nicht auf ihrem Friedhof beerdigen wollten,
weil er sie zu Lebzeiten böse beschimpft und verflucht
hatte. »Auf diesem Sandhaufen möchte ich nicht einmal
begraben sein«, hatte der Mann gerufen, als er eines
Tages um Weißbrot und Genever bat, jedoch von den
armen Inselbewohnern nur Schwarzbrot und Ziegen-
milch angeboten bekam. So wurde ihm denn, als er
ein paar Jahre später auf seinem Schiff im Wattenmeer
unterhalb der Insel starb, eine christliche Beerdigung
auf dem Friedhof verweigert.

»Einen gästefreundlicheren Platz als vor der Kläranlage

konnten sich die Insulaner für diesen Stein wohl nicht aussuchen«, schimpfte Jakob vor sich hin, als er sich wieder aufrichtete. Er mochte gar nicht daran denken, dass er jeden Meter, den er gen Osten gelaufen war, Richtung Westen wieder zurücklaufen musste, wenn er Tant' Anna besuchen wollte. Sie wohnte in einem der letzten Häuser im Westdorf. Er schauderte bei dem Gedanken an den weiten Weg, den er noch vor sich hatte. Außerdem – was hieß hier überhaupt ›besuchen wollte‹? Er musste wohl oder übel. Schlafen und essen gegen schreiben, so war es abgemacht. Mit eingezogenen Schultern ging er los. Seine Hände steckten tief in den Taschen seiner verwaschenen Jeans.

Zu Anfang hatte er es nicht leicht gehabt mit der alten Frau Albers. Sie war bereits weit über achtzig und hatte nicht das Gefühl, dass sie es ihrer Nachwelt schuldig war, die alten Geschichten zu erhalten. Erst als er versprochen hatte, ihr ein kostenloses Exemplar des neuen Buches persönlich vorbeizubringen, hatte sie eingewilligt. Die Sache mit dem ›persönlichen Vorbeibringen‹ hatte er in diesem Moment nicht so ganz ernst genommen. Er würde mit Sicherheit seine Lesetournee nicht unterbrechen, nur weil auf Baltrum eine Sammlung von sagenumwobenen Sinnsprüchen erscheinen würde – in einer Auflage von zwanzig Stück! Das Verteilen sollte mal Frau Boekhoff schön übernehmen. Schließlich war sie diejenige, die die Idee zu dem Buch gehabt hatte, und sie war außerdem die Nichte der alten Dame und Tant' Anna hoffentlich zu alt, um sich an sein Versprechen zu erinnern.

Er klopfte und hörte ein schwaches »Komm man rin. Na, wo geiht di dat?« Tant' Anna stand mit ihrer bunten Küchenschürze im Flur und schaute ihm freundlich entgegen. »Treck di man dien Jack ut.«

Mühsam schälte er sich mit durchgefrorenen Händen aus seiner Jacke und folgte Tant' Anna in die behaglich warme Küche. Tee und zwei reichlich mit Butter bestrichene Scheiben Rosinenstuten standen schon auf dem Tisch, so als ob sie gewusst hätte, dass er genau jetzt bei ihr zur Tür hereinkommen würde.

Sie lachte, als sie Jakobs erstauntes Gesicht sah. »Ist keine Spökenkiekeree. Meine Nachbarin hatte dich eben auf der Hafenstraße gesehen und mir davon erzählt. Da dachte ich mir: De Jung kummt bestimmt bi mi.«

Er setzte sich auf die gemütliche Eckbank, und ließ den Teeduft in die Nase ziehen. Er traute sich noch nicht, die Tasse an den Mund zu setzen. Stattdessen hatte er seine Hände zwischen seine Beine geklemmt und hoffte, dass das Zittern bald nachlassen würde.

Auf dem Tisch, neben der Teekanne, stand eine Vase. Darin Zweige mit grünen Blättern und Trauben von dunkelblauen Beeren. Er wunderte sich. Um diese Jahreszeit?

»Holunder. Holunderzweige im Haus bringen Glück. Und Glück ist wichtig, min Jung. Der Holunder hat auf der Insel eine besondere Bedeutung. Früher wurde er hier sogar als Grenzmarkierung von Grundstücken gesetzt. Kann man heute zum Teil noch sehen, wenn man mit wachen Augen herumläuft. Schriev dat man glieks op«, sagte Tant' Anna eifrig.

Jakob beeilte sich, seinen Schreibblock aus der Tasche zu zerren. Das war doch mal wieder eine interessante Geschichte. »Aber wieso sind die Zweige jetzt noch grün?«, wunderte er sich und hoffte, ein wenig Mysteriöses über den Holunder zu erfahren.

»Ich habe sie im Herbst abgeschnitten und mit Haarspray besprüht. So bleiben sie den ganzen Winter über schön«, war Tant' Annas lapidare Antwort, und damit war sein Traum vom Mysterium schlagartig zu Ende.

»Wie geht es meiner Nichte?« Tant' Anna schob ihm

mit auffordferndem Blick den Teller mit den Scheiben Krintstuut herüber. »Ich habe sie schon drei Tage nicht gesehen. Hat wohl was Besseres zu tun, als ihre alte Tante zu besuchen. Ole soll auch wieder da sein, oder?«

Jakob nickte mit vollem Mund. »Gestern wieder eingelaufen. Wird sich bestimmt noch blicken lassen.« Er mochte nicht gern an die Szene morgens beim Frühstück erinnert werden und beteuerte: »Deiner Nichte geht es gut. Aber wenn ich noch einmal auf den Holunder zurückkommen darf: Gibt es darüber noch mehr zu berichten?«

Tant' Anna nickte. »Man darf Holunder auf keinen Fall abholzen. Das gibt Unglück. Diese Aussage hat einen guten Grund. Denn als dieser Glaube entstand, gab es außer Holunder hier nichts, was in die Höhe wuchs, kein anderer Strauch, kein Baum und keine Heckenrose hatte sich bis dahin hier angesiedelt. Nur Holunder. Deshalb wurde er so verehrt. Aber glaub mir, min Jung. Es stimmt bis heute. Holunder abholzen bringt Unglück. Nur weiß das außer mir keiner mehr. Sind alle weggestorben mit der Zeit. Alle weg.«

Jakob merkte, dass Leben in seine Fingerspitzen zurückgekehrt war und langte nach seiner Tasse Tee. Tant' Anna war in ihrem Polsterstuhl zusammengesunken und hatte die Augen geschlossen. Er kannte das. Sie würde sich drei, vier Minuten in sich selbst zurückziehen, um dann plötzlich die Augen aufzuschlagen und ihn verschämt anzulächeln.

Er lehnte sich zurück. Sofort umfing auch ihn eine leichte Müdigkeit. Ihm war, als würde ihn die Wärme aus einem alten Kachelofen wie ein wollenes Tuch umfangen. Dabei stand in Tant' Annas Küche ein hochmoderner Induktionsherd und an der Wand unter dem Fenster hing ein normaler Heizkörper. Aber irgendwie war es anders. Ihm fiel nur das alte Wort ›heimelig‹ ein, wenn er die

Situation beschreiben wollte. Lag es an der alten Frau, die so friedlich in ihrem Sessel schlief, an der Vielzahl der Bilder an den Wänden, die von mehreren Generationen Leben auf der Insel erzählten, oder war es einfach das leise Flackern des Teelichtes im Stövchen unter der Kanne?

Sollte er wohl gehen? Er schaute auf die Uhr. Gleich zwölf. Er hatte noch ein wenig Zeit bis zum Mittagessen. Und nicht die geringste Lust, sich jetzt schon wieder der Kälte auszusetzen.

In diesem Moment wachte Tant' Anna auf. »Herr … äh … Jakob … min Jung, schön, dass du noch da bist. Muss wohl weggedummelt sein. Passiert immer häufiger in letzter Zeit. Weiß nicht, wieso.«

»Es liegt wohl an der Jahreszeit«, beeilte sich Jakob zu sagen. »Es ist eben November.« Er stockte. Irgendwie kam ihm diese Erklärung eher mau vor, und auch Tant' Anna schaute ihn skeptisch an.

»Dann müsste ich schon seit Anfang des Jahres November haben, mein Lieber«, antwortete sie leise lächelnd. »Wenn du allerdings mit ›November‹ auf mein Alter anspielst, dann hast du sicher recht. Doch eines kannst du mir glauben: Mein Kopf, der ist noch fit, auch wenn der Körper inzwischen etwas nachlässt.«

»Na gut, dann wollen wir uns noch ein wenig um den Kopf kümmern«, antwortete Jakob, froh, das Thema wechseln zu können. »Wie wär's mit einem neuen Sinnspruch?«

Tant' Anna überlegte. »Hast du gewusst, dass die Kinder früher ihre Leibchen – du weißt, was Leibchen waren?«

Jakob zögerte und Tant'Anna erklärte: »Leibchen trugen die Kinder zwischen Unterhemd und Hose. Daran wurden die langen Strümpfe festgemacht. Also, dass die ihre Leibchen verkehrt herum angezogen bekamen, um Unglück abzuwenden?«

27

»Eine schöne Idee, aber das war bestimmt sehr unangenehm für die Kinder«, überlegte er.

»Die Kindererziehung hat sich in den Jahrzehnten grundlegend geändert, das ist sicher. Heute bekommen die sogar noch einen Urlaub geschenkt, wenn sie zu Hause Unheil anrichten. Aber was nützt es, ich bin alt und verstehe manchmal die Welt nicht mehr richtig«, seufzte Tant' Anna.

»Du meinst die Gruppe, die im Gartenhaus bei deiner Nichte nebenan wohnt?«, fragte er neugierig. Er hatte die vier Jungs mit ihren Betreuern am Tag zuvor auf der Straße getroffen.

Better Life Camp hatte in großen roten Buchstaben auf ihren Sweatshirts gestanden. Sie hatten einen Fußball lachend immer wieder quer über die Straße getreten. Als er die Gruppe gerade vorsichtig umrundet hatte, schien die Stimmung zu kippen. Einer der Jugendlichen hatte empört aufgeschrien, ein anderer laut und hämisch gelacht. Ein kurzer scharfer Ruf eines der Erzieher hatte jedoch schnell wieder Ruhe in die Truppe gebracht.

»Ja, die kommen schon seit ein paar Jahren«, erklärte Tant' Anna. »Bisher ist alles gut gegangen. Manche Insulaner finden ihre Anwesenheit jedoch nicht sehr beruhigend und würden ihnen am liebsten Inselverbot erteilen.«

»Geht das denn so einfach?«, fragte Jakob erstaunt.

»Das weiß ich nicht. Allerdings, wenn die vierzehn Tage vorbei sind und die Truppe wieder abgereist ist, gerät ihre Anwesenheit genau so schnell wieder in Vergessenheit.« Tant' Anna zeigte fragend auf die Teekanne, doch Jakob winkte ab.

»Ich muss los. Deine Nichte wartet mit dem Mittagessen. Darf ich später oder morgen noch einmal wiederkommen?«

»Gerne. Ich bin meistens im Hause. Vielleicht fallen

mir noch ein paar Sitten und Gebräuche ein, die du in dein schlaues Buch schreiben kannst.« Tant' Anna reichte ihm seine Jacke, beäugte sie kritisch und sagte: »Na, min Jung, dat ist ook nur halver Kram. Warm is de doch seker nich, oder?«

Er musste ihr recht geben. Es graute ihm jetzt schon wieder vor dem Nachhauseweg.

*

Fenna fuhr am Wasserwerk vorbei, umrundete die Aussichtsdüne und schlug den schmalen Weg zur Liebeshütte ein. Sie lachte trocken auf. Liebeshütte. Da hatte schon jemand gewusst, warum er die Schutzhütte in den Dünen so genannt hatte. Hoffentlich hatte sie keiner gesehen. Oder falls doch, machte sich hoffentlich keiner Gedanken darüber, was sie morgens mit dem Fahrrad in den Dünen zu suchen hatte.

Als die Holzhütte vor ihr auftauchte, bremste sie ab. Ob er schon da war? Was er wohl von ihr wollte? Sie stieg ab und schob ihr Rad die restlichen Meter, wie um Zeit zu gewinnen. Zugleich war sie voller Ungeduld. Sie konnte es kaum erwarten, ihm endlich nahe zu sein. Selbst wenn es nur für kurze Zeit war.

Sie stellte ihr Rad an der Hüttenwand ab und hatte das Gefühl, als würde die Zeit plötzlich stehen bleiben, als sie Stefan auf sich zukommen sah.

Er war groß und kräftig, aber vor allem waren es seine von Lachfältchen gerahmten Augen, die sie anzogen, und die ihr schon bei der allerersten Begegnung das Gefühl vermittelt hatten, dass in diesem Moment nur sie und sonst nichts für ihn wichtig gewesen war. »Schön, dass du kommen konntest«, sagte er und fuhr sich mit der Hand durch seine borstigen Haare, die an den Schläfen das erste Grau zeigten. »Lass uns ein paar Schritte gehen. Dann erzähl ich dir meine große Neuigkeit.«

Sie wunderte sich, wie ruhig sie plötzlich war. Wenn er ihr sagen wollte, dass er nicht mehr wieder auf die Insel kommen würde, dann sollte es eben so sein. Dann war der Traum vorbei. Hundert Mal hatte sie sich dieses Gespräch seit heute Morgen durch den Kopf gehen lassen. Hundert Mal hatte sie sich vorgestellt, er würde sie vor diese Tatsache stellen. Und hundert verschiedene Reaktionen ihrerseits hatte sie durchgespielt.

»Wir haben das Häuschen ganzjährig gemietet.«

Wenn das ihr letzter Spaziergang war, würde sie wohl damit leben müssen.

»Fenna, wir haben das Häuschen gemietet.«

Fenna schreckte auf. Es war ihr, als ob sie aus einer tiefen Starre erwachte. Was hatte er gerade gesagt?

»Fenna, wach werden. Hörst du mir überhaupt zu?«

Abrupt blieb sie stehen und drehte sich zu Stefan um. »Was hast du gerade …?«, flüsterte sie.

»Fenna, was ist mit dir los? Freu dich. Wir werden uns jetzt viel öfter sehen.«

Sie sah die Freude in seinen Augen und schüttelte hilflos den Kopf. »Wie soll das gehen, Stefan? Wie hast du dir das Ganze vorgestellt? Willst du mit einem Teil deines Camps ganzjährig hierher ziehen? Meinst du wirklich, dass das die Insulaner mitmachen? Ist Horst damit einverstanden? Schließlich gehört ihm das Haus.« Fenna merkte, wie ihre Stimme mit jeder Frage höher und lauter wurde.

Stefan schaute sie fassungslos an. »Ich dachte, du würdest dich freuen«, sagte er leise.

»Ja, nein, es ist alles ein bisschen viel für mich. Ich freue mich doch, wenn ich dich sehe. Riesig sogar. Aber wie soll ich das mit meiner Familie unter einen Hut bringen? Du jeden Tag auf der anderen Seite des Gartenzauns. Das geht doch gar nicht.« Fenna merkte, wie ihr die Tränen in die Augen schossen. »Weißt du eigentlich, was das bedeutet? Ich bin keine zwanzig mehr. Ich bin in meiner Welt fest verwurzelt und will, dass das so bleibt, verstehst du? Das würde aber nicht funktionieren, wenn ich dich ständig sehen würde. Die ein, zwei Spaziergänge im Jahr sind mit das Schönste, was ich habe, aber mehr geht einfach nicht.«

Stefan hatte einen Schilfhalm abgeknickt und kaute gedankenverloren darauf herum. Dann flüsterte er ungläubig: »Fenna, was war das gerade? Habe ich dich richtig verstanden? Du bist nicht … – Nein, das glaube ich nicht. Ich dachte, wir wären nur … – Freunde, verstehst du? Ich hatte es mir so toll vorgestellt. Für uns. Und für die Kinder. Herr Grombach hat sofort zugestimmt, sein Gartenhaus an uns zu vermieten. Im Sommer, wenn viele Gäste da sind, würden die Mitarbeiter unseres Camps mit ihren Familien dort Urlaub machen können, in der anderen Zeit wären wir mit wechselnden Kindern hier. Auch Kindergruppen aus anderen Camps könnten ein paar Tage hier verbringen. Ich habe neulich auf einer Campleitertagung dieses Thema angeschnitten, und die Leute waren ganz begeistert. Du siehst«, sagte er lächelnd, »ich wäre gar nicht die ganze Zeit hier.«

»Mach dich nicht lustig über mich«, antwortete Fenna ärgerlich. »Und was ist mit den Insulanern? Nun sag schon. Da ist Ärger vorprogrammiert.«

»Ach was«, wiegelte Stefan ab. »Bisher haben wir unsere Jugendlichen gut unter Kontrolle, und das wird so bleiben. Ich bin mir der Verantwortung durchaus bewusst und nicht neu im Geschäft. Fenna, nun freu dich doch ein bisschen. Es nützt nämlich gar nichts, dagegen zu sein. Morgen wird der Vertrag unterschrieben.«

»Dass Horst sich darauf einlässt, kann wirklich nur an seinem unbändigen Drang nach Geld liegen. Er legt doch sonst so viel Wert darauf, nur ›ordentliche‹ Gäste

31

in sein Haus aufzunehmen.« Fenna erschrak. Was hatte sie da gerade um alles in der Welt gesagt?

Stefan hatte sich ruckartig von ihr abgewandt und die Hände vor sein Gesicht geschlagen. So stand er eine ganze Weile und auch Fenna rührte sich nicht. Zu tief saß die Scham in ihr. Ganz langsam drehte Stefan sich um. »Weißt du eigentlich, was du da gerade gesagt hast?« Seine Stimme wurde lauter. »Weißt eigentlich, dass du damit mich, meine Arbeit und auch die Jugendlichen so derart mies gemacht hast, wie ich es nie von dir erwartet hätte?«

Fenna schaute ihn an. »Stefan, es tut mir leid, ich habe das nicht so gemeint. Du bist das Beste, was diesen jungen Menschen passieren konnte, und ich wäre die Letzte, die sich nicht für dein Projekt einsetzen würde. Es ist nur so … ich wollte nicht … Ach, du weißt ganz genau, dass ich gar nichts gegen deine Jugendlichen habe.« Sie sah, wie Stefans Gesichtszüge sich entspannten.

»Du meinst, dann ist alles in Ordnung?«, fragte er leise.

»Natürlich«, antwortete Fenna, wusste aber zugleich nicht, was sie noch sagen sollte, ohne ihn gleich wieder zu verletzen. Sie merkte, dass er auf eine Erklärung wartete. »Stefan, ich muss über alles nachdenken. Gib mir Zeit. Ich möchte mich dazu jetzt nicht mehr äußern. Vielleicht solltest du mit dem Vertrag noch ein paar Tage warten. Meinetwegen und wegen der allgemeinen Situation. Ihr solltet erst einmal ausloten, wie die Stimmung zu diesem Projekt hier ist.«

Sie zuckte zusammen, als Stefan mit voller Wucht gegen ihr Fahrrad trat. »Nein! Ich werde nicht warten! Wenn ich jedes Mal gewartet hätte, wenn ich dazu aufgefordert wurde, gäbe es mein Camp vermutlich in zehn Jahren noch nicht. Was habe ich gekämpft …! Kein Dorf wollte uns aufnehmen. Immer gab es Proteste. Selbst im abgelegensten Waldstück wollte man uns nicht wohnen und mit den Jugendlichen arbeiten lassen. *Nein, geht doch woanders hin. Warum gerade hier? Denkt an unsere Kinder. Sie könnten angesteckt werden von der Bösartigkeit eurer Bratzen.*«

Aufgebracht lief Stefan auf dem rot gepflasterten Weg hin und her. Immer vier Schritte hin. Wendung. Vier Schritte wieder zurück. »Auf der einen Seite sind immer die, die laut ›nein‹ schreien. Die sind schlimm. Aber die auf der anderen Seite, die, die leise und wohlüberlegt ihre pädagogischen Zweifel äußern, obwohl sie in ihren ganzen verfluchten Leben nichts von Kindern verstanden haben – das sind die ganz Schlimmen. Die können einem das Leben zur Hölle machen, denn das sind die, auf die die Mitläufer hören. Dabei sind die genau so unfähig wie die Lauten. Es merkt nur keiner. Es hat Jahre gedauert, bis wir eine dauerhafte Bleibe gefunden haben. Ich will nicht warten. Die Zeiten sind vorbei. Wir tun keinem was zuleide. Begreift das doch endlich. Aber anscheinend sind die Insulaner genau so bigotte …«

»Stefan, hör auf.« Fenna hatte sich ihr Fahrrad gegriffen. »Ich habe nur gesagt: Warte ab. Denk mal drüber nach.« Voller Trauer trat sie ungestüm in die Pedale, folgte dem Grünen Weg und bog dann links ab zum Ostdorf.

Die Welt mit Stefan ist doch nicht immer Friede, Freude, Eierkuchen, dachte sie traurig. Er hatte sicher ein Stück weit recht mit seinen Vorwürfen an die Gesellschaft. Aber was genau hatte sie damit zu tun? Ihr ging es hauptsächlich um ihrer beider Beziehung. Wenn das Wort im Moment überhaupt eine Bedeutung hatte. Über das Zusammenleben mit den Jugendlichen aus den Camps würde sie sich allerdings Gedanken machen müssen. Sie würde gefragt werden. Von der Familie. Von den anderen. Man würde von ihr verlangen, Position zu beziehen. Na, Fenna, was denkst du so als Nachbarin darüber? Sag doch mal.

Aber das war später dran. Erst einmal hämmerte in ihrem Kopf der Gedanke: Was ist, wenn er es wirklich tut? Wie konnte sie ihn umstimmen?

Wollte sie ihn umstimmen?

*

Jakob fühlte sich unwohl. Zwar war das Mittagessen wieder ausgezeichnet, die Stimmung am Küchentisch jedoch alles andere als fröhlich. Es herrschte keine Funkstille, dazu waren Rieke und Ole viel zu aufgedreht. Aber irgendetwas war da unterschwellig, was da nicht hingehörte. Ob es an Fenna Boekhoff lag, die außergewöhnlich still am Mittagstisch saß und auf ihren halbvollen Teller starrte? Ihr Mann schaufelte wie immer sein Essen ohne große Emotionen in sich hinein. Wenn es etwas über ihn zu sagen gab, dann vermutlich nur, dass er noch schweigsamer war als in den Tagen zuvor. Jakob verabschiedete sich mit dem Hinweis darauf, dass er dringend arbeiten müsse. Auf seinem Zimmer gab er die kleinen Geschichten, die er morgens von Tant' Anna gehört hatte, schnell in das Laptop ein, und beschloss, trotz der Kälte einen langen Strandspaziergang zu wagen.

Die Sonne sandte ein paar wenige Strahlen aus einem Himmel, dessen Wolkenbild sich im kräftigen Wind ständig veränderte.

Der Abgang zum Strand bei der Mehrzweckhalle war von einer dicken Sandschicht überzogen. Er war froh, dass er wenigstens seine warmen, gefütterten Stiefel aus Hamburg mitgebracht hatte, denn immer wieder sank er bis zu den Knöcheln ein. Ist fast wie im Fitnessstudio, dachte er versöhnlich, als er durch den Sand vorwärts stapfte, so setzt das Frieren wenigstens erst etwas später ein. Dass er sich mit dieser Annahme gründlich getäuscht hatte, merkte er, als er die freie, endlos scheinende

Strandfläche erreicht hatte und dem Wind schutzlos ausgeliefert war. Vergeblich versuchte er, Augen und Ohren gleichzeitig mit seinen Händen zu bedecken. Zwei Hände reichten nun mal nicht, um vier Körperteile vor dem Wind zu schützen, der Milliarden von Sandkörnern vor sich hertrieb. Er gab auf und ging zurück, an der großen Halle vorbei, und hinter dem *Strandcafé* rechts ab. Hier schien der Wind nicht so auftrumpfen zu können wie am Strand. Auf dem großen Platz vor dem Rathaus fand er eine freie Bank. Er lächelte. Zurzeit gab es offensichtlich nur freie Bänke auf dieser Insel. Er hatte in den ganzen Tagen höchstens zwei Paare gesehen, die nicht wie Einheimische aussahen. Also ohne Fahrrad unterwegs waren. Daher war die Gefahr nicht allzu groß gewesen, dass die Bänke gerade bei seiner Ankunft alle hätten besetzt sein können. Einheimische saßen hier einfach nicht auf Bänken herum. Nicht einmal im November, wo sie doch eigentlich genug Zeit dafür haben müssten.

Aufatmend ließ er sich auf die mittlere Bank fallen und schloss die Augen. Eine leichte Müdigkeit überfiel ihn, doch bevor sie gänzlich Besitz von ihm ergreifen konnte, lenkte er seine Gedanken auf den Mittelteil. Den verfluchten, noch immer fehlenden Mittelteil seines Alsterkrimis. Er hatte so gehofft, dass auf Baltrum seine Fantasie erneut und nimmer endend zu sprudeln begänne und er aus einem vollen Quell von Ideen schöpfen könnte. Fehlanzeige. Er hatte in den Tagen seit seiner Ankunft kaum an seinen Krimi gedacht. Und wenn, dann waren die Geschichten von Tant' Anna immer irgendwie viel interessanter gewesen. Abends hatte ihn das gesunde Klima in sein Bett gezwungen. Nix mit High Life und Nachtleben wie in der Pöseldorfer Szene. Heia war angesagt gewesen. Nicht, dass er morgens dadurch eher aufgewacht wäre, durchaus nicht.

Aber daran sieht man ganz klar, so erkannte er, welch ein aufreibendes Leben man als Autor zu führen gezwungen ist. Ständig im Licht der Öffentlichkeit. Das setzt zu. Da ist es kein Wunder, dass der Schlaf einen mit Macht überfällt, wenn man sich auf einer fast ausgestorbenen Insel mitten im Winter eine Auszeit nimmt.

Wie war das also noch? Zwei Tote waren im Abstand von drei Tagen an der Außenalster im Uferschilf gefunden worden, und sein Kommissar Möglich hatte sich mit seinem Kollegen Enders an die Arbeit gemacht. Wie in den drei Krimis zuvor. Zum krönenden Abschluss waren beide aufgrund ihrer Verdienste vom Polizeipräsidenten empfangen worden. Jakob schlug sich feixend auf die Schenkel bei der Erinnerung, wie er die Szene mit dem schlauen, aber gesellschaftlich etwas ungelenken Kommissar und seinem bodenständigen Assistenten eingetippt hatte.

Nun der Mittelteil. Noch etwa fünfzig Seiten, die ihm zur sauberen Abrundung der Story fehlten. Schlagartig wurde er wieder ernst und schaute sich peinlich berührt um. Hatte er sich eben wirklich in aller Öffentlichkeit auf die Schenkel geklopft? Gott sei Dank, kein Mensch weit und breit. Bis auf eine Frau mit dunklen Haaren, die aus der Sparkasse kam. Der Gang kam ihm seltsam vertraut vor. Er schaute genauer hin – und erstarrte. Petra Grobert! Er blinzelte ein paarmal heftig. Dann sah er, wie die Frau ein Fahrrad aus dem Ständer nahm und davonradelte.

Versonnen schaute er hinter der Figur her, die sich mit kräftigen Tritten in die Pedale schnell aus seinem Sichtfeld entfernte. Nein, er hatte sich versehen. Es war nicht die Frau, die seine ersten literarischen Gehversuche so brutal abgewatscht hatte. Plötzlich überfiel ihn die Erkenntnis, dass sein Schreiben ganz tief in ihm drin inzwischen untrennbar mit dem Namen ›Grobert‹

verbunden war. Wann immer er über seinen Krimi nachdachte, schlich sich automatisch die Grobert mit ein. Und plötzlich wusste er genau, wem er seine Schreibhemmung zu verdanken hatte. Natürlich, war ja klar. Genau dieser Frau! Oder?

»Hallo, Jakob, aufwachen, sonst erfrierst du noch!« Jakob zuckte zusammen. Er hatte nicht gemerkt, dass Rieke vor ihm aufgetaucht war und ihn lachend ansah. »Gehst du zu Tant' Anna? Kann ich mitkommen?«

Er nickte. »Von mir aus. Ich habe ihr sowieso versprochen, heute Nachmittag noch einmal vorbeizuschauen.« Jakob stand auf und blickte auf seine Uhr. »Passt. Sie hat ihren Mittagsschlaf beendet. Zwischen ein und drei Uhr darf ich mich bei ihr nämlich nicht blicken lassen, hat sie gesagt.«

Schweigend schob Rieke ihr Fahrrad neben ihm her, und erst nachdem er sie ein paarmal verstohlen angeschaut hatte, sagte sie leise: »Hast du gemerkt, wie komisch Mama heute war? Ich meine, du kennst sie noch nicht lange, aber du hast bestimmt festgestellt, dass sie anders war als sonst.«

Jakob nickte und antwortete vorsichtig: »Kann wohl sein. Sie schien sich etwas unwohl zu fühlen, um es neutral zu sagen. Wenn du allerdings nach dem Grund fragst, bist du bei mir verkehrt. Da müsstest du schon selber mit ihr sprechen.«

»Ich habe es versucht, aber sie sagt, alles ist okay.«

»Na, dann lass es drauf ankommen. Sie beruhigt sich schon wieder.« Jakob öffnete die Tür von Tant' Annas Haus und prallte zurück – die Tür wurde gleichzeitig von innen geöffnet und Fenna Boekhoff stand vor ihnen.

»Mama, was machst du denn hier?«, rief Rieke erstaunt.

»Ich … ich darf doch wohl noch meine Tante besuchen, oder nicht?« Fenna schlängelte sich an den beiden vorbei.

»Muss jetzt aber los, tschüss allesamt.« Schon war sie auf ihr Fahrrad gestiegen und verschwunden.

»Was hat die denn nur?«, fragte Rieke ihre Großtante verblüfft, die mit ernstem Gesicht in der Tür aufgetaucht war.

»Ach nichts, denke ich. Wird schon alles gut werden. Mach dir man keine Gedanken, min Kind.«

»Dürfen wir reinkommen?«, fragte Jakob. Irgendwie fühlte er sich als Störenfried.

»Wenn ihr schon mal hier seid, dann herein mit euch«, sagte Tant' Anna betont heiter. Jakob hatte allerdings das Gefühl, dass diese Heiterkeit nur gespielt war und die alte Dame viel lieber wieder alleine ins Haus zurückgekehrt wäre.

»Nur ein paar Minuten«, sagte er, und ließ sich auf seinem Lieblingsplatz auf der Küchenbank nieder. Schon die Wärme, die die Küche durchflutete, war den Besuch wert. Rieke hatte sich direkt neben den Heizkörper gestellt und wärmte ihre Hände.

»Soll ich Tee machen?«, fragte Tant' Anna.

»Au ja«, rief Rieke sofort, aber Jakob winkte ab.

»Für mich nicht, danke, ich habe nur eine Frage zu unserem Gespräch neulich. Hat dieser holländische Seemann, der Hendrik deBoer, der im Osten begraben liegt, wohl noch Verwandte? Weiß man das?«

Tant' Anna nickte. »Ja, die Nachkommen waren vor ein paar Jahren sogar mal hier. Sie wurden mit Weißbrot und Genever empfangen. Also genau mit den Dingen, die ihr Vorfahr damals vergeblich von den Insulanern eingefordert hatte. Eine schöne Geste, nicht?«

Eifrig machte sich Jakob Notizen. Sein Schreibblock füllte sich zusehends. Als er wieder hochschaute, sah er, wie Tant' Anna Rieke über den Kopf strich. »Tja, min leve Kinners, ich habe noch zu tun. Besser, du kommst morgen oder übermorgen wieder vorbei, Jakob«, sagte sie, und er meinte, dass ihre Stimme traurig klang.

Als er sich auf der Straße von Rieke verabschiedete, murmelte sie: »Irgendwie sind alle Leute komisch heute. Versteh ich nicht. Muss an der Jahreszeit liegen. Hauptsache, du bist wenigstens normal. Mach's gut. Ich fahre zur Schule und treffe mich dort mit ein paar Leuten. Bis dann.«

Kaum hatte er »tschüss« gesagt, war sie auch schon verschwunden.

Langsam schlenderte er an der Inselglocke vorbei zurück ins Ostdorf. Er mochte nicht, wenn Tant' Anna traurig war. Auch wenn sie am Anfang sehr zurückhaltend gewesen war, hatte sich schnell eine schöne Vertrautheit zwischen ihnen entwickelt. Er fühlte sich irgendwie geborgen, wenn sie ›min Jung‹ zu ihm sagte und ihn duzte. Er hatte bei ihr nie das Gefühl, sich beweisen zu müssen. Er saß einfach da, auf der Eckbank, aß Krintstuut, trank Ostfriesentee und hörte zu. Ganz weit weg von allem Schickimicki und dem ständigen ›Ich bin der wahre Meister der Worte‹-Kampf, dem er sich in Hamburg ausgesetzt sah. Ganz vorne dabei natürlich … – Nein, er wollte nicht schon wieder an sie denken. Sich nicht die schöne Stimmung von dieser Hexe kaputtmachen lassen.

Abends nach der Kirchenchorprobe

An der Theke.

Heyo: »Gibst mir 'n Bier?«

Andi: »Mir auch eins.«

Wilhelm: »Mensch, da haben wir ja wieder richtig was geleistet heute Abend.«

Tamme: »Ja. War echt gut, die Probe. Bis Heiligabend steht das Programm!«

Dirk: »Einmal im Jahr volles Haus, da müssen wir zeigen, was wir können.«

Gelächter

Wilhelm: »Horst, sag mal, stimmt das mit den Leuten, da bei dir im Gartenhaus? Wollen die das kaufen? Also die vom Camp, meine ich.«

Horst: »Wie kommst du denn darauf? Nee, mieten wollen die das. Aber es ist noch nichts unterschrieben.«

Hilko: »Ach hör doch auf, ist bestimmt schon alles in trockenen Tüchern.«

Horst: »Blödsinn. Ist aber auch egal. Wen von euch hat's denn zu kümmern?«

Kai: »Mich zum Beispiel. Ich habe keinen Bock darauf, das ganze Jahr Angst zu haben, dass diese kriminellen Gören auf der Insel Unheil anrichten.«

Horst: »Quatsch, im Sommer kommen die gar nicht. Wer hat dir denn den Scheiß erzählt? Ist außerdem mein Bier, oder?«

Frank: »Ist es nicht. Es gibt nämlich eine Heil- und Bäderverordnung, oder so ähnlich, und die sieht sowas nämlich überhaupt nicht vor.«

Horst: »Nun fahr' man nicht so'n großes Geschütz auf, nur weil ich mein Gartenhaus besser vermiete als du deine Fewos.«

Kai: »Lenk nicht vom Thema ab. Ich will dir mal sagen,

worum es hier geht. Es geht darum, dass du immer deinen Willen durchsetzen willst. Alles andere zählt bei dir nicht. Privat und auch geschäftlich. Aber irgendwann geht der Schuss nach hinten los, da kannste sicher sein. Irgendwann gehen dir alle von der Fahne, dann stehste alleine da mit deinen Häusern. Deinen Hausmeister biste ja schon los.«

Lambert: »Leute, beruhigt euch, wir werden für alles eine Lösung finden, morgen ist wieder ein neuer Tag.«

Dirk: »Jawohl, Eure Heiligkeit. Es sprach der Pastor! Sag mal, Horst, hast du überhaupt 'ne Genehmigung für dein Häuschen?«

Horst: »Pass auf, was du sagst, sonst …«

Rainhard: »Kinder, streitet euch nicht. Wer will noch ein Bier?«

Allgemeines Nicken.

Jens: »Aber sag mal ehrlich, muss das wirklich sein? Glaube man nicht, dass die anderen das so einfach hinnehmen. Seit das durchgesickert ist, ist echt Kampfstimmung im Dorf.«

Horst: »Ach, lasst mich doch alle in Ruhe. Ich mache meinen Kram. Ihr macht euren. Klar? Bis nächste Woche. Ich haue ab.« Im Rausgehen: »Möchte mal wissen, wer das wieder rumerzählt hat.«

Jesco: »Damit kommt der nicht durch. Da müssen wir was unternehmen. Also – nichts gegen Kinder – mal so grundsätzlich gesagt. Aber ausgerechnet welche, bei denen Klauen, Gewalt und Drogen zum täglichen Leben gehören? Wenn die Gäste das mitkriegen, bleiben die glatt weg. Stress mit den Blagen in der Fußgängerzone zu Hause haben die schon genug.«

Kai: »Genau, die wollen hier schöne heile Urlaubswelt und sonst nichts.«

Tobias: »Prima, gerade noch Kirchenchor, und nun steht ihr hier und gebt den Kindern nicht die geringste Chance. Klasse Einstellung.«

Tamme: »Höre ich da die Stimme unseres Sozialpäd-
agogen? Deine Eltern vermieten doch auch? Denk da
mal drüber nach.«

Frank: »Und noch eins – was glaubt ihr denn wohl,
wenn auf der Insel was passiert, ich meine so Vanda-
lismus und Diebstahl und so. Das waren dann doch
immer die Bratzen aus dem Camp. Da könnt ihr Gift
drauf nehmen. Egal was passiert – denen wird es in die
Schuhe geschoben. Das kann einfach nicht gutgehen.«

Paul: »Ich weiß zwar nicht, was an diesem Gedanken
so verkehrt sein soll, aber besser ist es schon, die kommen gar nicht erst her. Auch nicht mehr im November.«

Tobias: »Nun macht mal halblang und wartet erst
mal ab, was daraus wird. Ihr wisst doch, nichts wird
so heiß …«

Mark: »Bei Horst bestimmt. Wir haben ihn in den
letzten Jahren zur Genüge kennengelernt.«

Paul: »Mach uns mal noch'n Bier.«

Lambert: »Für mich nicht. Ich gehe. Morgen ist wieder
ein harter Tag.«

Hilko: »Für mich auch nicht. Irgendwie reicht's.
Der Kerl stiftet doch immer Unfrieden. Was muss ich
zahlen?«

Jens: »Ich will auch los.«

-1° Celsius, Wind: Ost 4
Freitag, 25. November

Gegen kurz nach vier wurde er wach und konnte wieder
einmal nicht mehr einschlafen. Er nahm seine Taschenlampe aus dem Rucksack und schlich an der offenen Tür
seines Betreuers vorbei. Leise öffnete er die Haustür und
folgte trotz des eisigen Windes, der ihn draußen emp-
fing, dem roten Weg, der in die Dünen führte. Er wollte
nachdenken. Frust ablassen. Was auch immer. Ziellos
streifte der Strahl seiner Lampe über Sträucher, die sich
im Wind duckten und über Dünenkämme, die den Pfad
auf beiden Seiten einrahmten. Er lief eine ganze Weile,
tief in Gedanken versunken. Doch dann holte ihn etwas
Unbestimmtes in die Wirklichkeit zurück. Er blieb stehen
und konzentrierte sich auf seine Umgebung. Er konnte
nicht viel sehen, versuchte trotzdem mit allen Sinnen
zu erfassen, was ihn hatte aufmerksam werden lassen.

Er horchte. Da war es. Ein Laut. Ein Laut der nicht
zu dem Raunen des Windes und den vereinzelten Rufen
der Wasservögel passte. Langsam ging er weiter und die
Geräusche wurden intensiver. Schweres Atmen. Abgehacktes Stöhnen. Er spürte keine Angst. Eher Neugier.
Die Taschenlampe hatte er ausgemacht. Zu auffällig.
Im kräftigen Licht des Mondes bemerkte er rechts vom
Weg eine Gestalt, die sich bückte, sich wieder aufrichtete. Zwischendurch hörte er dumpfes Knirschen, wie
wenn Metall in Erde gestoßen wird. Da war tatsächlich
jemand am Graben. Und das mitten in der Nacht. Na
ja, so ganz Nacht war es nicht mehr, aber es war noch
dunkel. Also eine eher ungewöhnliche Zeit, seinen
Garten zu versorgen.

Eine ganze Weile stand er reglos im Schatten eines
dichten Strauches, beobachtete die Bewegungen des

Mannes, die ihm seltsam ungelenk schienen. Es mochte wohl an der dicken Winterjacke liegen, die den Mann einhüllte. Eine Kapuze umschloss den Kopf fast gänzlich. Dann sah er, wie sich die dunkle Gestalt umdrehte, langsam mit dem Spaten unter dem Arm über den Zaun stieg und zu einem Fahrrad lief, das an einer dicken Birke lehnte. Deutlich konnte er die schwarzweiße Rinde des Baumes im Mondlicht erkennen. Eine Wippe, wie sie die Insulaner alle besaßen, hing hinter dem Rad, das die Person auf den Weg schob. Das Letzte, was Mario hörte, war ein helles, durchdringendes Klappern des Schutzbleches, das sich in der Dunkelheit verlor.

Erst wollte er dem Geräusch folgen, schauen, wo dieser Mensch mit den seltsamen Angewohnheiten wohnte, entschloss sich dann aber, lieber ins Bett zu gehen. Ehe die anderen davon Wind bekamen, dass er wieder unterwegs gewesen war.

*

Anna Albers holte ihr Fahrrad aus dem Schuppen und stellte es neben der Haustür ab. Sie hatte Fenna versprochen, bei ihr vorbeizuschauen. So aufgeregt hatte sie ihre Nichte noch nie erlebt. Ausgerechnet sie hatte Fenna in ihre Geschichte einweihen müssen ... Einerseits war sie froh, dass Fenna so viel Vertrauen zu ihr hatte, andererseits wollte sie mit all diesen unangenehmen Dingen nichts zu tun haben. Wie konnte sie schon helfen? Ihr war eine Welt, in der möglichst alles in geordneten Bahnen lief, im Laufe der Jahre immer wichtiger geworden. Natürlich kannte sie das Sprichwort: Wo die Liebe hinfällt ... Aber musste die sich ausgerechnet Fenna für ihre Experimente aussuchen?

Sie zog die Tür ihres Hauses zu und fuhr los. Das Radfahren fiel ihr nicht mehr so leicht wie früher, aber ganz bis ins Ostdorf zu laufen, wäre gegen den Wind, der in der Nacht auf Ost gedreht hatte, auch nicht einfacher gewesen. So strampelte sie schwer atmend dagegen an. Wenn der Wind in den nächsten Tagen weiter so stramm aus dieser Richtung wehte, würde es mit den Wasserverhältnissen sicher schwierig werden. Dann würde es bestimmt wieder das große verwunderte Augenreiben geben beim Blick in den Hafen. Die meisten Insulaner waren es gar nicht mehr gewohnt, dass die Fähren den Fahrplan wegen Wassermangels nicht einhalten konnten. Geschweige denn, dass die Schiffe überhaupt nicht fahren konnten.

Als sie den Rosengarten passiert hatte und auf die Aussichtsdüne zufuhr, beschloss sie spontan, nicht sofort rechts zu ihrer Nichte abzubiegen. Stattdessen bog sie links ab, ließ *Feldmanns Fischladen* hinter sich und folgte dem roten Weg ein kurzes Stück in die Dünen. Sie war schon ein paar Wochen nicht mehr bei ihrem Grundstück gewesen. Sie stieg ab und lehnte ihr Fahrrad an den Zaun, der ein tiefer gelegenes Stück Land abgrenzte. Es war im Besitz ihrer Familie, solange sie denken konnte. Ihre Vorfahren hatten dort Gemüse und Kartoffeln angepflanzt, aber sie war irgendwie nie mehr dazu gekommen. So war das Fleckchen Erde ungenutzt geblieben und über die Jahre an den meisten Stellen zugewachsen mit Holunder und ein paar Birken. Sie lief einige Meter den Zaun entlang, dann blieb sie abrupt stehen. Er war an einer Stelle niedergetreten. Die Holzlatten, die den Maschendraht hielten, waren zerbrochen und die Teile lagen zerstreut auf der Erde.

Wer macht denn so was, wunderte sie sich, und griff nach einem Stück grünen Stoffs, das sich im Draht verfangen hatte.

Sie würde Jörg bitten. Er würde den Schaden schnell wieder beheben. Sie hatte bereits vor einiger Zeit überlegt, den Zaun ganz wegzunehmen, und ihr Grundstück so wieder zu einem Teil der Dünen werden zu lassen. Doch eines Tages – sie hoffte, dass dieser Tag noch in weiter Ferne lag - würde dieses Gelände Fenna und ihrer Familie gehören. Dann sollten die ruhig entscheiden, was damit passieren sollte. Außerdem konnte sie den Bestand der Strandwinde am besten schützen, wenn das Gelände eingezäunt blieb. So hatte sie ihr Vorhaben wieder zu den Akten gelegt.

Vorsichtig stieg sie über den niedergetretenen Zaun und schaute auf die Stelle, an der die Strandwinde wuchs, gleich in der Nähe der ersten Büsche. Sie war stolz darauf, dass ausgerechnet diese seltene Pflanze, die auf der Roten Liste stand, bei ihr auf dem Grundstück eine Heimat hatte. Das mit der Liste hatte Rieke ihr erzählt, als sie ihrer Großnichte wieder einmal von den zarten Blüten vorgeschwärmt hatte. Und dass die Strandwinde nur noch an ein paar wenigen Stellen auf den Ostfriesischen Inseln anzutreffen war, hatte Rieke ihr auch berichtet. »Haben wir in der Schule durchgenommen«, hatte sie erklärt.

Verblüfft blieb Anna stehen. Von der Strandwinde, oder von dem, was im November davon hätte zu sehen sein müssen, keine Spur. Sie bückte sich. Schaute genauer hin. Bog die kahlen Zweige des Holunders an die Seite. Aber sie konnte nicht den kleinsten Rest der Pflanze finden. Allerdings sah sie etwas anderes. Jemand hatte genau an dieser Stelle auf einer Fläche von etwa zwei mal zwei Metern gegraben. Sie ließ den Boden zwischen ihren Fingern hindurchrinnen. Es konnte noch nicht lange her sein, dass irgendjemand ihre Strandwinde dort ausgegraben hatte. Wut und Trauer überkamen sie, und sie merkte, wie sie unter ihrer dicken Winterjacke anfing zu zittern. Können die Menschen denn gar keine Rücksicht auf die Natur nehmen, dachte sie zutiefst enttäuscht. Die Strandwinde kann nicht verpflanzt werden. Sie wächst auf anderem Boden nicht an.

Sie richtete sich auf und ging zu ihrem Fahrrad. Eigentlich verspürte sie jetzt gar keine Lust mehr, ihre Nichte zu besuchen. Aber sie hatte es versprochen, also würde sie es tun.

Es ist, als ob ein Stück von mir verschwunden ist, ging ihr durch den Kopf, als sie sich wieder auf den Weg machte. Nicht, dass sie der Pflanze ständige Beachtung geschenkt hätte, aber es war ihr in jedem Jahr aufs Neue eine Freude, wenn sie die rosa Blütenkelche mit den weißen Streifen unter den Büschen entdeckte. Nun würde sie sich wohl mit dem Gedanken abfinden müssen, dass sie im nächsten Sommer ohne diesen Anblick auskommen musste.

Plötzlich stockte sie. Vor ihr lag etwas im Gras. Fast hätte sie darauf getreten. Sie bückte sich und sah eine Kerze neben einem von der Jahreszeit verschonten Grasbüschel liegen. Sie war zehn Zentimeter lang, rötlich, und mit Zeichen verziert, die sie nicht deuten konnte. Der schwarze, kurze Docht und die Aushöhlung am oberen Ende zeigten ihr, dass sie bereits in Gebrauch gewesen war. Sie beschloss, sie mitzunehmen, und verstaute sie in ihrer Fahrradtasche. Hier draußen auf dem Grundstück hatte die Kerze sowieso nichts zu suchen.

»Fenna, Fenna, büst du daar?«, rief Anna, noch immer aufgebracht, durch den Hausflur.

»Komm rauf, ich bin oben«, hörte sie die Stimme ihrer Nichte.

Sie stieg die Treppe hoch, am ersten Stock vorbei, in dem, wie sie wusste, Jakob wohnte. Ein Lächeln stahl sich in ihr Gesicht. Er war ihr in der kurzen Zeit richtig ans Herz gewachsen, auch wenn er manchmal einen etwas weltfremden Eindruck machte. So waren Schriftsteller nun mal. Es geschah selten bei ihr, dass sie sofort das Gefühl hatte, einen Menschen duzen zu wollen. Jakob hatte sie das Du bereits bei ihrem zweiten Treffen angeboten. Ob es so etwas wie großmütterliche Gefühle waren, die sie für den Mann aus Hamburg hegte? War es die Art, wie er Fragen stellte? Wie er es genoss, sich auf ihrer Eckbank mit Tee und Krintstuut verwöhnen zu lassen?

Sie wusste es nicht. Wollte es gar nicht wissen. Sie wusste nur, sie mochte ihn.

»Tant' Anna, wo bleibst du denn?«

Sie zuckte zusammen und beeilte sich, in den zweiten Stock zu steigen. So schnell war sie schließlich auch nicht mehr. »Jaa, ik bün al boben«, rief sie und öffnete die Wohnzimmertür.

Fenna war nicht allein. Ole saß hingelümmelt auf dem Fernsehsessel, seine langen Beine über der Lehne verknotet, und strahlte sie an. Dann sprang er auf und nahm sie fest in den Arm. Anna bekam kaum Luft, als Ole sie an seine breite Brust drückte. Doch nach einem Moment ließ er sie wieder los, trat einen Schritt zurück und sagte lachend: »Na, wie geht es denn der Verweserin aller Baltrumer Sagen und Legenden? Hast dem Literaten auch ordentlich was an Gruselgeschichten erzählt?«

Tant' Anna lachte ebenfalls. »Nur die Wahrheit, min Jung. Nur die Wahrheit. Was anderes käme mir gar nicht über die Lippen. Gibt auch so genug Erzählenswertes, dat glöv man.« Sie schaute zu Fenna und sah ihre Nichte schmunzeln. Ein Funken Hoffnung keimte in ihr auf. Hatte Fenna bereits gründlich nachgedacht und die Sache mit Stefan abgeschlossen?

So ganz konnte Tant' Anna es nicht glauben. Dazu war Fenna gestern viel zu verzweifelt gewesen. Sie verstand es wohl nur gut, die ganze Angelegenheit nicht nach außen zu tragen.

Tant' Anna wollte sich gerade zu Fenna auf das Sofa setzen, als sie von draußen eine helle Stimme hörten. »Fenna, Jörg, Christina ist hier, ist einer von euch da?«

Fenna stand auf und schaute Tant' Anna ungläubig an. »Christina?«, sagte sie, »Die hat sich bei uns noch nie freiwillig blicken lassen. Bin gespannt, was die will. Ich gehe mal eben hin.«

Als Fenna wieder ins Wohnzimmer kam, stand Ratlosigkeit in ihrem Gesicht. »Stellt euch vor, Horst ist weg. Er ist von der Kirchenchorprobe nicht nach Hause gekommen, und Christina wollte wissen, ob Jörg was mitgekriegt hat, weil er doch auch zur Probe war.«

Ole war aufgesprungen. »Hat Christina schon die Polizei benachrichtigt? Es ist immerhin schon ...«, er schaute auf seine Armbanduhr, »... halb elf morgens.«

Fenna zuckte mit den Schultern. »Ich habe ganz vergessen, Christina danach zu fragen. Vielleicht ist er ganz früh an Land gefahren und sie hat das gar nicht mitbekommen. Kann doch sein.« Fenna schaute auf den Reedereikalender, der über dem kleinen Schränkchen mit den Familienfotos hing. »Tatsächlich, heute Morgen um halb acht ist schon die *Baltrum III* gefahren.«

»Oder er macht gerade eine Inselrundfahrt mit dem Fahrrad und überlegt dabei, wie es ist, wenn ihm in zehn Jahren der Rest der Insel auch noch gehört«, grinste Ole.

Tant' Anna war nicht nach Lachen zumute. Christina würde wohl wissen, ob Horst tatsächlich abends nicht nach Hause gekommen war, oder ob er morgens schon früh gegangen war. Eine Möglichkeit war, dass er betrunken in einem seiner anderen Häuser untergekrochen war und seinen Rausch ausschlief. Aber das würde Christina sicher schon kontrolliert haben. Außerdem war Horst zwar ein recht unbeliebter Zeitgenosse, aber nicht unbedingt ein Typ, der sich hemmungslos einen hinter die Binde goss und dann nicht mehr wusste, was er tat. Dazu hatte dieser Mann immer viel zu gern die Dinge unter Kontrolle. Aber irgendwann ist immer das erste

Mal, dachte Tant' Anna. Für wen konnte man schon die Hand ins Feuer legen.

Die drei überlegten noch eine Weile hin und her, konnten sich aber keinen Reim auf das Verschwinden ihres Nachbarn machen.

»Lasst uns das Thema wechseln«, schlug Ole vor. »Wahrscheinlich sitzt der schon längst wieder bei seiner Christina und lässt sich von ihr den Tee bringen.«

Fenna und Tant' Anna nickten. So würde es wohl sein. Wo sollte der Mann sonst stecken? Weit konnte er auf der Insel nicht kommen. Oder war er wirklich ans Festland gefahren, ohne seiner Frau Bescheid zu sagen? Zuzutrauen wäre es ihm.

»Ich habe euch noch gar nicht erzählt, was ich heute Morgen auf der Fahrt hierher erlebt habe.« Tant' Anna sah, wie sich ihr zwei Gesichter aufmerksam zuwandten.

*

»Papa, glaubst du eigentlich auch, dass unser Nachbar Horst, das Großmaul, so richtig verschwunden ist?« Ole lehnte mit gekreuzten Armen an der Werkbank in dem kleinen Schuppen, der seinem Vater als Arbeitsplatz diente. Das solide Holzhaus stand am Ende des großen Grundstücks der Boekhoffs, weit genug entfernt vom Wohnhaus, dass die Gäste kein Hämmern und Klopfen hörten, wenn sein Vater im Sommer dort Fahrräder oder andere Dinge reparierte. Es war Aufbewahrungsort für Farben und Lacke, drei Leitern in unterschiedlichen Größen hingen an der Wand und Bohrer, Schraubenzieher und anderes Werkzeug hatte seinen Platz über der Werkbank gefunden. Gerade war Jörg Boekhoff damit beschäftigt, einen Kinderbollerwagen auseinanderzunehmen. Drei weitere standen in Reih' und Glied und warteten auf ihren Einsatz.

»Der taucht bestimmt wieder auf«, murmelte Jörg und griff nach einem Hammer.

»Das scheint dir wohl völlig am Arm vorbei zu gehen, oder?«, fragte Ole neugierig.

»Nun mach mal halblang. So schnell schießen die Preußen nicht. Warte man ab, wenn es was zu essen gibt, dann steht der bestimmt wieder in der Tür. Das ist ein eisernes Gesetz bei Männern.«

Ole lachte. »Seltener Fall von Selbsterkenntnis. Du hast recht, man sollte die Geschichte nicht allzu ernst nehmen und erst einmal abwarten. Wenn ich an Bord aus jeder Mücke einen Elefanten machen würde, gäbe es spätestens nach drei Wochen auf See nur noch Mord und Totschlag. Genau so ist es mit der Geschichte, die Tant' Anna uns eben erzählt hat. Die behauptet doch steif und fest, dass jemand die Strandwinde auf ihrem Dünengrundstück ausgebuddelt hat. Seltsam, nicht?«

»Verdammt, warum kriege ich den Splint hier nicht raus?« Mit Wucht schlug Jörg Boekhoff auf das kleine rote Rad des Bollerwagens. »Alles ist festgerostet!« Wieder und wieder schlug er zu, bis das Rad von der Deichsel rutschte, auf den Boden fiel und langsam, wie ferngesteuert, bis in die hinterste Ecke des Schuppens rollte. Mit einem Ruck richtete sich Jörg Boekhoff auf. Sein Hammer landete mit einem trockenen Knall auf der Werkbank.

Ole schaute seinen Vater erstaunt an. »Was ist dir denn über die Leber gelaufen? So kenne ich dich ja gar nicht.«

Jörg Boekhoff folgte schweigend dem Rad, hob es auf und legte es fast behutsam auf die hölzerne Bank. »Tut mir leid. Ist manchmal so. Hab's nicht so gemeint.«

»Was? Das mit dem festgerostet? Es stimmte doch. Es war festgerostet. Oder was hast du nicht so gemeint?« Ole ließ seinen Vater nicht aus den Augen.

»Ach nichts, vergiss es einfach. Gib mir mal den Hobel. Ich muss noch einen dicken Splitter an der Seitenwand des Bollerwagens abschleifen. Sonst gibt es nachher böse

Verletzungen, wenn die Kinder im Sommer wieder damit herumfahren.«

Ole nahm den Hobel von der Wand und gab ihn seinem Vater, der sich sofort wieder der Reparatur des kleinen Wagens zuwandte. Schon lag wieder das Gefühl von Ruhe und Zufriedenheit in dem Raum, das Ole von Kindheit an gewohnt war. Ole zuckte mit den Schultern. Er konnte diesen Ausbruch überhaupt nicht einordnen. Sein ruhiger Vater verzweifelte an einem festsitzenden Splint? Das hatte es noch nie gegeben.

»Na gut, ich will dann mal wieder. Bis später.« Ole drehte sich um und hörte nur noch ein leises »Tschüss«, als er den Arbeitsraum seines Vaters hinter sich ließ. Er hätte seinen Vater zu gern gefragt, ob ihm am Abend zuvor bei der Kirchenchorprobe etwas Besonderes aufgefallen war, aber irgendwie mochte er jetzt nicht mehr.

Als er auf die Straße trat, kam ihm Thore Uhlenbusch entgegen, sein alter Freund aus Kindertagen. »Na, Ole, auch mal wieder hier?«

Ole nickte. »Drei Monate Pause, bevor es wieder losgeht.«

»Du hast es gut, ständig Urlaub!« Thore lachte.

»Immerhin fängt mein Dienst bereits wieder im Januar an. Du als Hotelier musst erst im April arbeiten, wenn die Ostergäste kommen«, widersprach Ole.

»Abgesehen davon, dass ich im Winter ständig was im Haus zu tun habe, hast du natürlich recht. Aber wem sage ich das. Was ist, sehen wir uns heute Abend beim Volleyball? Deine Figur könnte ein wenig Sport gebrauchen, oder?« Thore schaute mit kritischem Blick auf Oles Bauchregion.

Peinlich berührt strich sich Ole über seinen dicken Anorak und merkte zu spät, dass man eigentlich gar nichts von dem Bäuchlein sehen konnte, das sich unter seiner Jacke tarnte. Aber spätestens abends, wenn er

Thores Vorschlag folgte, würde sein Freund feststellen, dass er mit seiner Einschätzung goldrichtig gelegen hatte. Ole musste tatsächlich etwas für seine Figur tun. Der philippinische Koch auf der *London Star* war wirklich ausgezeichnet gewesen. Besonders die Steaks … Ihm lief das Wasser im Mund zusammen, wohl wissend, dass es nicht die Steaks, sondern das Drumherum auf dem Teller war, das sich auf seinen Hüften abgesetzt hatte.

»Okay, bin dabei. Acht Uhr in der Turnhalle?«

»Klar, wie immer.« Thore wendete sein Fahrrad und wollte gerade wieder aufsteigen, als vier junge Leute das Nachbargrundstück verließen.

Laut schallte »Hey, Alter, kannste uns mal dein Fahrrad leihen?« zu den beiden herüber. Thore schüttelte den Kopf und fuhr los, wurde jedoch nach ein paar Metern von den vieren aufgehalten, die sich in einer Kette auf dem schmalen roten Weg aufgestellt hatten.

Thore bremste und sprang vom Rad. »Geht's denn noch? Macht sofort Platz«, polterte er, doch die Jugendlichen wichen keinen Meter.

»Machen wir nicht. Du hast ein Rad, das wir gerne hätten.« Einer der drei Jungen hatte sich aus der Kette gelöst und ging langsam auf Thore zu. »Ganz ruhig, Alter, dir passiert nichts. Gib mir nur die Kiste, dann ist alles gut.«

Ole betrachtete überrascht, was sich da gerade vor seinen Augen abspielte. Was bildeten sich diese Schnöttköppe bloß ein? Aufgebracht lief er auf den Jungen zu. Mit ein paar schnellen Bewegungen hatte er ihn fest umschlungen und vor seinem Brustkorb eingeklemmt. Aus den Augenwinkeln sah er, dass die drei anderen die Situation gespannt beobachteten. »So, mein Alter« – beim Wort ›Alter‹ hatte sich Oles Stimme merklich gehoben – »Jetzt wirst du dich mal ganz schnell bei meinem Freund Thore entschuldigen. Aber fix, laut und

53

deutlich.« Der Junge rang heftig nach Luft, sagte aber kein Wort. Ole drückte noch ein wenig fester zu.

»Ole, lass ihn los, sonst wird der in den nächsten Tagen überhaupt nicht mehr reden können. Du klemmst ihm ja die Luft ab.«

Ole lockerte den Druck ein wenig. Sofort versuchte der Junge, sich aus der Umklammerung zu winden. »Lass mich los«, keuchte er. »Du Arschgesicht, lass mich sofort ...«

»Mario, was ist hier los?« Eine Bassstimme tönte laut und energisch über die Straße.

Ole drehte sich um. »Herr Mendel, Ihre Zöglinge benehmen sich unmöglich. Musste den Chef der Veranstaltung hier vorübergehend festsetzen. Er hätte sonst meinem Freund Thore das Fahrrad geklaut. Würde Ihnen auch gerne die Hand geben. Geht aber nicht, dann haut dieser Sprottenboxer nämlich ab.« Ole drückte, wie um seine Worte zu unterstreichen, seine Arme wieder fester um den Jungen und raunte ihm zu: »Du brauchst gar nicht so theatermäßig nach Luft zu schnappen, Alter. Jetzt merkste mal, wie unangenehm das ist, nicht?«

Stefan Mendel betrachtete die Szene einen Moment, dann wandte er den Blick von seinem Schützling ab. »Ich würde mich gerne bei Ihnen entschuldigen, Herr Boekhoff, kann ich aber nicht. Das muss schon der machen, der diesen ganzen Mist hier verzapft hat. Aber glauben Sie mir: Spätestens heute Abend nach dem Strandsport habe ich ihn so weit. Mein Wort drauf.«

Ole ließ den Jungen los, der mit hochrotem Gesicht ein paar Schritte zurückwich. Im gleichen Moment baute sich der Junge, den der Betreuer Mario genannt hatte, vor dem Mann auf, stemmte die Hände in die Hüften und schrie: »Warum fragst du mich eigentlich? Bin ich für den Mist hier verantwortlich? Frag doch lieber den da!« Mario zeigte mit ausgestreckter Hand auf den Jun-

54

gen, der mit verkniffenem Gesicht auf die Straße starrte. »Ach ja, und noch was. Sagst du nicht immer, man muss beide Seiten hören, bevor man sich ein Urteil bildet? Aber nein, kaum ist was, biste auf der Seite der anderen. Super Kino. Oder willst du es dir mit denen nicht verderben? Aber ich kann mir schon denken, warum … Außerdem – was ist denn nun mit unserem Rad, das unser lieber Vermieter Grombach, haha, uns so großzügig überlassen hat? Ihn können wir ja nicht fragen. Der ist schließlich verschwunden.« Schon hatte der Junge sich umgedreht und lief mit langen Schritten fort. Nur sein bitteres Lachen blieb noch für einen Moment zwischen den Männern hängen.

Fassungslos schauten sich die drei Männer an. Als Erster fand Ole wieder Worte. »Wie ist der denn drauf?!«

»Er ist sehr empfindsam. Besonders, wenn er meint, es läge Unrecht in der Luft. Allerdings müssen wir wohl an der richtigen Beurteilung mancher Gegebenheiten noch arbeiten.« Stefan Mendel lächelte. »Außerdem liebt Mario es, Dinge unter Kontrolle zu haben. Übrigens kein schlechter Charakterzug, wenn man nicht übertreibt. Was das Rad anbelangt: Das habe ich zu dem netten Herrn gebracht, der in der Schule wohnt. Fahrradmax oder so ähnlich. Zur Reparatur. Hatte einige derbe Macken. Herr Grombach hat zwar geschluckt, aber dann doch die Erlaubnis gegeben. Übermorgen kann ich es wieder abholen. Dann können wir unbesorgt damit fahren.« Stefan Mendel drehte sich zu seinen Schützlingen um. »Tut mir leid, dass ich euch nichts gesagt habe. Aber über euren Auftritt hier reden wir trotzdem intensiv. Und zwar auf der Stelle! Geht sofort zurück ins Gartenhaus!«

»Ich glaube, ich ziehe dann mal los«, sagte Thore.

Stefan Mendel hielt ihn zurück. »Bitte, es wird sich sicher nicht vermeiden lassen, dass sich diese Geschichte rumspricht. Es tut mir leid. Jetzt kann ich es sagen, wo

55

die Jungens nicht dabei sind. Es ist wirklich das erste Mal, dass hier so was passiert. Ich verbürge mich dafür ...«

»Lassen Sie mal, Herr Mendel«, warf Thore dazwischen. »Ist schon gut. Von mir erfährt keiner was. Die Wogen schlagen schon hoch genug auf der Insel wegen Ihrer Anwesenheit. Da muss ich nicht auch noch Öl ins Feuer gießen.«

Stefan Mendel atmete auf. »Danke schön«, sagte er leise. Kurz darauf verabschiedete sich auch Ole vom Leiter des Jugendcamps, nicht ohne ihm versichert zu haben, dass die Geschichte sich genau so zugetragen hatte: Die vier hatten das Fahrrad klauen wollen. Auch wenn Mario etwas anderes behaupten mochte.

Der Mendel hat sich kein leichtes Leben ausgesucht, dachte Ole voller Hochachtung. Er kannte den Mann. Seine Mutter hatte ihm den Betreuer der Gruppe im Jahr zuvor vorgestellt, als er die beiden im Gespräch auf der Straße getroffen hatte. Auch damals hatte Ole gerade nach einer Fahrt über den Atlantik den heimischen Hafen angelaufen.

*

Verschwunden? Wer ist verschwunden? Der Nachbar von Boekhoffs? Was hatte der Junge da gerade gesagt? Er hatte zwar noch nicht die Bekanntschaft von Herrn Grombach gemacht, aber er hatte mitbekommen, dass bei Boekhoffs am Tisch nicht gerade freundlich über ihn gesprochen wurde. Die Sache könnte interessant werden. Wenn der Junge die Wahrheit gesagt hatte. Schade, dass der sich verdrückt hat, dachte Jakob enttäuscht. Er hätte gerne noch mehr erfahren. Leise schloss er das Fenster seiner Ferienwohnung. Es musste nicht unbedingt jeder sehen, dass er die Szene auf der Straße mitbekommen hatte. Komisch alles. Besonders das La-

chen des Jungen hallte in ihm nach. Und dann dieser
Satz: »Schon bist du auf der Seite der anderen. Aber ich
weiß schon, warum …« Es hatte fast wie eine Drohung
seinem Betreuer gegenüber geklungen. Durfte man das
bei diesen Kindern – besser gesagt Jugendlichen – ernst
nehmen? Musste man es ernst nehmen? Oder war es
einfach nur ein dummer Spruch gewesen? Egal. Die
ganze Sache ging ihn eigentlich überhaupt nichts an. Er
war hier, um alten Sagen nachzuspüren, nicht um neue
Geheimnisse aufzudecken.

Auf der anderen Seite konnte er es nun mal nicht ändern, dass sein Interesse erwacht war. Schließlich war
er Krimischreiber und somit schon rein beruflich ständig mit der Aufklärung von Geheimnissen beschäftigt.
Gut, die Geheimnisse erfand er selbst, insofern waren
es eigentlich keine echten. Doch es war, als führte er in
Zeiten des Schreibens ein Doppelleben. Er höchstper-
sönlich schrieb den Kommissaren im wahrsten Sinne
des Wortes vor, was sie zu tun und zu lassen hatten.
Gleichzeitig hatte er das Gefühl, mitzuleiden, wenn
einem Kommissar eine Recherche danebenging (was
durchaus schon mal passierte), oder sich mit ihm zu
freuen, wenn er Erfolg hatte. Ja, irgendwie *war* er dann
tatsächlich der Kommissar!

Nur ungern, aber leider immer wieder, erinnerte er
sich an seinen Auftritt vor gut zwei Monaten, als er
mit leicht wiegenden Schritten am Dammtorbahnhof
vorbeigeschlendert war, aufmerksam nach rechts und
links schauend, um sich dann kurz entschlossen hinter
einem gemauerten Vorsprung zu verstecken. Damals
war er so in seine Geschichte versunken gewesen, dass
er gar nicht mitbekommen hatte, wie er plötzlich in
aller Öffentlichkeit in die Rolle seines Kommissars ge-
schlüpft war. Der alte Mann, der genau hinter diesem
Vorsprung auf seinem Schlafsack gesessen hatte, hatte

ihn erstaunt angeschaut und gefragt: »Na, Kollege, auf der Flucht?« Jakob hatte damals nur stumm den Kopf geschüttelt und war weitergezogen. Hätte er dem Penner sagen sollen, dass Kommissar Möglich gerade mit einer äußerst schwierigen Observation beschäftigt war? Hätte der das verstanden? Sicher nicht. Genauso wenig wie die ... – Schwamm drüber.

Er hatte sich für diesen Morgen vorgenommen, auf den Friedhof zu gehen und sich die alten Grabsteine anzusehen. Jakob lief die Treppe hinunter und öffnete die Haustür. Von der aufgeregten Gruppe war weit und breit nichts mehr zu sehen. Er schaute in den Himmel und atmete auf. Für den Moment schien es ihm ein paar Grade wärmer geworden zu sein. Auch der Wind hatte ein wenig nachgelassen.

Vor dem schmiedeeisernen Eingangstor des Friedhofs standen Räder. Einige Leute waren damit beschäftigt, die Gräber winterfest zu machen. Langsam schlenderte er bis zum hintersten Teil, wo als Erinnerung ganz alte Grabsteine standen, deren zugehörige Gräber bereits aufgegeben waren. Er grüßte hier und da. Freundlich, manchmal etwas neugierig, wurde er zurückgegrüßt, dann beugten sich die Leute wieder über die Gräber und verteilten Kiefernzweige auf dem dunklen Boden.

Dönitz las Jakob auf einem der Grabsteine. *Emil Dönitz.* Der Name kam ihm bekannt vor. Das musste er unbedingt recherchieren. Daneben ein Stein mit der Inschrift *Etta Gronewold, geb Eilts.* Ob es zu dem Namen wohl noch eine Familie auf der Insel gab?

Gerade wollte er wieder gehen, da weckte ein seltsamer Gegenstand sein Interesse. Er hob ihn auf und betrachtete ihn aufmerksam. Er schien aus Metall zu sein und unter der schwarz angelaufenen, sandverkrusteten Oberfläche konnte man feine Ziselierungen erahnen. Ratlos drehte er ihn in seinen Händen, dann bemerkte er den Deckel. Es kostete ihn einige Mühe, aber es gelang ihm, den Verschluss zu heben. Ein Hauch von Maiglöckchen und Minze schien der braunen, bröseligen Masse auf dem Boden des Döschens zu entströmen. Der Innenraum war beschlagen, aber an einigen Stellen leuchtete ein matter silberner Glanz.

Jakob schaute sich um. Die junge Frau, die ihm am nächsten war, hatte offensichtlich ihre Arbeit beendet und verstaute ihre restlichen Zweige, eine große Gartenschere und eine Harke auf ihrer Wippe. Er lief auf sie zu. »Entschuldigung, können Sie mir sagen, was das hier ist? Das habe ich da hinten«, er zeigte mit dem Daumen zurück, »gefunden.«

Interessiert betrachtete die Frau das Ding, dann schüttelte sie den Kopf. »Nein, keine Ahnung. Sieht aber ganz schön alt aus. Vielleicht weiß Frau Albers, was das ist. Wenn sich einer mit so was auskennt, dann sie. Soll ich Ihnen beschreiben, wo sie wohnt?«

»Dankeschön. Weiß ich selber.« Er umwickelte das seltsame Teil mit seinem auch nicht mehr ganz sauberen Taschentuch und war wieder einmal froh, dass er noch nicht auf den viel gepriesenen Segen von Papiertaschentüchern hereingefallen war. Claudia hatte die Nase gerümpft, als sie das erste großkarierte Taschentuch in seiner Wäsche entdeckte. Aber er hatte sich bis jetzt nicht mit dem Gedanken abfinden können, Papier zu etwas anderem als zum Schreiben zu benutzen. Mit einer Ausnahme vielleicht …

Jakob steckte die Dose in seine Jackentasche und machte sich auf den Weg zu Tant' Anna. Kurios ist es schon, überlegte er. Da kenne ich auf der Insel außer den Boekhoffs so richtig nur Tant' Anna, und ausgerechnet da schickt man mich hin.

»Wat seggst du, wo hest du dat funnen?« Tant' Anna schaute ihn entgeistert an.

»Auf dem Friedhof, neben dem Grabstein vom alten Dönitz«, erklärte Jakob ihr bereits zum zweiten Mal. »Schau mal, sieht aus wie ein Minischreibsekretär.«

»Weißt du denn nicht, min Jung, dass es Unglück bringt, etwas vom Friedhof mitzunehmen?«

Jakob schüttelte den Kopf. »Ich weiß nur, dass man keine Blumen von den Gräbern klauen darf.«

»Natürlich darf man das nicht.« Tant' Annas Gesicht hatte eine fahle Blässe angenommen. »Aber was ich meine, ist, dass alles, was auf dem Friedhof liegt, also alles, was oben auf den Gräbern liegt … – Ach Jakob, du bringst mich völlig durcheinander.« Nervös trommelten Tant' Annas Finger auf die Tischdecke. »Ich meine, man darf rein gar nichts vom Friedhof mitnehmen, was man dort findet. Ich weiß zwar nicht, wie dieser Glaube entstanden ist, wahrscheinlich hat er etwas mit dem Schutz der Totenruhe zu tun, aber eines weiß ich genau: Es bringt Unglück, wenn man sich nicht daran hält.«

Ratlos drehte Jakob das Ding in seinen Händen. »Und was mache ich jetzt damit? Zurückbringen zu Herrn Dönitz?« Jakob merkte dass sein Spruch bei Tant' Anna nicht gerade gut angekommen war. Ihre Augen blitzten böse.

»Lass es hier. Ich glaube, es ist ein Rukeldoeske.«

Jakob schaute sie groß an. »Was ist das bitte?«

»Eine Riechdose. Die Damen benutzen sie früher häufig. Es war ein Schwamm darin. Sieh hier, du kannst die Reste noch sehen.« Sie hatte die Dose geöffnet und beugte sich zu ihm herüber. »Der wurde mit wertvollen Duftessenzen getränkt. Ich werde es in die richtigen Hände geben. Vielleicht kann der Heimatverein es für seine Ausstellung gebrauchen. Und nun geh. Tut mir leid, aber ich muss mich ein wenig hinlegen.«

Jakob stand auf. Der Blick auf die Uhr sagte ihm, dass

es höchste Zeit war, bei den Boekhoffs zum Mittagessen aufzulaufen. So fragte er nicht mehr, wie diese offensichtlich sehr alte Dose wohl auf dem Friedhof gelandet war. Er verabschiedete sich von der alten Dame, die ihn wie immer bis zur Haustür begleitete.

Als er gerade das Haus der Boekhoffs erreicht hatte, sah er, wie ein Polizist vom Nachbargrundstück bog. Ist der Mann also tatsächlich verschwunden, dachte er. Aufregende Sache. Wird bestimmt Thema beim Mittagessen sein.

*

Tant' Anna saß in ihrem Küchenstuhl und grübelte. Zu viele seltsame Dinge waren an diesem Morgen passiert. Zu aller Anfang das Verschwinden ihrer Strandwinde. Wer konnte ein Interesse daran haben, diese Blume auszugraben? Wer wusste überhaupt, dass sie dort wuchs und dass sie so selten geworden war? Nirgendwo würde die Pflanze bei dieser Kälte wieder anwachsen. Eines war sicher: Wer auch immer die Strandwinde ausgegraben hatte, hatte ganze Arbeit geleistet. Davon war nichts übrig geblieben.

In Gedanken versunken drehte sie die Kerze in ihren Händen, die sie auf dem Dünengrundstück gefunden hatte. Auch so etwas Seltsames. Wie war die nur dort hingekommen?

Dann das Auftauchen von Christina Grombach. Ob ihr Mann inzwischen schon wieder zu Hause war? Sie würde gleich mal Fenna anrufen. Vielleicht wusste die schon Genaues.

Zu guter Letzt Jakob, der ihr einfach eine alte Riechdose mitbrachte. Auf dem Friedhof gefunden, hatte er ihr ganz arglos erzählt. Städter sind in solchen Dingen völlig ahnungslos, dachte sie erstaunt. Dabei waren einige der alten Weisheiten auch heute noch aktuell.

Sie drehte die Dose mit dem abgeschrägten Deckel in ihren Händen. Was hatte Jakob gesagt? Sie erinnere ihn an einen Schreibsekretär. Damit hatte er nicht ganz Unrecht. Viele dieser Dosen waren früher in ihrer Form Möbelstücken nachempfunden worden. Sie nahm ein feuchtes Tuch von der Spüle und versuchte, den Belag herunterzureiben. Und tatsächlich, nach einer ganzen Weile kam das Silber wieder zum Vorschein. Bei näherem Hinsehen bemerkte sie zwei ineinander verschlungene, eingravierte Buchstaben. Stammte das Stück von einer Baltrumer Familie? Wie lange lag es wohl schon auf dem Friedhof? Dem Belag nach zu urteilen, der sich darauf abgesetzt hatte, sicher schon eine ganze Weile. Aber warum ausgerechnet auf dem Friedhof? Musste es dem Besitzer nicht auffallen, wenn es nicht mehr an seinem angestammten Platz in der Vitrine lag?

Eigentlich wollte sie die Riechdose nicht im Haus behalten, wollte das Schicksal nicht herausfordern. Aber ihr war klar: Manche Dinge passierten im Leben. Da war es völlig egal, ob man nun ein Fundstück vom Friedhof im Haus hatte oder nicht.

Sie legte die Riechdose zusammen mit der Kerze in den Küchenschrank und zog den Topf mit den Salzbohnen auf das Kochfeld. Wer grübelt, muss auch essen, dachte sie lächelnd. Hinterher mache ich ein Mittagsschläfchen, und dann werde ich Fenna anrufen. Fenna, ihre Nichte, die ein Problem mit sich herumschleppte, das Anna keinem wünschte.

*

Er hatte gerade die Wache betreten, als das Telefon klingelte. Er hob ab, meldete sich und hörte auf der anderen Seite nichts als kurzes, abgehacktes Atmen. Dann eine aufgeregte Frauenstimme. »Michael? Bist du dran?«

»Mit wem spreche ich denn?«, fragte Oberkommissar Michael Röder ruhig.

»Christina, Christina Grombach. Ich wollte dir nur sagen, also, ich weiß nicht richtig … Ach, vergiss es einfach.«

Die Verbindung wurde unterbrochen. Der Inselpolizist setzte sich verblüfft hinter seinen Schreibtisch, dann wählte er die Nummer der Grombachs. Einige Male ließ er es klingeln, doch Christina meldete sich nicht. Sollte etwas passiert sein? Er würde hinfahren und nachsehen.

Er rief nach seiner Frau, doch auch hier ging sein Ruf ins Leere. Dann ist sie sicher mit dem Hund raus, dachte er zufrieden. Tut ihr bestimmt gut, ein Gang über die Strandmauer.

Sandra, seine Frau, hatte bis gestern mit einer heftigen Erkältung im Bett gelegen. So hatte er sich pausenlos um den Welpen kümmern müssen, der seit zwei Monaten ihren Haushalt komplettierte. Nach langen Diskussionen hatten sie sich für einen Heidewachtel, eine kurzhaarige Jagdhundrasse, entschieden. Sandra hatte zu Beginn ihrer Überlegungen für einen Yorkshire-Terrier geschwärmt, doch die Realität eines Polizeieinsatzes – er in Uniform auf dem Fahrrad – war bei genauem Hinsehen schon peinlich genug. Als Krönung des Ganzen neben ihm so ein Taschenformat – undenkbar! Ein Hund musste quasi kraft Statur schon was hermachen! Der ging ja eigentlich, wenn er mit ihm unterwegs war – also streng genommen Streife lief – als Diensthund durch. Was sollten seine Kollegen denken, die im Sommer als Hilfssheriffs auf die Insel abgeordnet wurden, wenn er mit einem Yorkshire durch die Gegend lief?! Oder – er stellte sich gerade das Szenario vor – er stünde einem Verbrecher gegenüber und riefe: Fass! Der Mann würde vor lauter Lachen nicht mehr weglaufen können! Immerhin, auch ein Erfolg!

Nein, da machte Amir mehr her. Sie waren mit dem Hund zur Welpenschule gegangen und hatten das Gefühl gehabt, dass sie genauso viel von Amir lernten wie er von ihnen. Stubenrein war er inzwischen auch, so dass Sandra und er endlich wieder durchschlafen konnten.

Er bog auf das Grundstück der Grombachs ein, stellte sein Fahrrad ab und klopfte energisch an die Haustür. Im gleichen Moment öffnete Christina die Tür und flüsterte: »Komm schnell rein. Muss nicht jeder sehen. Wir gehen ins Wohnzimmer.«

Röder folgte ihr durch einen dunklen Flur und fand sich in einem Zimmer mit schweren Eichenmöbeln wieder, beherrscht von einer mit grün-braunem Chintz überzogenen Sitzgarnitur.

»Wenn du dich setzen willst …« Halbherzig zeigte Christina auf den Sessel, der ihm am nächsten stand.

Ich habe selten in einem ungemütlicheren Sessel gesessen als diesem, dachte er säuerlich. Nur protzig. Entspricht genau dem Großgrundbesitzergehabe von Horst. Christina hatte ihm gegenüber Platz genommen, ihre gefalteten Hände steckten zwischen ihren Knien. »Was ist denn los?«, fragte Röder behutsam, als er ihr verschrecktes Gesicht sah.

»Horst ist weg«, sagte sie leise. Dann sprudelte es aus ihr heraus: »Er war gestern zur Kirchenchorprobe. Da wird es immer etwas später. Aber er will nicht, dass ich schon schlafe, wenn er kommt. Also bin ich aufgeblieben. Er kam und kam aber nicht. Ich bin dann trotzdem ins Bett gegangen, obwohl ich weiß, dass er morgens …« Sie stockte mitten im Satz.

»Was macht er morgens?«, hakte Röder nach.

»Ach nichts, er will eben einfach abends noch mit jemandem reden, wenn er nach Hause kommt. Und wenn das nicht geht, dann ist er morgens eben ein bisschen sauer.«

»Und was war heute Morgen?«, fragte der Polizist.

»Also, er war immer noch nicht da. Das Bett war leer. Ich habe nachgesehen, ob er vielleicht auf dem Sofa liegt. Manchmal schnarche ich nämlich. Sagt Horst.« Christina schaute verschämt auf ihre Hände, die sich verzweifelt aus der Umklammerung der Knie zu lösen versuchten. »Aber da war er nicht. Ich bin zu unseren anderen Häusern gefahren, um nachzusehen, ob er dort ist.« Sie schüttelte den Kopf. »Keiner da. Sein Fahrrad ist auch weg.«

»Ich werde ein wenig auf der Insel herumfragen. Nachbarn und so. Für eine offizielle Vermisstenanzeige ist es zu früh, aber ein bisschen rumhören ist nicht verkehrt.« Röder stand auf. »Wir bleiben in Verbindung.«

Christina Grombach war aufgesprungen. »Nein, bitte nicht. Er kommt bestimmt wieder. Ich weiß gar nicht, warum ich dich angerufen habe. Kann sein, dass er mit dem Morgenschiff an Land gefahren ist. Kann doch sein, oder?« Sie machte ein paar Schritte auf ihn zu und packte ihn am Ärmel. »Michael, mach bloß keinen Aufstand. Stell dir vor, Horst erscheint gleich da in der Tür. Der bringt mich um, wenn er hört, dass ich dich angerufen habe. Kein Wunder, dass er immer sagt, ich könne keine eigenen Entscheidungen treffen. Stimmt ja auch. Bitte, bitte, vergiss einfach, dass du da warst.« Christina fing an zu weinen.

»Beruhige dich. Wenn du nicht willst, lasse ich es eben. Zumindest vorerst. Keine Sorge. Sag mal, hatte Horst eigentlich ein Handy dabei? Hast du schon versucht, ihn anzurufen?«

Sie schüttelte den Kopf. »Es ist nur die Mailbox an. Habe ich ausprobiert. Aber nur einmal. Sonst denkt Horst wieder, dass ich hinter ihm herspioniere, und das stimmt gar nicht.«

Michael Röder atmete tief durch. Was für ein armes

Menschenkind, dachte er. Solchen Männern wie Horst sollte das Leben zu zweit verboten werden!

»Soll ich nicht wenigstens Fenna Boekhoff Bescheid sagen, damit sie sich um dich kümmern kann? Oder Sandra?«, fragte er besorgt.

Wieder schüttelte Christina verzweifelt den Kopf. »Auf keinen Fall. Mir geht es gut.«

Genau diesen Eindruck hatte Röder ganz und gar nicht, wusste aber auf der anderen Seite nicht so genau, wie er mit der Situation umgehen sollte. Wenn sie partout nicht wollte? Eine Frage musste er noch loswerden. »Was ist mit euren Gästen aus dem Gartenhaus? Ist das nicht die Gruppe aus dem Erziehungscamp, die wieder auf der Insel ist? Haben die unter Umständen etwas mitbekommen?«

Christina wehrte vehement ab. »Die haben damit gar nichts zu tun. Das sind unsere Gäste. Gute Gäste. Die brauchst du nicht zu fragen. Die können dir nicht weiterhelfen.«

Michael Röder radelte langsam nach Hause. Schon seltsam, was ihm Christina erzählt hatte. Wo konnte sich der Mann aufhalten? Sollte er tatsächlich einfach so ans Festland gefahren sein? Christina schien von dieser Theorie angetan. Sie sagte, dass sie ihre Häuser erfolglos durchsucht hatte, aber warum sollte ihr Mann überhaupt dort übernachtet haben?

Röder hatte mit ihr verabredet, in telefonischem Kontakt zu bleiben und abzuwarten. Er hatte ihr klargemacht, dass er jetzt, wo er von Horsts Verschwinden wusste, nicht einfach zur Tagesordnung übergehen konnte.

Christina machte den Eindruck, als sei sie ohne ihren Mann völlig hilflos. Allerdings war dieser Gedanke nur einer Momentaufnahme geschuldet. Wenn er länger darüber nachdachte, wenn er zusammenfügte, was man auf der Insel von Horst hielt, und wie er nun dessen Frau erlebt hatte, schien es ihm, als ob Horst an Christinas Zustand nicht ganz unschuldig war. Genau gesagt, derjenige war, der seine Frau durch seine befehlsgewohnte Art in diesen Zustand getrieben hatte, in dem Röder sie vorgefunden hatte. Er hatte Angst in ihrem Gesicht gelesen. Aber er hatte nicht deuten können, ob es nun Angst um ihren oder vor ihrem Mann war.

Er fragte sich, warum sie ihn überhaupt von dem angeblichen Verschwinden ihres Mannes unterrichtet hatte, wenn er doch nichts unternehmen sollte.

Ein paar Telefonate würde er führen. Mit den Mitgliedern des Kirchenchores. Ob es Christina nun passte oder nicht. Und wenn Horst wieder auftauchte und sich über die Einmischung in seine Privatsphäre beschweren wollte, sollte der das ruhig tun.

*

Fenna schob die Gewürzgläser im Schrank hin und her. Kein Pfeffer weit und breit. Hatte sie nicht neulich erst etwas aus dem *Inselmarkt* mitgebracht? Noch einmal schob sie alle Behälter ergebnislos von links nach rechts, dann kam ihr eine Idee. Wäre das nicht ein wundervoller Vorwand, bei ihrer Nachbarin Christina vorbeizuschauen? Die Uhr sagte ihr, dass sie noch reichlich Zeit hatte, bis sie sich um das Abendessen kümmern musste. So konnte sie in aller Ruhe nach Pfeffer, aber auch – was sie natürlich noch viel mehr interessierte – nach dem Verbleib von Horst fragen. Nicht, dass sie neugierig gewesen wäre. Natürlich nicht. Aber wissen würde sie es schon gerne. War ja aufregend, wenn plötzlich jemand so mir nichts dir nichts von der Bildfläche verschwand. Und das noch auf der Insel. Sollte ihr Nachbar bereits wieder wie ein Pascha auf seinem Sofa sitzen – auch gut. Dann bliebe eben die Frage nach Pfeffer.

Sie zog sich ihren dicken Anorak über, denn selbst der kurze Weg schien ihr ohne wärmenden Schutz zu weit. Im Hausflur hörte sie aus dem ersten Stock ein regelmäßiges, schwaches Klackern. Herr Pottbarg sitzt an seinem Laptop, dachte sie. Hoffentlich hatte der sich wieder den alten Geschichten zugewandt. Beim Mittagessen hatte er sich intensiv nach Grombachs Verschwinden erkundigt und festgestellt, dass man daraus eine tolle Story basteln könnte. Notfalls müsse er eben seine Kommissare auf die Insel schicken, hatte er vergnügt in die Runde geworfen. Rieke war sofort auf den Zug aufgesprungen und hatte ihrerseits spontan die Geschichte weiterentwickelt. Auch Ole hatte gutgelaunt mitgemacht.

Nur Jörg hatte geschwiegen. Ganz zum Schluss hatte er gemurmelt: »Nun übertreibt es man nicht.« Dann war er aufgestanden und von den dreien fast unbemerkt gegangen. Sie hatte ihn angesehen, in dem Moment, als er seinen Stuhl zur Seite geschoben hatte, und etwas in seinen Augen gesehen, was sie nicht hatte deuten können. War es eine abgrundtiefe Müdigkeit? Verzweiflung? Gereiztheit?

Sie wusste es nicht. Vielleicht mussten sie einfach mal ein paar Tage raus. Andere Luft schnuppern. Mal sehen, ob sie ihn nicht überreden konnte, im Januar eine Woche Urlaub zu machen. Dann würde Ole noch zu Hause sein und die beiden Kinder könnten zusammen das Haus hüten. Sie musste lächeln. Ole war fast dreißig und Rieke sechzehn, aber sie waren und blieben ›die Kinder‹.

Auf ihr kräftiges Klopfen bei den Nachbarn kam keine Reaktion. Obwohl sie von draußen gesehen hatte, dass in Grombachs Wohnzimmer Licht brannte. Noch einmal klopfte sie, dann drückte sie die Klinke herunter. Offen. Sie folgte dem langen Flur bis zur Wohnzimmertür.

Hinter der Tür hörte sie leise Stimmen. Sollte er tatsächlich wieder da sein? Allerdings wäre dann wohl die Lautstärke eine andere, schoss es ihr durch den Kopf. Wieder klopfte sie und öffnete die Tür zum Wohnzimmer. Dann blieb sie wie gebannt stehen. Auf dem Sofa saßen Christina und Stefan. Leise Musik hüllte den Raum ein und das Flackern einer Kerze auf dem Tisch verstärkte eine Stimmung, die Fenna spontan unter ›romantisch‹ einordnete.

Langsam ließ Stefan Christinas Hand aus seiner gleiten und stand auf. »Hallo, Frau Boekhoff«, sagte er mühsam. »Sie wollen sicher zu Frau Grombach.« Er drehte sich zu Christina um. »Wenn Sie mich brauchen, Sie wissen, wo Sie mich finden.« Er nickte Fenna zu und verließ fast fluchtartig den Raum.

Fenna brauchte ein paar Sekunden, um sich von den Eindrücken zu lösen, die sie wie eine dicke, alles erstickende Wolldecke umhüllt hatten. Dann sagte sie: »Hallo, Christina. Hast du Pfeffer für mich?«

Christina schaute sie entgeistert an. »Was willst du?«

»Ich hätte gerne Pfeffer. Meiner ist alle.«

Christina sprang auf. »Warte, ich hole was.«

»Ich komme mit.« Fenna folgte ihr zurück durch den Flur in die Küche. Sie war heilfroh, den Raum verlassen zu können, in dem sie gerade ihre Nachbarin mit ihrem Stefan beim Kuscheln auf dem Sofa überrascht hatte. In der Küche nahm grelles Neonlicht jede Spur von Romantik. Genau die richtige Umgebung für die zweite Frage, die sie ihrer Nachbarin stellen wollte. »Ist dein Mann schon wieder aufgetaucht?«

Der steinerne Pfeffertopf, den Christina aus einem Schränkchen genommen hatte, entglitt ihrer Hand und fiel mit lautem Krachen auf das Ceranfeld darunter. Das Bersten der dunklen Herdplatte durchfuhr Fenna wie ein Donnerschlag. Wie hypnotisiert verfolgte sie den Weg

69

des Pfeffertopfes, der, von keiner Hand aufgehalten, auf den Rand des Herdes zutorkelte. Der Deckel hatte sich gelöst und suchte seinen Weg bis unter die Mikrowelle. Dann kippte das Gefäß, und ein Regen von bunten Pfefferkörnern verteilte sich auf dem Küchenfußboden. Langsam rollte der graue Topf mit der blauen Raute aus.

Christina drehte sich zitternd um. »Was mache ich nur? Wenn Horst das sieht …! Der Herd ist ganz neu. Oh, mein Gott.«

Fenna wagte einen vorsichtigen Schritt auf Christina zu und wollte sie in den Arm nehmen, aber Christina wich zurück. »Ist schon gut. Horst wird nicht böse sein. Bestimmt nicht.«

Einen Moment schwiegen beide Frauen, dann gab Fenna sich einen Ruck. »Komm, wir fegen das schnell zusammen«, sagte sie betont munter. Sie zog ihre Jacke aus und legte sie über einen Küchenstuhl.

Christina schüttelte heftig den Kopf und drehte sich um. Sie griff noch einmal in den Schrank, holte ein kleines Plastikdöschen heraus und murmelte: »Da, nimm. Der ist gemahlen. Kannst du behalten. Ich habe noch mehr davon.«

»Aber nur, wenn es dir nichts ausmacht«, antwortete Fenna in der wärmsten Tonlage, zu der sie fähig war, obwohl ihr langsam die ganze Situation unheimlich zu werden begann. Wie Christina dastand, weiß im Gesicht und am ganzen Leibe zitternd! Als ob sie nicht mehr Herr ihrer Sinne wäre.

Außerdem bekam Fenna das Bild nicht aus dem Kopf, das sich ihr kaum fünf Minuten zuvor geboten hatte: Stefan und Christina in trauter Zweisamkeit auf dem Sofa. Wut stieg langsam in ihr hoch, Wut auf die Frau, die wie ein Häuflein Elend vor ihr stand, und auf den Mann, der sich in Windeseile aus dem Geschehen verabschiedet hatte.

Fenna hatte plötzlich das Gefühl, als würde sich ein metallener Ring immer fester um ihren Hals legen und ihr die Luft abschnüren. Gerade schaffte sie es noch, ein fast normales »Dankeschön« mit einem hilflosen Lächeln zu verbinden, dann griff sie nach der Dose mit dem Pfeffer und verließ fluchtartig die Küche. Als sie die Haustür öffnete, glaubte sie zu hören, wie ihr das Klingeln eines Telefons folgte. Erst auf der Straße merkte sie, dass sie ihre Jacke in Grombachs Küche vergessen hatte. Abrupt blieb sie stehen. Sollte sie …? Nein, sie würde jetzt nicht mehr umkehren. Sie würde die Jacke später oder am nächsten Tag holen.

Als sie wieder die Wärme ihrer eigenen Küche spürte, atmete sie auf. Von ihrer Familie hatte sich noch keiner eingefunden. Müde ließ sie sich auf einen Stuhl fallen und stützte ihren Kopf in die Hände.

*

Röder: »Was kannst du mir/können Sie mir über die gestrige Kirchenchorprobe und Horst Grombach sagen?«

Daniel: »Tut mir leid, gar nichts. Ich bin sofort nach der Probe gegangen.«

Kai: »Ach, die Probe verlief sehr gut, aber hinterher an der Theke musste sich der Horst einiges anhören, wegen der Gören, die er da bei sich aufgenommen hat.«

Wilhelm: »Was ist denn mit ihm? Hat er was verbrochen? Oder hat ihm jemand einen übergezogen? Na ja, gibt wohl einige, die guten Grund hätten, ihm ans Leder zu wollen. Fragen Sie mal bei seinem Ex-Hausmeister nach. Sollte mich nicht wundern, wenn der da was mit zu tun hat.«

Lambert: »Ich, Hilko und Jens, wird sind gleich nach

ihm aus der Kneipe gegangen, aber dann getrennte Wege
gefahren. Es war auch spät genug. Des Tages Last liegt
einem doch auf den Schultern. Ich habe natürlich versucht, ein paar Worte der Verständigung zu finden, aber
Sie wissen, wie das ist. Ein paar Biere, und die Jungs
verlieren das Maß aller Dinge. Trotzdem, nette Menschen,
wunderbare Stimmen. Peters Tenor in der dritten Zeile
von Macht hoch ...«

Röder: »Danke, Lambert, ich melde mich wieder.«

Tamme: »Ein Unding, dass er diese Schwererziehbaren-
truppe das ganze Jahr über aufnehmen will, da muss doch
was gegen getan werden. Gibt es denn keine Gesetze dagegen? Kein Wunder, dass der jetzt in Schwierigkeiten ist.«

Jens: »Ich will nichts gesagt haben, aber frag mal seine
Frau. Die hat er doch auch unter der Knute. Ich weiß das,
weil meine die Christina neulich getroffen hat. Und du
kennst meine Frau, die lässt nicht locker. Christina hat
zwar nichts gesagt, aber allein wie sie dagestanden hat,
hat meine Frau gesagt. Bezeichnend! Meine Britta war
fix und fertig, als sie mir von dem Gespräch erzählt hat.
Da kann man doch echt ... – Ach, vergiss es.«

Andreas: »Ich gebe zu, ein zweischneidiges Schwert, aber
bis jetzt ist alles gut gegangen. Die Frage ist doch: Geht
die Geschichte mit der Aufnahme der Jugendlichen nach
hinten los bei den Gästen, wenn das bekannt wird, oder
lässt sich da werbetechnisch noch was vermarkten? Die
soziale Komponente, verstehste? Schwierige Prognose,
ehrlich. Horst is'n klasse Mann, weiß, wie das Geschäft
läuft. Tolle Häuser. Ist immer da für seine Gäste. Nein,
wirklich, echt klasse.
Wie bitte? Was er sonst für ein Mensch ist? Wieso? Na

gut, viele mögen ihn nicht. Mach wohl Neid 'ne Rolle spielen. Ansonsten – keine Ahnung. Muss denn auch wieder. Bis demnächst.«

Paul: »Er spielt mit den Menschen in seiner Umgebung. Und mancher kann sich eben nicht dagegen wehren. Solche Menschen wie den Horst darf es in Wirklichkeit nicht geben. Nein, ich habe noch mit an der Theke gestanden und Bier getrunken. Bin dann nach Hause.«

*

Jakob lag auf dem Bett und überlegte. Was war bloß mit dieser Familie los? Es hatte sich etwas eingeschlichen, das er zwar nicht benennen konnte, was aber immer intensiver zu spüren war. Tant' Anna hatte ihn morgens fast rausgeschmissen. Jörg Boekhoff war beim Mittagessen noch stiller als sonst gewesen. Und Fenna Boekhoff, die er als fröhliche, patente Frau schätzen gelernt hatte, kannte er kaum wieder. Nur Rieke und Ole waren gleichbleibend aufgeschlossen und freundlich. Obwohl er sich an Oles Humor erst schwer hatte gewöhnen können, war er sich inzwischen sicher, dass der Mann ihn nie persönlich angreifen wollte. Es war einfach die Art, das Leben anzupacken, die Jakob von dem jungen Seemann unterschied.

Er hatte nicht übel Lust, abzureisen. Die sensible Seele, die er sein eigen nannte, konnte Missstimmung einfach nicht ertragen. Wehmütig dachte er an Claudia und an das gemütliche Ambiente in ihrem Waschsalon. Dort blieben Probleme einfach vor der Tür. Er konnte sich in einen der Wartesessel kuscheln, einen Cappuccino trinken und dem Drehen der Trommeln lauschen. Ein Zustand, der ihn schon so manches Mal in das Reich der Träume geführt hatte. Bis Claudia ihn liebevoll weckte und ihn mit in ihre Wohnung nahm. Willig folgte er ihr, denn in ihrer Wohnung war es behaglich und in ihren Armen warm.

Ich könnte sie eigentlich mal wieder anrufen, dachte er mit einem Anflug von schlechtem Gewissen. Über eine Woche war er nun schon auf der Insel und hatte seitdem noch nichts von sich hören lassen. Auch bei seinem Freund Peer hatte er sich nicht gemeldet. Der würde ihn ja doch nur wieder nach den Fortschritten bei seinem neuen Krimi ausfragen.

Mit einem Ruck schlug er die Bettdecke zur Seite. Sein Krimi. Auch den hatte er in die hinterste Ecke seiner Gedanken gedrängt. Aber nun gab es kein Zurück. Mochten die Boekhoffs ausflippen. Er würde brav in seinem Zimmer sitzen bleiben und Kommissar Möglich eine Chance geben.

Nach etwa zwei Stunden und dreizehn Zeilen stand er auf und zog sich seine Jacke an. Sein Kopf war wie ein Ei vor Ostern. Ausgeblasen. Völlig entleert. Er sah sie direkt vor sich, diese leere, dunkle Höhle, in der einmal sein Gehirn gewesen war. Wie seine Haarwurzeln auf der Suche nach Halt verzweifelt hin und her pendelten. Vorsichtig strich er sich über seine schulterlangen Haare, doch die angstvolle Ahnung, er würde zwischen seinen Fingern dicke Büschel Ausgefallener entdecken, bestätigte sich nicht. Er atmete erleichtert auf. Er musste raus. Frische Luft schnappen. Nur so konnte er wieder zu sich selbst und seiner gewohnten Stärke finden.

Dämmerung hatte sich über die Insel gelegt, und Jakob war froh, dass die Straßenlaternen bereits brannten. Aus den Häusern kam nur vereinzelt Licht. Viele Eigentumswohnungen standen leer und kaum ein Haus hatte für Gäste geöffnet. Das hatte Frau Boekhoff ihm gleich bei seiner Anreise erzählt, als er erstaunt nachgefragt hatte.

»Bei uns in Hamburg erstrahlt schon alles im vorweihnachtlichen Lichterglanz, so, dass es schon fast zu viel ist«, hatte er erklärt und Frau Boekhoff hatte genickt.

»Ein echter Kulturschock, nicht wahr? Nur am *See-hund* bei der Inselglocke ist es hell geschmückt. Aber Sie gewöhnen sich dran, glauben Sie mir.«

Er lief ganz in Gedanken an der katholischen Kirche und an der Schule vorbei. Im hell erleuchteten Gemeinderaum bei der evangelischen Kirche waren alle Tische besetzt. Vorwiegend Ältere saßen in dem festlich dekorierten Raum und fast meinte er, den Kluntje in den Teetassen knistern zu hören. Eine leise Melodie aus vielen Kehlen drang zu ihm herüber. Er kannte das Lied nicht, aber es verstärkte die friedliche Stimmung, die von dieser Szene ausging. Als er schon fast vorbei gelaufen war, sah er Tant' Anna neben einer ganz alten Dame mit weißen Haaren sitzen. Er würde bei seinem nächsten Besuch fragen, wie das Lied hieß.

Er schaute auf seine Armbanduhr. Zeit zum Umkehren, wenn er nicht das Abendbrot verpassen wollte.

Als er die Küche betrat, sah er Rieke auf dem Fensterbrett sitzen. Die beiden hölzernen Möwen, die sonst dort standen, hatte sie achtlos zur Seite geschoben.

»Jakob, stell dir vor, Mama hat gesagt, wir sollen uns das Abendessen selber machen«, rief sie ihm voller Empörung entgegen. »Dabei muss ich doch zum Linedance. Wir üben nämlich immer im Kinderspielhaus. Macht total viel Spaß.« Sie war von der Fensterbank gesprungen, nahm seine linke Hand mit der rechten und stemmte ihre linke in die Hüfte. »Hier, schau mal, so ungefähr gehen die Schritte zu *Cotton Eye Joe*. Cool, nicht? Komm, mach mit. Ich zeig's dir.« Sie fing an zu singen und mit den Hacken auf den Boden zu stampfen. Zwischendurch gab sie Jakob kurze, zackige Anweisungen, was seinen Tanzstil leider nicht wesentlich verbesserte, so sehr er sich auch bemühte, ihren Schritten zu folgen.

Er fühlte sich wie eine Marionette, deren Fäden unentwirrbar durcheinander geraten waren. Ausgerechnet, als er sich voller Wucht mit dem linken Hacken auf den rechten großen Zeh trat und laut aufschrie, öffnete sich die Küchentür und Ole kam herein. Es dauerte nur einen Moment, bis er begriff und anfing, lauthals zu lachen. Jakob blieb wie erstarrt stehen, was zur Folge hatte, dass er Rieke beinahe den Arm ausgekugelt hätte. Mit einem letzten, vorwurfsvollen Stampfen ließ sie sich jammernd auf den nächsten Stuhl fallen.

Ole liefen die Tränen aus den Augen. Mühsam japste er nach Luft. Aber sein Lachen, das inzwischen fast wie ein quietschender Bollerwagen klang, wollte nicht enden. Zwischendurch hörte Jakob, wie Ole immer wieder versuchte, etwas zu sagen. Es klang wie: ›Mach das – mach das – mach das nochmaaal‹. Dann verlor sich seine Stimme wieder in unbändigem Gelächter.

Jakob wurde es langsam zu dumm. Da stand er blöde in der Küche herum und musste diese Blamage über sich ergehen lassen. Dabei konnte er gar nichts dafür. Rieke hatte schließlich angefangen mit dem Mist. Außerdem meldete sich sein Magen. Sollten die doch ihren eigenen Kram machen. Würde er in den *Seehund* gehen und dort essen. So viel würde in seiner Geldbörse wohl gerade noch drin sein. Bisher hatte er so gut wie nichts ausgegeben.

Allerdings musste er dann dummerweise noch einmal durch die Kälte. Aber es nützte ja nichts.

Gerade als er den Griff der Küchentür heruntergedrückt hatte, hörte er Ole sagen: »Jakob, sorry, bleib hier. Aber das sah eben echt überdimensional aus.«

Jakob stockte. Sollte er oder nicht?

»Mensch, Alter. Der Kühlschrank steht voll. Schwesterherz, wir decken den Tisch.« Jakob merkte, dass Oles Stimme noch immer unsicher klang.

»Aber nur …« Jakob holte tief Luft. »Nur, wenn du

endlich aufhörst … und überhaupt: Ich will von dem, was du eben gesehen hast, nie, und ich meine *nie*, wieder ein Wort hören. Verstanden?«

Ole schaute ihn an, schlug seine Hacken zusammen, salutierte und rief: »Jawoll, Herr Kaleu!«

In diesem Moment verließ Jakob endgültig die Küche. Gelächter, diesmal aus zwei Kehlen, hallte hinter ihm her, bis er die Tür seiner Ferienwohnung hinter sich geschlossen hatte.

Wann immer er mit diesem blöden Kerl zusammentraf, wurde er von ihm ausgelacht. Ein bisschen mehr menschliche Größe seitens einer Führungsperson auf einem der riesigen Containerschiffe durfte man wohl erwarten. Es blieb ihm nichts anderes übrig, als sich tatsächlich woanders den Magen zu füllen. In die Küche würde er jedenfalls nicht zurückkehren, solange die beiden noch da waren.

Es klopfte. Jakob hatte nicht die geringste Lust zu antworten, hielt es allerdings für menschliche Größe, es dennoch zu tun.

Ole steckte seinen Kopf durch die Tür. »Jakob, tut mir leid wegen eben. Komm, wir gehen ins *Sturmeck*. Ich gebe einen aus. Und vorher schieben wir uns noch ein paar Brote zwischen die Zähne.«

Und jetzt? Noch einmal Größe zeigen oder beleidigt auf dem Bett liegen bleiben? Jakob überlegte nicht lange. Das Angebot war zu reizvoll, um es auszuschlagen. Erst essen, dann Bier trinken. Die Abende zuvor hatte er sich ganz gegen seine Hamburger Gewohnheit früh zurückgezogen, noch ein wenig gearbeitet oder eine Runde Fernsehen geschaut und dann schlafen gelegt. Da hatte er es sich jetzt wohl verdient, auf ein Bier rauszugehen und das Baltrumer Winternachtleben zu genießen.

»Kommt Rieke auch mit?«, fragte er neugierig.

»Nee, die muss morgen zur Schule – und ist außerdem

noch ein bisschen zu jung für abendliche Kneipentouren«, erklärte Ole. »Auch wenn das manche anders sehen. Bevor wir gehen, muss ich aber noch einen Termin absagen.«

Im *Sturmeck* war es ruhig. Sie bestellten ein Bier bei dem freundlichen Mann hinter der Theke, und es dauerte nicht lange, bis ihr Gespräch auf das Verschwinden des Boekhoffschen Nachbarn kam.

»Ist denn sicher, dass der Mann immer noch weg ist?«, fragte Jakob neugierig.

Ole zuckte mit den Schultern. »Keine Ahnung. Aber das ist noch nicht alles. Hat Tant' Anna dir die Story mit der Strandwinde erzählt? Und meine Eltern sind im Moment auch nicht gerade gut drauf. Aber eines nach dem anderen.«

Als Jakob auf seine Uhr schaute, waren drei Stunden wie im Fluge vergangen. Sie hatten einander alles erzählt, was ihnen in den letzten zwei Tagen ungewöhnlich vorgekommen war, und Jakob hatte die Stichpunkte in seinem Notizbuch festgehalten. Kommissar Möglich und sein Kollege Enders waren in dieser Zeit zur Höchstform aufgelaufen, und Ole und Jakob hatten beschlossen, sich am nächsten Tag ein wenig auf Tant' Annas Dünengrundstück umzusehen. Als reine Vorsichtsmaßnahme.

*

2° Celsius, Wind: Ost 3
Sonnabend, 26. November

Es nützte nichts. Sie musste ihre Jacke holen. Schließlich konnte sie nicht erwarten, dass Christina die Jacke hinter ihr hertrug.

Es war Fenna unangenehm, ihrer Nachbarin zu begegnen. Äußerst unangenehm. Ihr ging die Szene nicht aus dem Kopf, die sich am gestrigen Abend in dem Wohnzimmer abgespielt hatte. Die ganze Nacht hatte Fenna gegrübelt, hatte versucht, eine Position für sich zu finden, war aber kläglich gescheitert. Da nützte auch der Gedanke nichts, dass sie Stefan mit ihrer Reaktion in den Dünen vielleicht ebenfalls ziemlich allein gelassen hatte. Auch dass sie sich im Normalfall für einen klugen Menschen hielt, der nach genauer Abwägung aller Umstände meistens zu einer gerechten und sachlichen Beurteilung ... Scheiße. Sie war eifersüchtig. So schlimm, dass es ihr beinahe die Seele aus dem Leib riss. Sie fühlte nur Leere und hatte keine Ahnung, ob sie die je wieder würde ausfüllen können. Dabei hatte ihr Stefans Reaktion bei der Schutzhütte doch schon ganz klar gezeigt, dass sie sich mit ihren Gefühlen auf verlorenem Posten befand. Es war Freundschaft für ihn – was sonst? Lachfältchen waren eben doch nur Lachfältchen. Nichts anderes.

Langsam drehte sie den Kopf nach rechts. Das Bett neben ihr war leer. Ihr Mann war wie immer um fünf Uhr aufgestanden. Solange sie denken konnte, ging er um halb zehn ins Bett und stand morgens in aller Herrgottsfrühe wieder auf. Bis auf den Abend der Kirchenchorprobe, da kam er immer erst um halb elf nach Hause. Und manchmal, im Sommer, da ließ er sich überreden, mit ihr an der Sonnenuntergangsbude an der

Strandmauer noch ein Bier zu trinken. Sie lächelte verhalten, bis das Jetzt wieder langsam über die Bettdecke zu ihr gekrochen kam.

Noch eine Weile versuchte sie, ihre Gedanken in ruhigeres Fahrwasser zu lenken, es wollte ihr aber nicht gelingen. Ein Blick auf die Uhr zeigte ihr, dass noch genügend Zeit war, bis Rieke ihr Frühstück einforderte. Dann würde auch Jörg aus seiner Werkstatt gekrochen kommen. Nur Ole und ihr Gast würden sicher noch ein wenig länger schlafen. Sie hatte spätabends das Knarzen der Treppe gehört, als die beiden nach Hause gekommen waren.

Ob Stefan noch schlief? Oder ob er sich so wie sie schlaflos in den Kissen gewälzt hatte? Was ging es sie an? Er hatte die Hand der anderen gehalten. Hatte das wirklich etwas zu bedeuten, oder hatte sie da etwas hineininterpretiert, was gar nicht stimmte, und tat ihm damit bitter unrecht?

Sie merkte, dass ihre Gedanken schon wieder kreiselten, und stand auf. Socken an, Jogginganzug an, kurz durch die Haare, dann schlich sie leise in die Küche.

Als Rieke kam, duftete es schon einladend, und Fenna schaffte es tatsächlich, einen ruhigen und gelassenen Eindruck zu vermitteln. Zumindest hatte sie das Gefühl, dass es so wäre. Jörg saß still am Tisch wie gewohnt, und beide ließen ihre Tochter mit fröhlichen Geschichten den Tag beginnen. Von der Aggressivität, die Rieke noch zwei Tage zuvor gezeigt hatte, war heute nichts mehr zu spüren.

Nach einer guten halben Stunde war es vorbei. Rieke war in der Schule und Jörg hatte sich wieder an seine Reparaturarbeiten begeben. Nun gab es kein Zurück. Duschen, anziehen und ab nach drüben. Hoffentlich war Horst wieder da. Auch wenn sie ihn nicht ausstehen konnte.

Sie kämmte sich achtlos die Haare, dann ging sie hinüber.

Wieder war die Tür nicht abgeschlossen. Sie stieß sie vorsichtig auf und trat in den Flur. »Christina?«, rief sie, dann noch einmal lauter: »Christina, bist du da?« Keine Antwort. Sie schaute sich um und sah ihre Jacke an der Garderobe hängen. Sollte sie noch einmal rufen, oder schnell die Jacke greifen und sich vom Acker machen? Aber dann würde Christina gar nicht mitbekommen, dass sie im Haus gewesen war, und sich vielleicht wundern, warum die Jacke verschwunden war. Fenna spürte, wie ihre Gedanken schon wieder Schlittschuh liefen, eine Pirouette nach der anderen drehten.

»Christina?« Doch wieder verhallte ihr Ruf dumpf im Hausflur.

Egal, dachte sie. Gehe ich eben. Sie nahm ihre Jacke und wollte gerade das Haus verlassen, als sie aus der Küche lautes Getöse hörte. Abrupt blieb sie stehen. Was war das? Es hörte sich an wie – ja, es hörte sich tatsächlich an wie Möwengeschrei. Dazu das Tuten eines Leuchtturmes oder eines Schiffes. Und dann – das konnte doch wohl wirklich jetzt nicht wahr sein. Meeresrauschen! Es erscholl eindeutig Meeresrauschen aus der Küche. Fasziniert und gleichzeitig ratlos lauschte Fenna dieser Kakophonie, die in einem furiosen Crescendo gipfelte. Dann war plötzlich Stille. Fenna blieb regungslos stehen und horchte den Tönen hinterher.

Von Neugier gepackt ging sie zurück und öffnete die Küchentür. Woher waren die seltsamen Geräusche gekommen? Sie lauschte, sah sich um – und erstarrte. Links neben dem Küchentisch streckte sich ihr unter einem umgekippten Küchenstuhl ein seltsam verdrehtes Bein entgegen, das in dunkelgrauen, grob gestrickten Strümpfen steckte. Das andere Bein lag wie achtlos angewinkelt auf dem Fußboden. Fenna hat das Gefühl, dass sie gerade damit beschäftigt war, sich in zwei Teile zu zerlegen. Der eine Teil schrie nur: Bloß weg hier; der andere wollte unbedingt eine Erklärung für das, was ihre Augen soeben erfasst hatten.

Wie magisch angezogen machte sie einen Schritt auf die seltsame Szenerie zu, gerade groß genug, um zu sehen, dass die Beine tatsächlich zu einem Menschen gehörten. Und dass dieser Mensch ihre Nachbarin Christina war. Voller Entsetzen schrie sie auf. Sie ließ ihre Jacke wie in Trance auf den Boden gleiten, ging in die Hocke und streckte ihren Arm aus, um zu fühlen, ob noch Leben in der Frau war, deren Körper halb eingeknickt vor der Klappe des Küchenherdes lag. Im nächsten Moment wich sie panikartig zurück. Christinas Kopf war zur Seite gefallen und starre, blutunterlaufene Augen blickten Fenna unbarmherzig an. Sie bemerkte eine blutverkrustete Wunde, die sich von der linken Schläfe bis zum Hinterkopf zog.

Fenna wollte Hilfe holen, schreien, nicht alleine sein, aber sie war nicht in der Lage, sich zu bewegen, hockte auf dem Küchenfußboden, merkte auch nicht, dass die Blutzirkulation in ihren Beinen langsam den Dienst einstellte.

Nach gefühlten Stunden versuchte Fenna, sich aufzurichten. Immer wieder knickte sie ein, ihre Beine versagten ihr die Mitarbeit. Dann endlich schaffte sie es, sich auf einen der Stühle zu ziehen. Sie musste etwas tun. Die Polizei, oder zumindest erst einmal die Ärztin anrufen. Aber noch immer war ihr, als hätte eine unsichtbare Klammer sie umfasst.

Die Spritzer. Auf der Arbeitsplatte, am Küchenschrank, an der Wand. Überall diese angetrockneten, unheilvollen Spritzer, die sich wie eine Armee erstarrter Rieseninsekten in der Küche verteilt hatten. Wie hypnotisiert starrte sie auf die breite dunkle Spur, die unter Christinas Kopf ihren Anfang nahm und in Schlangenlinien bis vor die Klappe der Spülmaschine führte. Dort mündete sie in einem See, in dem einige Pfefferkörner winzige Ausbuchtungen formten.

Fenna zwang sich, aufzustehen. Erst langsam, dann immer schneller, rannte sie raus auf den Flur, durch den Vorgarten, sah mit halbem Blick Stefan vor dem Gartenhaus stehen. Dann stolperte sie über einen Stein, der mit anderen das Blumenbeet rechts des Weges einfasste, geriet ins Straucheln, fiel und schlug mit dem Kopf voran auf. Es wurde Nacht um sie.

*

Ole überlegte. Was wäre, wenn an der Stelle, wo nach der Aussage seiner Großtante die Strandwinde fehlte, jetzt ganz was anderes liegen würde? Ihn schauderte, auch wenn er nicht glaubte, dass irgendjemand seinen Nachbarn gemeuchelt und dann auf dem Grundstück seiner Tante verbuddelt hatte. Pläne machen an der Theke war eben doch ein ganz anderer Stiefel als die praktische Erkenntnis vor Ort. Darauf hatte er wirklich keinen Bock. Aber kneifen wollte er auch nicht. Jakob hatte ihm gestern so viel von den verschiedensten Mordtechniken und von spannender Ermittlungsarbeit erzählt, da befand er sich mit Sicherheit in kompetenter Begleitung bei der selbst auferlegten Aufgabe.

Natürlich konnte er Michael Röder anrufen, aber eigentlich war die ganze Geschichte polizeilich gesehen bestimmt kein richtiger Fall, und überhaupt hatte die geklaute Strandwinde ziemlich sicher gar nichts mit dem verschwundenen Nachbarn zu tun.

Sie hatten sich zu halb neun in der Küche verabredet. Erst mal gemütlich frühstücken und dann auf die Pirsch.

Als Ole in die Küche kam, saß Jakob bereits vor einem Käsebrötchen und einer Tasse Kaffee.

»Na, Herr Kommissar, Schaufel bereit?« Ole schaute Jakob erwartungsvoll an. Der nickte.

»Klar. Wäre doch gelacht, wenn wir in diesem Fall nicht bald den Durchblick hätten.«

In diesem Moment öffnete sich die Küchentür und Oles Vater stand in der Küche. Fragend schaute er die beiden an. »Was für ein Fall? Worum geht es?«

»Um den Fall einer geklauten Strandwinde, Herr Boek-hoff. Und noch einiger kleiner Ungereimtheiten mehr«, antwortete Jakob wichtig, und merkte nicht, dass Ole ihn warnend anschaute.

Im gleichen Moment schien Oles Vater zu explodieren. »Kümmert euch um euren eigenen Kram! Was habt ihr auf Tant' Annas Grundstück zu suchen! Nichts, sage ich. Gar nichts! Räumt lieber hier ums Haus rum auf. Gibt noch genug zu tun.« Dann riss er die Küchentür auf, so dass sie mit einem lauten Knall gegen die Wand schlug, drehte sich um und lief nach draußen.

Einen Moment blieben die beiden reg- und sprachlos sitzen, bis Jakob wieder anfing zu kauen und Ole mit einem lauten »Jetzt erst recht!« zu seiner Kaffeetasse griff.

»Woher weiß dein Vater eigentlich, dass sich die nicht mehr vorhandene Winde auf dem Grundstück deiner Großtante befunden hat?«

»Ich habe das Thema kurz angeschnitten, als ich bei ihm in der Werkstatt war, und ich denke, Mama wird ihm auch davon erzählt haben. Was soll's, wir gehen jetzt an die Arbeit. Ich mache mich wintertauglich fertig, und du räumst den Tisch ab.«

Jakob nickte ergeben. Schließlich konnte er mit nichts auftrumpfen. Schon gar nicht mit wintertauglichen Klamotten. Und er würde seinem neuen Freund sicher keine Angriffsfläche für neue Sticheleien geben. Zumindest vorerst nicht. Er stand auf und räumte Käse, Wurst und Butter in den Kühlschrank.

Als er die Glaskanne zurück in die Kaffeemaschine stellte, hörte er lautes Klopfen am Fenster. Er drehte sich um und sah das verzerrte Gesicht von Herrn Mendel hinter der Scheibe. Der Mann aus dem Gartenhaus schlug mit der flachen Hand gegen das Butzenglas und rief: »Ich brauche Hilfe. Frau Boekhoff ... Nun kommen Sie schon!«

Jakob erschrak zutiefst.

Er lief aus der Küche, rief »Ole, du musst sofort kommen« in den Flur und rannte nach draußen.

»Machen Sie schnell, wir müssen die Frau reinbringen. Sie erfriert uns sonst.« Stefan Mendel zeigte auf Fenna Boekhoff, die in einiger Entfernung bewegungslos auf der Erde lag. »Die Ärztin habe ich bereits angerufen. Sie wird sofort da sein. Hier ist eine Decke. Fassen Sie mit an. Aber vorsichtig. Meine Jungs helfen auch.«

Sie hoben den schlaffen Körper sorgsam auf die Decke. Jakob sah, dass Stefan Mendels Hände stark zitterten.

»Kann einem ganz schön an die Nieren gehen«, flüsterte er ihm zu.

Mendel schwieg.

Ole kam aus dem Haus gelaufen und schaute fassungslos auf seine Mutter, die gerade mit vereinten Kräften angehoben wurde.

»Was ist los? Was ist passiert?«, fragte er und griff nach Fennas Hand. »Weiß Papa schon Bescheid?«

Jakob schüttelte den Kopf. »Ich glaube nicht. Es ging alles so schnell hier.«

Ole rannte Richtung Werkstatt. Die anderen brachten Fenna ins Haus, und die Treppe hoch in den ersten Stock. »Wir bringen sie in meine Ferienwohnung. Das ist der kürzeste Weg«, entschied Jakob.

Sie legten Fenna auf Jakobs Bett, dann beorderte Stefan Mendel seine Jugendlichen nach draußen. »Ihr geht schon mal nach drüben zu euren Betreuern. Ich komme nach.« Dann standen auch schon Ole und sein Vater in der Tür. Aus der Ferne war die Sirene des Krankenwagens zu hören.

*

Michael Röder ließ das Telefon eine ganze Weile klingeln, doch bei Grombachs nahm keiner ab. Dabei hätte es ihn schon interessiert, ob Horst inzwischen wohlbehalten wieder zu Hause angekommen war. Schließlich stand der Typ inzwischen seit anderthalb Tagen auf der Verlustliste. Auch wenn Röder erst gestern davon erfahren hatte.

Noch einmal versuchte er sein Glück, aber wieder ging keiner ans Telefon. Er rief nach Amir. Mit einem Affenzahn kam der junge Heidewachtel aus der Küche gesaust und erst kurz vor ihm zum Stehen. Gleich darauf folgte Sandra. Etwas weniger schnell.

»Ich fahre mal eben zum Ostdorf. Gucken, ob Horst wieder da ist. Soll ich den Hund mitnehmen?«

Sandra nickte. »Gute Idee. Dann kann ich in Ruhe Wiebke anrufen. Lass dir also Zeit.« Sie drückte ihrem Mann einen Kuss auf die Wange und verschwand.

Michael Röder leinte Amir an und zog los. Wenn seine Frau mit ihrer Lieblingsfreundin Wiebke telefonierte, konnte das dauern. Wiebke Kleemann hatte viele Jahre bei der Baltrumer Gemeindeverwaltung gearbeitet, bevor sie die Frau seines Kollegen aus Aurich geworden war.

Als er das Haus der Grombachs fast erreicht hatte, sah er eine Gruppe junger Leute auf der Straße stehen und gleich dahinter, vor dem Haus der Boekhoffs, den Krankenwagen.

Er stieg ab, lehnte das Fahrrad an den Zaun und ging auf die jungen Leute zu. »Na, auf wen wartet ihr denn?«

»Au Mann, der Inselbulle. Ist ja echt spannend hier«, lachte einer der Jugendlichen.

Michael wunderte sich jedes Mal, was das Wort ›Bulle‹ bei ihm auslöste. Normalerweise schätzte er sich eher als eine Seele von Mensch ein, aber wenn er ›Bulle‹ hörte, schien irgendetwas bei ihm auszusetzen. Langsam ging er auf den schlaksigen Jungen zu, machte eine knappe, fast unsichtbare Handbewegung, und der Junge ging laut aufjaulend in die Knie, neugierig beschnuppert von Amir.

»Du Arschloch. Ich zeige dich an, darauf kannst du dich verlassen«, keuchte der Junge, in dessen Augen Wut und Schmerz standen.

Röder wurde schlecht. Auf welch ein Niveau hatte er sich da gerade begeben? Anstatt zu diskutieren und so etwas friedlich aus der Welt zu schaffen, hatte er Gewalt angewendet. Ohne Sinn und Verstand hatte er den Jungs genau gezeigt, wie man nicht mit verbalen Angriffen umgehen sollte. Klar, es gab genügend Leute, die argumentieren würden: Die wollen das doch gar nicht anders. Das ist die einzige Sprache, die diese Schwererziehbaren verstehen. Aber er war nicht so. Trotzdem hatte er den Jungen angegriffen. Und keine Ahnung, wie er aus der Nummer wieder rauskommen sollte.

»Wie heißt du?«, versuchte er zögernd einen Annäherungsversuch.

»Wieso?«, war die prompte Antwort. »Das ist doch wohl das Letzte, was dich interessiert.«

Röder wusste kaum noch, was er sagen sollte. Wie sollte er reagieren, wie die Situation entschärfen? »Bitte sagt mir, was hier los ist«, wandte er sich betont ruhig an die Gruppe.

»Von uns erfährst du gar nichts. Musst du dir schon wen anders suchen. Geh doch ins Nachbarhaus und frag da.«

Röder wurde klar, dass er von den Jugendlichen keinerlei Auskunft mehr bekommen würde.

»Mario, was liegt an? Spielst du mit dem Hund, oder warum kniest du auf der Straße?« Ein Mann Anfang dreißig war aus dem Gartenhaus gekommen und schaute aufmerksam herüber.

Marios Blick arbeitete sich langsam an Michael Röders Beinen hoch, über den Brustkorb bis in dessen Gesicht, dann sagte er: »Nein, mir ist nur was runtergefallen.« Mühsam stand er auf und setzte sich auf den weißen Holzzaun.

Michael Röder drehte sich um, rief Amir und machte sich auf den Weg zu den Boekhoffs.

Nach ein paar Metern spürte er einen scharfen Schmerz am Hinterkopf. Er griff nach hinten und merkte, wie ein kleiner Stein oder etwas Ähnliches langsam in den Kragen seiner Dienstjacke rutschte. Unbändige Wut stieg in ihm hoch. Gleichzeitig wusste er: Er hatte es verdient.

Ganz abgesehen davon, wie angreifbar er sich mit seiner unbeherrschten Aktion gemacht hatte. Wenn der Junge das seinem Betreuer erzählte, nicht auszudenken, was der mit der Information machen würde. Er hätte den Jungen eben nicht so behandeln dürfen, da nützte auch kein Smalltalk im Nachhinein.

Dieser Stein schien für die Jungs die einzige Art, mit der Situation klarzukommen. Also ganz ruhig weitergehen. Als ob nichts passiert wäre. Nicht umdrehen. Es würde sich bestimmt eine Möglichkeit ergeben, mit den Jungs noch einmal Kontakt aufzunehmen. Aber jetzt musste er erst wissen, was bei Boekhoffs passiert war.

Als er ins Haus gehen wollte, überlegte er kurz, was er mit Amir machen sollte. Waren Hunde erlaubt bei Boekhoffs, oder sollte er das Tier besser so lange am Zaun anbinden? Lieber nicht, entschied er sich. Was wäre, wenn … Nein, auch wenn er den Jugendlichen damit unrecht tat, er wollte nichts riskieren.

Gerade als er beschlossen hatte, den Hund mit reinzunehmen, öffnete sich die Haustür und Dr. Neubert kam ihm entgegen.

»Was ist passiert?«, fragte er die Inselärztin neugierig.

Dr. Neubert zuckte mit den Schultern. »Fenna Boekhoff ist auf Grombachs Grundstück gestürzt. Sie ist bei Bewusstsein, hat eine leichte Gehirnerschütterung und eine Platzwunde, die ich genäht habe. Scheint mir auch noch ein wenig durcheinander zu sein. Aber das ist normal. Ein paar Tage Ruhe, dann ist wieder alles okay. Falls du wissen willst, was sie da drüben gemacht hat – sie wollte etwas holen, ein Salzfass, glaube ich, aber da war keiner zu Hause. Zumindest habe ich das so verstanden. Auf dem Rückweg ist sie dann auf einem Stein, der etwas höher stand als die anderen, umgeknickt und gefallen. Die Gäste von drüben und jemand, der bei Boekhoffs wohnt, haben sie dann mit vereinten Kräften ins Haus getragen. So, das war's, was ich zur Aufklärung beitragen kann, Herr Polizei.«

Michael Röder lachte. »Danke, Frau Arzt. Weißt du, ob Horst Grombach schon wieder aufgetaucht ist?«

Dr. Neubert schaute ihn erstaunt an. »Ich wusste gar nicht, dass der weg ist. Aber wenn ich ihn sehe, sage ich dir Bescheid.«

»Na gut, dann wollen wir alle mal den Rückzug antreten und Fenna ihre Ruhe gönnen.« Röder beschloss, dass dieser Sturz kein Fall für die Polizei war.

Er sah, dass die Jugendlichen aus dem Camp noch immer auf der Straße standen, ziemlich direkt neben seinem Fahrrad. Scheiß Situation. Er hatte keine Lust auf eine erneute Auseinandersetzung. Wollte einfach nur weg, wieder in die Sicherheit seiner Wache. Noch immer war ihm das, was er getan hatte, entsetzlich peinlich.

Also Augen zu und durch. Unangenehm berührt musste er feststellen, dass sich Amir zu freuen schien, als er die Truppe wiedersah. Sollte der Hund mehr Einfühlungsvermögen haben als er? Immerhin konnte Röder im Gegensatz zu Amir langjährige Erfahrung im Umgang mit Menschen in die Waagschale werfen. Er nickte den Jugendlichen freundlich zu, griff nach seinem Rad, stieg auf und trat in die Pedale, als wäre der Teufel hinter ihm her. Als er den Spielteich hinter sich gelassen hatte, atmete er erleichtert auf. Christina Grombach würde warten müssen. Er würde sie später anrufen.

*

Mario winkte ab, als Stefan ihn aufforderte, mit zum Strand zu kommen. Er hatte Schmerzen, wollte sich aber nichts anmerken lassen. Er verkrümelte sich auf eine Bank, die neben dem Küchenfenster der Grombachs stand.

Dieses verdammte Arschloch. Der wusste genau, wo er zupacken musste, damit es besonders weh tat. Was hatte er denn schon gesagt? Wenn der Typ mit dem Ausdruck Bulle nicht umgehen konnte, hätte er besser den Beruf wechseln sollen. Mario ärgerte sich. Eigentlich hatte er sich mit dem Typ nicht anlegen wollen. Aber wie der da so vor ihm gestanden hatte, war er ihm wie das Abbild aller Staatsgewalt erschienen. Und er hatte immer noch Schwierigkeiten damit, diese Seite des Lebens zu akzeptieren.

In die Sache mit dem Fahrrad hatte er sich eigentlich nicht einmischen wollen. War ja gar nicht sein Ding gewesen. Aber er hatte auch nichts getan, um die Lage zu entschärfen. So war die Geschichte aus dem Ruder gelaufen. Dabei wollte er nur seine Ruhe haben. War schon blöd genug, dass dieser Horst jetzt weg war. Der, bei dem sie weiter hätten wohnen können. Ihm gefiel es auf der Insel. Sehr sogar. Er hatte das Gefühl, hier ein

normales Mitglied der Gesellschaft zu sein. Meistens.
Heiß stieg es in ihm auf. Das sollten die anderen aus
seiner Gruppe auch mal begreifen!

Mario zitterte. Es war viel zu kalt, um weiter draußen
rumzuhängen. Er machte ein paar vorsichtige Schritte
und merkte, dass die Schmerzen erträglicher wurden.
Ihm war langweilig. Er hätte sich aufs Bett legen können,
hatte aber das Gefühl, er könnte etwas Entscheidendes
verpassen. Er schaute zum Nachbarhaus. Der Krankenwagen war inzwischen wieder weg, und um das Haus
herum war es ruhig. Kein Mensch zu sehen. Auch seine
Vermieterin hatte sich nicht blicken lassen, als das Unglück passiert war. Ob sie nicht zu Hause war? Er stand
auf, legte seine Hände neugierig um die Augen und
blickte durch das Küchenfenster. Von außen erschien
ihm der Raum dunkel, doch er konnte erkennen, dass
die Küchentür offenstand. Er legte seine Hände noch
fester um die Augen und langsam gewöhnten sie sich
an die Dunkelheit. Doch er wurde enttäuscht. Von der
Grombach keine Spur. Auch sonst fand er nichts, was auf
die Anwesenheit eines der beiden Vermieter hingedeutet
hätte. Keine Reste vom Frühstück auf dem blankpolierten Küchentisch, kein Kaffee in der Maschine.

Gerade wollte er seinen Beobachtungsposten aufgeben,
da fiel sein Blick auf den Fußboden, und er erstarrte. Dort
lag etwas. Fester presste er sein Gesicht gegen die Scheibe.
Christina Grombach. Jetzt konnte er es genau erkennen.
Sie bewegte sich nicht, blickte nur starr mit großen Augen
in den Raum. Er sah das Blut neben ihrem Kopf und war
sich sicher, dass sie tot war. So tot, wie ein Mensch nur
sein konnte, der diese Mengen Blut verloren hatte.

Langsam ließ er sich wieder auf die Bank fallen.

Was hatte das alles zu bedeuten? War das jetzt das Ende
ihres Urlaubs? Das Ende ihres Camps? Hatte Stefan mit
alledem etwas zu tun? Und wenn ja, was?

Mario hatte keine Ahnung, warum die Frauen so hinter Stefan her waren. Doch immer wenn Stefan mit einer auftauchte, passierte auf dieser Insel etwas mit ihnen. Immerhin hatten Stefan und Christina am Abend zuvor einträchtig im Wohnzimmer gesessen, Wein getrunken, und er hatte ihre Hand gehalten. Das hatte Mario genau gesehen, auch wenn das Wohnzimmer nur in schummriges Licht getaucht gewesen war.

Jetzt war die Grombach tot. Und sie hatte noch genau die gleichen Klamotten an wie gestern Abend.

Gerade, als Mario sich hatte verdrücken wollen, waren die beiden von dieser Nachbarin überrascht worden. Genau von der, mit der sich Stefan in den Dünen getroffen hatte. Mann, oh Mann, war die verschossen in den. Tausend Gedanken waren Mario durch den Kopf gegangen, als er die beiden in den Dünen belauscht hatte. Was wäre, wenn der ihrem Drängeln nachgeben würde? Zu ihr ziehen und das Camp aufgeben würde?

Und auch diese Frau von nebenan hatte es erwischt. Bewegungslos hatte sie gerade in Grombachs Vorgarten gelegen und Stefan hatte neben ihr gekniet. Aber immerhin war er es gewesen, der die Gruppe durch laute Hilferufe aus dem Haus geholt hatte.

Entsetzen überfiel Mario bei der Erkenntnis, was sich da gerade in seinem Kopf zusammenbraute. Was hatte er da gerade gedacht? Hatte er gerade Stefan mit dem Tod von Frau Grombach und dem Unfall von der Frau aus dem Nachbarhaus in Verbindung gebracht? Das wollte er auf gar keinen Fall. Nicht Stefan … Der einzige Mensch, dem er vertraute. Nicht der. Schwierigkeiten, nichts als Schwierigkeiten sah er auf die Gruppe zukommen.

Aber eines war klar: Er würde nichts von dem, was er beobachtet hatte, den Bullen erzählen. Das brachte nur Stress.

*

Jakob und Ole war die Lust auf Detektivarbeit völlig vergangen. Fenna Boekhoff lag inzwischen in ihrem eigenen Bett, blass und schweigend. »Können wir noch was tun?« fragte Jakob ratlos.

Ole schüttelte den Kopf. »Nee, glaub nicht. Ich schaue gleich noch mal nach Mama. Wenn Rieke aus der Schule zurück ist, werden wir sehen, dass was zu essen auf den Tisch kommt. Hungern ist auch keine Alternative. Kannst ruhig noch zwei Stündchen auf geschichtliche Spurensuche gehen, wenn du magst. Wenn du Tant' Anna triffst, erzähl ihr ruhig von Mama. Aber vor morgen muss sie nicht vorbeikommen. Ist besser, wenn Mama heute etwas Ruhe hat.«

»Alles klar«, bestätigte Jakob. »Auf dem Zimmer sitzen bleiben, bringt's tatsächlich nicht. Wenn du Hilfe brauchst, ruf mich an. Die Nummer hast du. Ach«, Jakob schaute Ole ernst an, »ist dir eigentlich aufgefallen, wie rüde dein Vater den Mendel rauskomplimentiert hat? Seltsam, nicht? Wo der so nett geholfen hat, deine Mutter ins Warme zu bringen …«

»Stimmt. Keine Ahnung, was das sollte. Nun gehört mein Vater im täglichen Leben sicher nicht zu den verbindlichsten Menschen, aber das war echt Hammer. Werde ihn nachher mal fragen. Allerdings hat er, wie du heute Morgen bereits erlebt hast, im Moment sowieso nicht die beste Laune. Weiß der Geier, was da los ist.«

Irgendwie wird die Stimmung hier immer schlimmer, dachte Jakob, als er am Wasserwerk vorbeilief. Andererseits hatte er mehr und mehr das Gefühl, ein Teil seiner Gastfamilie zu sein. So, als ob er schon ewig dazugehören würde.

Mit Erstaunen stellte er fest, dass die Gedanken an Hamburg, den Verlag und vor allem an seine bestgehasste Kollegin nur noch diffuse Schemen waren, verdrängt von den Ereignissen, die sich auf der Insel abspielten. Fenna Boekhoff tat ihm unendlich leid. Wie sie dagelegen hatte. Weiß im Gesicht und völlig teilnahmslos. Sie war eine klasse Frau. Er war sicher, dass es sie nicht lange im Bett halten würde.

Es wunderte ihn nicht, dass sein Weg ihn wieder einmal zu Tant' Anna führte. Jakob hoffte sehr, dass die alte Frau ihm nicht mehr böse war. Er würde auch ganz bestimmt keine Scherze mehr auf Kosten alter Sitten und Gebräuche machen, das nahm er sich fest vor, als er gegen die Haustür klopfte. Fast im gleichen Moment stand Tant' Anna vor ihm und lächelte ihn an. »Komm rein, Jakob. Tee ist fertig.«

»Heute konnte mich aber keine Nachbarin sehen, ich bin durch das Kiefernwäldchen gelaufen und von der anderen Seite gekommen«, sagte er misstrauisch.

Tant' Anna lachte. »Diesmal war es reiner Zufall, glaube mir.«

Wie in den Tagen zuvor setzte sich Jakob auf seinen Stammplatz und wartete, bis Tee, Kluntje und Sahne diese unnachahmliche Verbindung eingegangen waren. Dann erzählte er Tant' Anna so einfühlsam, wie es ihm möglich war, von dem Unfall ihrer Nichte. »Tja, jetzt liegt sie mit einem Gesicht wie weiß gekalkt im Bett und sagt nichts.«

»Warte, ich hole eben meine Stiefel aus dem Schlafzimmer. Ich muss sofort zu ihr«, rief sie erschrocken und sprang auf.

»Bitte, nein, sie muss sich erholen. Ich meine das aber echt nicht böse. Morgen, hat Ole gesagt. Bitte.«

Jakob merkte, dass seine Worte bei Tant' Anna angekommen waren. Langsam setzte sie sich wieder an den Tisch. »Mein Gott, Jakob, du hast keine Ahnung, was los ist. Hätte sie mir bloß nichts erzählt, dann wäre mein Herz um einiges leichter«, seufzte sie.

»Was ist los? Kann ich helfen? Ich bin ein ziemlich guter Zuhörer.« Jakob beugte sich zu Tant' Anna und hatte das spontane Gefühl, dass seine Kommissare links und rechts neben ihm auf der Eckbank Platz genommen hatten.

Tant' Anna schaute ihn ratlos an. »Ich kann nicht darüber sprechen. Es ist nur so verdammt schwer, das Wissen alleine zu tragen. Dazu kommt, dass durch dich und deine Fragen dieser ganze unselige Aberglaube, der das Leben unserer Vorfahren bestimmte, wieder bei mir hochgekommen ist. Denk nur an das Riechdöschen, das du vom Friedhof mitgebracht hast. Fast gleichzeitig wurde mir etwas anvertraut, was große Unruhe über unsere Familie bringen kann. Gerade eben hast du mir erzählt, du seist durch das Kiefernwäldchen gelaufen. Eigentlich nichts Besonderes tagsüber und heute. Aber sofort kamen mir die Gedanken, dass unsere Vorfahren niemals, aber auch wirklich niemals, im Dunkeln durch das Wäldchen gelaufen sind, weil es dort spukte. So meinten sie zumindest. Im Moment vermischt sich alles bei mir zu einer unglückseligen Brühe, die in mir hin und her zu schwappen scheint. Überall sehe ich Gespenster lauern. Das ist nicht angenehm, das kannst du mir glauben.«

Jakob sah Tränen in Tant' Annas Augen. Sie stockte, dann sprach sie weiter. »Dann lässt mich die Frage bis in meine Nächte nicht los, wer aus welchem Grund die Strandwinde von meinem Grundstück entfernt hat. Dazu diese dunkle Jahreszeit. Ich mag nicht mehr, Jakob. Ich möchte sein, wo Lichter sind, Leben und unbeschwerte Menschen.«

Jakob wusste keine Antwort, so schwiegen beide.

Zu gern hätte er gewusst, welches Problem die alte Frau mit sich herumschleppte. Ob er noch einmal seine Hilfe anbieten sollte? Aber warum sollte sie ausgerechnet ihm, einem Fremden, erzählen, was sie bedrückte? »Hm, willst du mir nicht sagen, was dich quält? Vielleicht ist es dann gar nicht mehr so schwer, damit fertig zu werden«, versuchte er es erneut.

Tant' Anna schaute ihn lange an, dann flüsterte sie: »Kannst du schweigen?«

*

Warum geht Christina nicht ans Telefon, rätselte Michael Röder zum wiederholten Mal an diesem Vormittag. Bereits vier Versuche waren erfolglos geblieben. Normalerweise hätte er sich jetzt auf sein Fahrrad gesetzt und wäre wieder ins Ostdorf gefahren, aber eine unerklärliche Abneigung hatte ihn erfasst. Oder eine durchaus erklärliche, wenn er ehrlich war. Er wollte absolut nicht schon wieder dieser Jugendgang über den Weg laufen. Der Stachel des schlechten Gewissens saß zu tief.

Stattdessen griff er noch einmal zum Hörer und versuchte bei der Reederei *Baltrum-Linie* herauszufinden, ob Horst Grombach am Tag zuvor ans Festland gefahren war. Der Chef der Reederei versprach, Erkundigungen einzuziehen.

Dann machte Röder noch einen Versuch bei der Garagenvermietung in Neßmersiel. Fast alle Insulaner hatten dort ihre Fahrzeuge untergestellt. Aber auch dort konnte man ihm keine spontane Auskunft geben. »Der Grombach hat sein Auto schon seit einer Woche in der Werkstatt. Wenn er nicht noch am Anleger rumläuft, muss er entweder mit einem Taxi, dem Reedereibus, einem Freund oder einem Mietwagen gefahren sein«, war die ausführliche Antwort, die von einem überlegenen Lachen begleitet wurde. »Tut mir leid, aber wir können nicht auf alle Insulaner aufpassen, die die Insel …«

Mit einem genervten »Schon gut, danke« beendete er das Gespräch und beschloss, ein letztes Mal bei den Grombachs anzurufen. Doch wieder war nur das Freizeichen zu hören.

Es waren gut vierundzwanzig Stunden vergangen, seit Christina ihren Mann als vermisst gemeldet hatte. Sollte der immer noch weg sein, musste Röder sich um die Sache kümmern. Dazu war er schließlich Polizist auf dieser Insel. Sollte der Mann bereits wieder aufgetaucht sein, war es eine Unverschämtheit, ihm nicht Bescheid gesagt zu haben.

»Sandra, bist du da?« Röder lauschte, doch es kam keine Antwort. Er stand auf und ging in die Küche. Der leere Haken, an dem normalerweise die Hundeleine hing, zeigte ihm, dass nicht nur Sandra ihn allein gelassen hatte.

Er legte seiner Frau einen Zettel auf den Tisch und fuhr ins Ostdorf. Wenn sie sich schon nicht abmeldet, werde zumindest ich so nett sein, dachte er vorwurfsvoll.

In der Höhe der katholischen Kirche klingelte sein Handy. Fenna Boekhoff war dran und was sie ihm zu sagen hatte, machte ihn einigermaßen fassungslos. Christina Grombach sollte demnach tot in der Küche liegen? Wirklich tot? Das konnte doch nicht wahr sein! Warum hatte Fenna nicht sofort was gesagt? Er schaute auf seine Uhr. Knapp zwei Stunden waren vergangen, seitdem Fenna im Garten der Grombachs gestürzt war. Also zwei Stunden Zeitverlust, falls Fenna doch nicht recht hatte und Christina nur verletzt war. Und wenn sie tatsächlich tot war, war wertvolle Zeit für die Untersuchung der Todesursache vergangen. Er war gespannt, was sie für eine Erklärung für ihr Verhalten hatte.

Und er – er war einfach so wieder nach Hause gefahren, nachdem er schon bei ihr vor der Tür gestanden hatte. Ohne mal nachzufragen. Hatte sich lediglich die Aussage der Ärztin angehört. Nur weil er die misstrauischen Blicke der Jugendlichen im Nacken gespürt hatte.

Er beschleunigte sein Tempo und kam nach einigen Minuten völlig ausgepumpt vor dem Haus der Grombachs an. Er warf sein Fahrrad an den Zaun, rannte durch den Vorgarten direkt ins Haus. Im Flur stoppte er. Was, wenn Horst inzwischen wieder aufgetaucht war?

Wenn er etwas mit dem möglichen Tod seiner Frau zu tun hatte und er, Michael, ins offene Messer lief? Egal. Er musste sehen, ob Fenna recht gehabt hatte und Christina wirklich nicht mehr lebte. Er war sich nicht ganz sicher. Fennas Stimme hatte sehr schwach geklungen, und ihre Aussage war ziemlich wirr gewesen. Vielleicht war Christina nur verletzt. Dann war jede Minute wichtig.

Er öffnete die Küchentür. Sofort war ihm klar, dass Fenna recht gehabt hatte. Christina Grombach war tot. Und nicht erst seit kurzer Zeit. Er nahm sein Handy aus der Tasche und wählte die Nummer seines Vorgesetzten in Aurich.

*

Junge, das war echt ein Hammer, was ihm Tant' Anna da erzählt hatte. Von wegen beschauliches Inselleben. Gefühle machten eben auch vor den Insulanern nicht halt.

Inzwischen fand Jakob es gar nicht mehr so aufregend, den Detektiv zu spielen. Er merkte, dass seine Unbefangenheit der Familie Boekhoff gegenüber stark nachgelassen hatte. Wie sollte er Fenna gegenübertreten mit dem, was Tant' Anna ihm anvertraut hatte? Und gar Ole und Rieke? So tun, als ob er nichts wüsste? Natürlich. Er hatte Tant' Anna gegenüber Stillschweigen versprochen. Von wegen: Ein geteiltes Geheimnis trägt sich leichter. Schön gesagt, aber völlig falsch. Jetzt hatte nicht nur sie daran zu tragen, sondern auch er. Eine verzwickte Situation. Kommissar Möglich, das war klar, hätte das alles locker weggesteckt, so cool wie der war, aber er eben nicht. Verdammter Mist!

Vor einem Schaukasten blieb er stehen. Jemand hatte ein Plakat ausgehängt.

Einladung zum
NIKOLAUSBALL
Am 6. Dezember
Im *Strandhotel Wietjes* um 20.00 Uhr

Jakob überlegte. Wenn alles gut lief, wäre er dann noch auf der Insel. Mal sehen, ob er Ole überreden konnte, mit ihm dorthin zu gehen. Allerdings ließ das Wort ›Ball‹ darauf schließen, dass auch eine Band für Stimmung sorgen würde. Ihn grauste es immer noch, wenn er an seinen Auftritt mit Rieke in der Küche dachte.

Als er seiner Wohnung näher kam, wurden seine Schritte schneller. Diesmal war nicht nur der Polizist auf dem Grundstück der Grombachs zu sehen, sondern auch der Krankenwagen hatte wieder in der Straße geparkt. War was mit Frau Boekhoff? Hatte sich ihr Zustand verschlechtert? Aber was hatte dann der Polizist mit der Sache zu tun? War der Nachbar wieder aufgetaucht? Und wenn ja, in welchem Zustand? Als er näher kam, sah er Ole und Rieke am Zaun stehen. Fragend schaute er seinen neuen Freund an.

Der zuckte mit den Schultern. »Noch keine Ahnung, was da passiert ist. Bin aber sicher, wir werden es gleich erfahren. Komm rein, für Neugier ist es einfach zu kalt draußen.«

Die drei setzten sich in die Küche. Noch immer gingen Jakob die Gedanken an das Gespräch mit Tant' Anna durch den Kopf. Würde es Ole ihm je verzeihen, wenn er schwieg und die Familie vielleicht damit ins offene Messer laufen ließ? Auf der anderen Seite: Er hatte es versprochen, und letztendlich ging es ihn auch nichts an. Genau genommen war er ein Fremder in diesem Gefüge. Es war die Sache von Frau Boekhoff, Licht ins Dunkel zu bringen. Oder auch nicht.

Es klopfte und gleich darauf steckte der Polizist den

99

Kopf zur Tür herein. »Moin miteinander. Kann ich deine Mutter sprechen, Ole?«, fragte er mit ernstem Gesicht.

»Es geht ihr nicht gut, Michael. Aber erzähl doch erst einmal. Was ist passiert?«

Jakob merkte, dass der Polizist einen Moment zögerte. »Frau Grombach ist tot.«

Rieke war von ihrem Stuhl aufgesprungen. »Tot? Wie tot? Herzinfarkt oder so?«

»Es gibt noch keine gesicherten Erkenntnisse«, sagte der Polizist. »Später werden wir mehr erfahren, aber jetzt muss ich dringend eure Mutter sprechen.« Ole nickte, stand auf und begleitete den Mann nach oben.

»Was hat Mama denn damit zu tun?«, fragte Rieke aufgebracht.

Jakob schaute das Mädchen an. »Ich habe wirklich keine Ahnung, Rieke. Wahrscheinlich will der Polizist nur wissen, warum deine Mutter heute Morgen drüben war.«

Kurz darauf trat Ole aufgebracht wieder in die Küche. »Der wollte mich nicht dabeihaben. Er hat gesagt, ich solle man schön wieder nach unten gehen. Stell dir das mal vor!«

»Setz dich und beruhige dich. Er wird schon seinen Grund gehabt haben.« Jakob überlegte, ob der Polizist schon über die Verbindung zwischen dem Mendel und Frau Boekhoff unterrichtet war und Ole da heraushalten wollte. Quatsch, dachte er, woher soll der Mann das wohl wissen? Außerdem haben wir noch gar keine Ahnung, was wirklich passiert ist.

*

Michael Röders Augen gewöhnten sich nur langsam an das Halbdunkel, das das Schlafzimmer einhüllte, in dem Fenna Boekhoff lag. »Hallo, Fenna, darf ich reinkommen?«

»Natürlich, Michael. Ich habe schon auf dich gewartet«, erwiderte Fenna mit geschlossenen Augen. »So, du hast sie also gefunden.«

Michael Röder nickte. »Das habe ich. Und du kannst dir natürlich vorstellen, dass mir dazu eine Frage auf den Nägeln brennt. Warum hast du mir nicht sofort Bescheid gegeben, als du wieder wach geworden bist? Hast du mir dazu etwas zu sagen?«

»Ich weiß es nicht, Michael. Ich war so durcheinander. Mein Kopf dröhnt immer noch, und ich bin eigentlich zu keinem klaren Gedanken fähig. Ich habe mir die ganze Zeit eingebildet, du wüsstest längst von der ganzen Sache. Jemand anders hätte dir Bescheid gegeben. Erst ganz langsam kam mir dann die Erkenntnis, dass womöglich nach mir gar keiner mehr das Haus betreten hat. Zum Glück lag unser Telefon auf dem Schlafzimmertischchen. Es hat aber noch eine ganze Zeit gedauert, bis ich in der Lage war, aufzustehen und es zu holen.«

»Warum hast du Ole oder Rieke nicht gebeten?«, fragte Röder.

»Hätte ich ja, aber die konnten mich nicht hören. Wahrscheinlich saßen die gerade unten in der Küche.«

Röder musste ihr zustimmen. Genau da hatte er Ole, Rieke und den Gast eben angetroffen. Er zog sich einen Stuhl heran und setzte sich neben Fennas Bett. »Auch wenn es dir nicht gut geht, du musst versuchen, mir genau zu erzählen, was da drüben los war. Was wolltest du im Nachbarhaus? Wie kam es zu deinem Sturz?«

Sie berichtete ihm stockend, dass sie am Abend zuvor den Pfeffer ausgeliehen und ihre Jacke dort vergessen hatte. Und dass sie morgens ihren Anorak hatte holen wollen, Christina aber nicht angetroffen hatte. Zunächst.

»Dann habe ich aus der Küche Lärm gehört«, sagte sie.

Michael Röder beugte sich gespannt zu ihr hinüber. »Was für einen Lärm?«

»Ich weiß, es klingt blöd, aber ich habe das Tuten einer Schiffssirene gehört, dann Möwengeschrei und noch irgendwas. Ich kann mich nicht mehr genau erinnern.«

Der Polizist schaute sie zweifelnd an. Litt die Frau womöglich noch unter den Folgen ihres Sturzes? Dann war ihre Aussage so viel wert wie ein Osterhase zu Weihnachten. Allerdings würde das ihre Erklärung bestätigen, warum sie nicht eher die Polizei von dem grausigen Fund unterrichtet hatte. Er würde Dr. Neubert fragen müssen, wie sie das einschätzte. »Noch einmal, Fenna, überlege genau, bevor wir weiterreden. Was hast du gehört?«

»Schiffstuten und Möwengeschrei. Das kam mir doch auch so komisch vor, und nur deswegen bin ich in die Küche. Und dann lag sie da.« Fenna hatte den Kopf zur Seite gedreht und weinte.

»Fenna, beruhige dich. Weißt du was? Ich gehe jetzt erst mal.« Röder hatte das Gefühl, dass es keinen Zweck mehr hatte, noch weiter nachzubohren. »Ich werde aber im Laufe des Tages noch einmal mit meinen Kollegen vom Festland wiederkommen. Das verstehst du sicherlich.« Er stand auf und schloss leise die Tür hinter sich. Nun noch ein paar Sätze zu denen, die in der Küche auf ihn warteten.

*

Michael Röder schaute auf die Uhr. Gleich würde das Schiff anlegen und darauf würden jede Menge Kollegen aus Aurich sein.

Als er den Anleger erreicht hatte, sah er, dass das Schiff um das Hafenfeuer bog. Gerade noch rechtzeitig, dachte er beruhigt.

Trotz der zügigen Fahrradtour zum Hafen merkte Röder, wie ihm die Kälte die Oberschenkel hochkroch. Sandra hatte morgens noch gesagt: »Zieh deinen ›langen Hinni‹ an. Das geht nicht ohne bei dieser Kälte!« Er hätte auf sie hören sollen. Denn erstens war männliche Eitelkeit bei den Dingen, die man unter einer Uniform trug, völlig unnötig (was er zwar wusste, aber nicht einsah), und zweitens hatte er bisher noch immer den Kampf gegen die Novemberkälte verloren (was er ebenfalls wusste). Trotzdem hoffte er seit Jahren auf einen Sieg. Nur um einmal aus vollen Herzen sagen zu können: Einen Kerl wie mich haut nichts um. Leider war er im Moment weit von dieser Aussage entfernt. Er fror, dass seine Zähne aufeinanderklapperten. Er dachte mit Grausen an den Weg ins Ostdorf. Klar war, dass dieser Weg im Winter um einiges länger war als im Sommer. Besonders gegen den Wind!

Das Schiff legte an, und schon bald sah er sich von seinen Kollegen umringt. Alle wollten so schnell wie möglich wissen, warum genau sie auf die Insel gerufen worden waren. Michael Röder umriss kurz, was ihm an Information zur Verfügung stand, schlug dann aber vor: »Lasst uns sehen, dass wir so schnell wie möglich ins Warme kommen. Auch wenn das Haus der Grombachs im Moment nicht die geeignete Kulisse für eine Teestunde bietet. Aber wegen dieser bösen Geschichte seid ihr schließlich hier.«

Die Männer der Spurensicherung mit ihrem Leiter, Martin Brinkmann, luden ihre Arbeitsutensilien auf die Wippe, die an Röders Fahrrad hing. Begleitet von den Blicken neugieriger Insulaner machte die kleine Gruppe sich auf den Weg.

Die Kollegen waren nicht zum ersten Mal auf der Insel, und auch Hauptkommissar Arndt Kleemann vom 1. Fachkommissariat für Brand und Todesermittlungen hatte den Inselpolizisten schon häufiger bei Mord- und Unglücksereignissen unterstützt. »Viele Grüße von Wiebke. Sie wäre am liebsten mitgekommen, aber sie muss arbeiten.«

Röder schaute Arndt Kleemann, der sich direkt neben ihn geschoben hatte, lächelnd an. »Vielen Dank. Es ist ja schon eine ganze Weile her, dass du mit deiner Frau zusammen hier warst. Sandra hätte sich bestimmt gefreut, ihre beste Freundin wieder einmal zu sehen.« Und nach einer kurzen Pause: »Und ich hätte natürlich ebenfalls nichts gegen ihren Besuch einzuwenden gehabt.«

»Na, was nicht ist, kann man schließlich nachholen. Aber jetzt wollen wir uns erst einmal um den neuen Fall kümmern. Ich möchte dir übrigens Klaus Kockwitz vorstellen. Oberkommissar Klaus Kockwitz. Wir arbeiten jetzt viel zusammen, und ich dachte, es könnte ganz sinnvoll sein, wenn er die Gegebenheiten der Insel kennenlernt.«

»Das ist wohl wahr«, stimmte Röder zu und begrüßte den Mann an Kleemanns Seite. »Herzlich willkommen auf unserer kleinen Insel.«

»Dafür, dass sie so klein ist, ist in den letzten Jahren aber allerhand passiert, wenn ich meinem Kollegen Kleemann glauben darf«, sagte Kockwitz interessiert.

Röder nickte. »Ich sehe, du bist schon bestens informiert. Auch vor uns macht eben der Tod nicht halt. Nicht mal der gewaltsame.«

Sie bogen am *Wattenmeerhaus* rechts ab und gingen am Spielteich vorbei ins Ostdorf. Schon bald trieb ihnen der Wind, der ihnen steif aus Ost entgegenwehte, Tränen in die Augen.

Am Haus der Grombachs zog Röder einen Schlüssel aus der Tasche. »So, da wären wir.« Er schloss die Haustür auf.

Die Kollegen starrten ihn verwundert an. »Sag mal, woher hast du den Schlüssel?«, fragte Kleemann, »und warum ist hier keiner, der Wache schiebt?«

»Wer soll denn wohl aufpassen, wenn keiner da ist? Mein Hilfssheriff kommt erst kurz vor Weihnachten, wenn wieder mehr Gäste auf der Insel sind. Der Schlüssel hing am Haken neben der Tür. Ich habe also getan, was machbar war, bei der Sicherung des Tatortes. Sollte der vermisste Horst Grombach in der Zwischenzeit zurückgekommen sein, hätte er mich vermutlich angerufen. Es sei denn, er hat selber Dreck am Stecken. Aber das Risiko musste ich eingehen.«

Arndt Kleemann nickte. »Ich weiß, dass auf einer Insel alles etwas anders ist. Trotzdem, wir werden gleich wissen, ob du nicht besser vor Ort geblieben wärest und uns nur eine Wegbeschreibung gegeben hättest.«

Röder schwieg. Natürlich hätte er das machen können. Oder er hätte Sandra zum Hafen geschickt. Auch das wäre eine Möglichkeit gewesen. Er hatte sich nun mal anders entschlossen. Die Kollegen am Festland waren natürlich nie allein bei ihren Entscheidungen. Nicht wie die heldenhaften Kommissare in sämtlichen Fernsehproduktionen, die sich als einsame Wölfe durch den Film kämpften. Oder so, wie es bei mir eben manchmal der Fall ist, dachte er trotzig. Im Nachhinein konnten die leicht meckern.

Röder zuckte zusammen. Kleemanns kräftige Hand hatte sich mit Wucht auf seine Schulter gelegt. »Los, auf geht's, war nicht so gemeint. Hinein in die gute Stube, damit wir an die Arbeit kommen.«

Der Inselpolizist öffnete die Haustür und ließ die Spurensicherung eintreten. Kurz erklärte er ihnen die örtlichen Begebenheiten. Kockwitz, Kleemann und er blieben fürs Erste zurück.

»Die Leiche geht sicher heute Abend noch zurück ans Festland?«, erkundigte sich Kockwitz.

Röder nickte. »Mit dem Abendschiff. Glücklicherweise ist die Tide günstig. Da können die Kollegen, die hier nicht mehr gebraucht werden, wieder nach Hause fahren. Ihr beide werdet dagegen sicher noch ein wenig die Gastfreundschaft dieser Insel genießen.«

Klaus Kockwitz lachte. »Gott sei Dank hat der Kollege Kleemann mich darauf hingewiesen, alles Wichtige für eine Übernachtung mitzunehmen. Jetzt brauchen wir nur noch ein Bett.«

»Das habe ich schon für euch besorgt. Im Hotel *Sonnenstrand*. Mit Frühstück.«

»Das ist hervorragend«, antwortete Kockwitz. »Aber nun zurück zum Geschehen. Erzähl noch mal alles, was du bisher über die Umstände weißt.«

Röder zeigte auf das Ende des Flurs. »Hinter der Tür dahinten ist das Wohnzimmer. Lasst uns dort reingehen. Die Spurensicherung wird nichts dagegen haben.«

Als sie an der Küchentür vorbeigingen, blieb Röder abrupt stehen. »Wartet mal, hört ihr auch, was ich höre?« Die drei lauschten und schauten sich verblüfft an. Möwengeschrei. Dann das Tuten einer Schiffssirene. »Genau das hat Frau Boekhoff erwähnt!«, sagte er aufgeregt. »Was um alles in der Welt ist das?« Er steckte seinen Kopf durch die Küchentür und wiederholte seine Frage. Statt einer Antwort zeigte einer der Männer an die Wand.

Michael Röder atmete tief durch, als er sah, was Fenna Boekhoff dazu veranlasst hatte, in die Küche zu schauen. Neben dem Besenschrank hing eine große Wanduhr mit einem rot-weißen Leuchtturm, der im Sekundentakt blinkte. Dazu drehten drei Plastikmöwen, die auf rotierenden Plastikstangen saßen, laut kreischend ihre Runden. Eine grell blau-weiß bemalte Welle bewegte sich wogend und unter lautem Getöse auf und nieder. Nur ein Schiff, das sah Röder nicht. Vermutlich abgesoffen, dachte er. Von dieser Uhr gingen tatsächlich Geräusche aus, die vielleicht nicht gerade den Welt-, aber doch zumindest einen verheerenden Schiffsuntergang vermuten ließen.

Er schaute genau hin. Exakt drei Uhr. Also war davon auszugehen, dass dieses Monstrum immer zur vollen Stunde dieses Schreckensszenario hinausposaunte. Wenn

Sandra solch ein Ding anschleppen würde, schoss es ihm durch den Kopf, könnte es glatt passieren, dass ich sie vor die Wahl stellen würde: Uhr oder ich. Allerdings wollte er in diesem Moment das Restrisiko nicht ausschließen, dass seine Frau sich für die Uhr ... Nein, lieber nicht drüber nachdenken.

Röder drehte sich um, als er verhaltenes Lachen im Flur bemerkte. »Na, ist der Mörder mit einem Containerschiff entkommen?«, hörte er Kleemanns Stimme. Und Kockwitz schob nach: »Und – schlägt der Leuchtturmwärter jetzt Alarm?«

»Wisst ihr, was ihr seid? Ihr seid ... ihr seid ... Lasst uns einfach ins Wohnzimmer gehen.«

*

Männer sind schlimmere Klatschweiber als Frauen es je sein werden! Wer hatte das noch gesagt? Jakob überlegte. Genau. Claudia hatte diesen Satz erbost losgelassen, als er sie eines Abends mit den neuesten Pöseldorfer Nachrichten verwöhnen wollte.

Er haderte mit sich. Wieder einmal hatte er seine Klappe nicht halten können. Nachdem der Polizist gegangen war, hatte er Ole erzählt, was Tant' Anna ihm unter dem Siegel der Verschwiegenheit anvertraut hatte. Er wolle Ole nicht ins offene Messer laufen lassen, hatte er sich eingeredet. Wir zwei gegen den Rest der Welt! Wichtig, nein eher dazugehörig, hatte er sich gefühlt, als er Ole in das Geheimnis seiner Mutter eingeweiht hatte. Doch kaum war er seine Geschichte losgeworden, hatte ihn der Katzenjammer überfallen. Was hatte er getan? Wieder mal Mist gebaut! Das hätte er nie und nimmer tun dürfen. Er hatte Tant' Annas Vertrauen missbraucht, und nun hatte er Schiss, an ihre Tür zu klopfen.

Schon seit einer halben Stunde saß er im Windschatten des *Inselmarktes* auf einer Bank und wusste nicht, was er machen sollte. Er rechnete damit, dass die alte Dame ihm an der Nasenspitze ansehen würde, was passiert war. Andererseits war Nichtmehrhingehen auch keine Alternative. Zumindest keine erklärbare. Seine Knie knackten, als er aufstand, und er fühlte sich wie eingerostet. Ein Blick auf die Uhr sagte ihm, dass der Laden noch geöffnet war. Ich werde eine Tafel Schokolade kaufen, das lenkt Tant' Anna vielleicht ein wenig ab, überlegte er. Oder bemerkt sie dann erst recht, dass ich ein schlechtes Gewissen habe?

Im Laden lud ein kleiner Tisch, auf dem Zucker, Milch und ein paar Kekse standen, zum Kaffeetrinken ein. Sofort ergriff Jakob die Gelegenheit, seinen Besuch noch ein wenig hinauszuzögern. Vorsichtig stellte er eine Tasse in den Automaten und drückte auf ›Cappuccino‹. Bei seiner letzten Aktion dieser Art in der Kantine seines Verlages hatte er aus Versehen zweimal die Taste gedrückt. Ergebnis war ein schwarzer See zu seinen Füßen gewesen, aus dem weiße Schauminseln ragten. Und er wie Jim Knopf mittendrin.

Jakob atmete auf. Das Gerät hatte genau zum richtigen Zeitpunkt aufgehört, seinen Inhalt auszuspucken, so dass der kleine Berg aus aufgeschäumter Milch nicht über den Tassenrand schwappte. Er schüttete zwei Löffel Zucker in seinen Cappuccino und griff nach einem Keks. Nervennahrung, genau das, was ich brauche, dachte er missmutig und nippte behutsam an dem heißen Getränk. Nur nicht auch noch den Mund verbrennen, das habe ich heute schon einmal hinter mir!

»Hast du das auch schon mitbekommen? Im Ostdorf soll was passiert sein.«

Jakob blickte auf und sah eine Frau zwischen Käsetheke und Tiefkühltruhe stehen, die mit Händen und Füßen auf eine Verkäuferin im blauweißen Kittel einredete.

»Nein, was denn? Ist der Horst wieder aufgetaucht?«, versuchte die junge Frau hinter der Theke mit lauter Stimme das metallene Surren der Aufschnittmaschine zu übertönen.

»Keine Ahnung. Aber der Röder soll ziemlich schnell auf seinem Fahrrad unterwegs gewesen sein.«

»Vielleicht ist ihm ja sein Hund weggelaufen«, warf die Verkäuferin ein.

»Christina Grombach ist tot.« Jakob sah, wie sich zwei Augenpaare auf ihn richteten.

»Was haben Sie gesagt?«, flüsterte eine der beiden Frauen fassungslos.

Jakob nickte. »Es stimmt. Der Polizist hat sie heute Morgen gefunden. War wohl ein Verbrechen.« Jakob stockte. Er hätte sich selbst in den Hintern treten können. Wieder mal war der Klatschteufel mit ihm durchgegangen. Er wollte das nicht, aber es passierte ihm ständig. Ermitteln bestand daraus, Augen und Ohren offenzuhalten und zu schweigen. Zumindest hatte er es so seinen Kommissaren immer auf den Leib geschrieben. Nicht jedem alles erzählen, was man weiß oder zu wissen glaubt!

»Also, ich weiß nicht. Wenn da man nicht der Horst hinter steckt.« Die kurzzeitige Sprachlosigkeit der beiden Frauen verwandelte sich rasch in eine lautstarke Diskussion.

»Soll ja sonst wohl auch Dreck am Stecken haben. Denk doch nur mal an die Sache mit seinem letzten Hauskauf. Bei den Martens. Übern Tisch gezogen hat er die alten Leute. Übern Tisch gezogen. Das Haus war doch viel mehr wert.«

Interessiert beugte sich Jakob nach vorne.

Die Verkäuferin schaute ihre Kundin ernst an. »Aber vom Bescheißen bis zum Mord ist es doch noch ein langer Weg, oder? Außerdem ist der Mann seit zwei Tagen verschwunden, soweit ich gehört habe.«

109

»Ja, und? Wer weiß, wo der sich versteckt hat. Man hat ja schon was läuten hören, aber ich will nichts gesagt haben. Zuzutrauen wäre es ihm. 'ne kriminelle Ader haste eben oder nicht. Wer sollte denn sonst der Mörder sein? Einer von uns? Der Gedanke wäre ja grässlich.« Jakob sah, wie die Frau sich schüttelte. Dann drehte sie sich um, und Jakob geriet genau in ihr Blickfeld. »Sie sind doch der Schreiber, der bei Fenna wohnt, oder? Muss so sein, denn ansonsten ist weit und breit kein Gast hier.« Sie lachte kurz auf.

»Das stimmt, der bin ich«, antwortete Jakob. »Und mit wem habe ich das Vergnügen?«

»Elena Siemering, ich bin die Schwester von Viktor, und Viktor hat für den Grombach gearbeitet. Also weiß ich, wie bei denen der Hase läuft. Viktor hat sich oft genug bei mir ausgeheult. Besonders nach dem Rauswurf. Da konnten wir ihn kaum beruhigen. Die ganze Nacht hat er bei uns gesessen. Gott sei Dank ist mein Bruder jetzt da weg. Umgebracht hätt's ihn, wenn er weiter dort gearbeitet hätte.« Jakob sah Erschrecken in den Augen der Frau. »Du liebe Güte«, flüsterte sie, »was für ein Durcheinander. Frau Grombach tot. Ihr Mann verschwunden.« Mit großen Augen schaute die Frau erst die Verkäuferin an, dann Jakob. »Irgendwie sind wir wirklich alle verdächtig, nicht wahr? Alle, die auf der Insel waren in den letzten zwei Tagen. Sie, ich, alle. Die einen mehr, die anderen weniger. Wenn ich allein an Viktor denke, was der mitgemacht hat …« Abrupt schwieg Elena Siemering, dann sagte sie: »Versteht mich nicht falsch, nicht dass ich meine, Viktor könnte … Nein, gar nicht. Ich wollte doch nur sagen …« Mit einem schnellen Griff nahm sie die Fleischtüte von der Theke, warf sie in ihren blauen Einkaufskorb und verschwand im Gang zwischen Joghurt und Tiefkühlerbsen.

»Ganz schön durcheinander, die gute Frau. Ist doch

noch gar nicht sicher, dass die Frau Grombach umgebracht wurde«, sagte Jakob.

Die Verkäuferin nickte. »Der Viktor hat es aber wirklich nicht leicht gehabt bei dem Grombach. Nur weil die beiden, also Elena und Viktor, vor zwanzig Jahren aus Weißrussland eingewandert sind, meinte der Grombach, er könne ständig auf dem Mann herumhacken. ›Ihm das Arbeiten beibringen‹, hat er das genannt. Dabei sind beide so nett und fleißig. Wieso der Viktor das die ganzen Jahre bei dem Stinkstiefel ausgehalten hat, weiß keiner. Ich weiß nur, dass da vor Kurzem etwas gewesen sein muss. Wie man so hört, müssen die richtig aneinandergerasselt sein.«

Jakob konnte seine Neugier kaum verbergen. »Und Sie wissen echt nicht, was da los war? Nicht, dass es mich was anginge, aber so als Nachbar, Sie verstehen.«

Die Verkäuferin lächelte. »Sie fühlen sich wohl nach einer Woche ganz als Insulaner, oder? Glauben Sie mir, dazu gehört etwas mehr, als den Urlaub hier zu verbringen. Aber um Ihre Frage zu beantworten: Nein, mehr weiß ich wirklich nicht. Will ich auch gar nicht.« Sie schwieg kurz, dann setzte sie noch einmal an. »Die beiden haben es zu Anfang nicht leicht gehabt. Besonders, weil sie kaum Deutsch sprachen, aber dann hat Elena nach ein paar Jahren den Hilko Siemering geheiratet. Nur Viktor, der hat niemanden gefunden. Schade eigentlich …«

»Melanie, hast du die Käsebestellung für den Turnerbund fertig?«

Die Verkäuferin zuckte zusammen. »Mein Chef«, sagte sie. »Ich muss jetzt wohl.«

Jakob nickte und schaute vorsichtig nach allen Seiten. Hoffentlich beobachtete ihn keiner. Er wusste nur zu genau, es gehörte sich nicht, konnte jedoch nie widerstehen: Mit spitzer Zunge schleckte er genüsslich den letzten Rest Milchschaum und den Zucker heraus, der sich am Grund der Tasse abgesetzt hatte. Der blitzblanke Tassenboden ließ ihn allerdings jegliche Euphorie vergessen. Es gab nun keinen Grund mehr, den Besuch bei Tant' Anna aufzuschieben. Er hatte es ihr versprochen.

Wenn er doch Ole nur nichts verraten hätte.

Auf dem Weg durch die leeren Dorfstraßen klang ihm noch immer der kräftige Akzent in den Ohren, mit dem Elena Siemering ihr Urteil über Horst Grombach gefällt hatte. Und auch die Aussage der Verkäuferin, dass die beiden Männer ›aneinandergerasselt‹ waren, stimmte ihn nachdenklich. Bis jetzt hatte er noch kein gutes Wort über den Mann gehört, der seit zwei Tagen verschwunden war. Doch es gab sichtlich genügend Leute, die noch eine Rechnung mit ihm offen hatten. Hoffentlich schaute die Polizei genau genug hin bei ihren Ermittlungen.

Er klopfte gegen Tant' Annas Haustür. Jakob hörte schlurfende Schritte und gleich darauf stand Tant' Anna vor ihm. Ein leises Lächeln stand in ihrem Gesicht. »Komm rein, min Jung«, sagte sie und trat auffordernd einen Schritt zur Seite. »Möchtest du Tee?«

Jakob nickte. Er mochte nicht nein sagen, obwohl er den Cappuccino noch säuerlich in seinem Magen spürte. Nur benehmen wie immer, ermahnte er sich. Nur nichts anmerken lassen. Hoffentlich ging Ole mit seinem Wissen verantwortungsvoller um und behielt seine Kenntnisse für sich. Ole wollte mit seinem Vater sprechen, da konnte es doch gut sein, dass er aus Versehen oder aus der Aufregung heraus doch noch was verlauten ließ.

»Du siehst so nachdenklich aus, Jakob.« Er sah, dass Tant' Anna ihn aufmerksam anschaute, während sie einen Teller mit zwei Stückchen Kuchen vorsichtig auf dem Tisch absetzte.

»Ach nein, ist schon okay. Es ist nur …«

»Es ist etwas passiert, nicht wahr? Du kannst es mir ruhig sagen.«

Jakob schluckte. Gerade hatte er sich das Versprechen abgerungen, für alle Zeit die Klappe zu halten und nun so was.

»Jakob, du weißt, ich bin eine bodenständige Frau. Aber heute Morgen ist ein Star gegen mein Küchenfenster geflogen. Es gab einen dumpfen Knall, und ich wusste gleich, da ist etwas passiert. Glaube mir, viele Dinge, die von früher her aus Aberglauben gesagt wurden, sind dummes Zeug. Aber eines hat noch nie getrogen: Wenn ein Vogel gegen die Scheibe fliegt, holt er sich eine Seele. Das war immer so, und das wird so bleiben. Also – was ist passiert?«

Er zögerte. »Christina Grombach – die Nachbarin. Sie ist tot.« Sollte er noch mehr sagen? Ach was, sie würde es sowieso erfahren. »Sie wurde vermutlich ermordet. Sagt der Inselpolizist.«

Aus Tant' Annas Gesicht war jegliches Blut gewichen. Langsam ließ sie sich auf ihren Lieblingsstuhl sinken. »Ich habe es geahnt«, murmelte sie. Immer und immer wieder.

Jakob schwieg. Beunruhigt schaute er die alte Frau an. Was, wenn sie vor Schreck Herzprobleme bekam? Sie sah so seltsam aus. So entrückt.

»Tant' Anna? Geht es dir nicht gut?« Er erhielt keine Antwort. »Tant' Anna. Soll ich Hilfe holen?«

Langsam drehte sie sich zu ihm um. »Danke, Jakob. Mit mir ist alles in Ordnung. Es ist nur – der Gedanke, dass man in unserer neumodischen Welt doch immer noch von alten Wahrheiten eingeholt wird, das macht mich manchmal ganz demütig. Unsere Altvorderen waren nicht so einfältig, wie sie oft dargestellt werden. Sie wussten genau, was sie sagten. Und die Natur war ihr bester Führer.« Sie lächelte. »Ratgeberprogramme im Fernsehen für solche Fälle gab es damals schließlich noch nicht.«

Er musste Tant' Anna recht geben. Allerdings wagte er zu bezweifeln, dass es tatsächlich einen Zusammenhang gab zwischen Vögeln, die gegen Fenster flogen, und menschlichen Todesfällen. Aber er zog sein Notizbuch aus der Tasche und begann zu schreiben.

»Es gibt noch eine ähnliche Voraussage. Nämlich: Wenn Raben ums Haus fliegen, wollen sie eine Seele holen.«

Jakob schaute sie zweifelnd an. »Tant' Anna ... Ich schreibe das natürlich alles auf, aber denkst du nicht auch, dass es nicht ungewöhnlich ist, wenn Raben oder Krähen ums Haus fliegen? Es gibt so viele hier auf der Insel. Ich glaube, fast mehr als Möwen. Warst du in letzter Zeit mal am Strand? Es sieht schon komisch aus, wenn die Krähen dort herumturnen und Muscheln aufknacken, als wären sie Möwen.«

»Natürlich hast du recht – aus der heutigen Warte betrachtet. Aber früher, als unsere Vorfahren mit diesen Weisheiten lebten, gab es kaum Raben oder Krähen hier. Es war eine große Seltenheit, einen dieser schwarzen Vögel zu sehen. Und die Erfahrung, oder sagen wir mal, das Empfinden der Menschen ließ die Geschichten dazu entstehen.«

Jakob sah, dass Tant' Annas Augen immer kleiner wurden. Gleich würde sie sich wieder für einen Moment in sich selbst zurück ziehen. Sein Blick fiel auf ein vergilbtes Foto, das in einem dunkelbraunen Rahmen über dem Herd hing. Es sah aus wie ein Einschulungsbild. Drei kleine Mädchen mit blonden Haaren standen mit erwartungsvollen Gesichtern neben einem ernst aussehenden jungen Mann vor der Alten Schule. Ob Tant' Anna wohl eines dieser Mädchen war? Er würde sie fragen, wenn sie aus ihrem kurzen Schlaf erwachte. Doch vielleicht

114

war es sinnvoller, sich stattdessen lieber vom Acker zu machen, überlegte er. Bis jetzt hatte sie noch nicht spitzgekriegt, dass er es mit ihrem Geheimnis nicht so genau genommen hatte. Er wünschte sich nichts mehr, als dass das so bliebe.

Leise schob er sich Zentimeter für Zentimeter aus der Eckbank, nur ja bemüht, keinen Lärm zu verursachen. Schnell noch das letzte Stück seines Butterkuchens in den Mund, dann würde er dem Haus erst einmal den Rücken kehren.

Doch er hatte nicht mit der Widerspenstigkeit der Mandel-Zucker-Kruste gerechnet. Statt ordentlich die Speiseröhre hinunterzugleiten, geriet sie unangenehm kratzend in seine Luftröhre. Zuerst räusperte er sich. Hinter vorgehaltener Hand. Aber das hatte lediglich zur Folge, dass die Zuckerkrümel noch tiefer rutschten. Das verursachte einen Hustenreiz, der ihn alle Vorsicht vergessen ließ. Er musste würgen, sein Husten bellte durch den Raum, und Tant' Anna schoss aus ihrem Sessel hoch.

»Was … was ist passiert? Herrjee, min Jung, was machst du denn? Sall ik di helpen?« Tant' Anna drückte sich aus ihrem Sessel, lief um den Tisch und nahm Jakob fest in den Arm. «Keine Sorge, min Jung. Dat wurd glieks weer beter. Soll ich dir ein Glas Wasser holen?« Bevor er zwischen zwei Hustenattacken überhaupt nicken konnte, hatte sie bereits ein Glas mit Leitungswasser vor ihm auf den Tisch gestellt.

Er nahm einen Schluck, dann noch einen, und langsam verschwand das Kratzen in seinem Hals. Aufatmend ließ Jakob sich auf die Eckbank zurück sinken. »Das war knapp«, murmelte er.

»Ja, min Jung. Meistens passiert so was ja, wenn man zwei Dinge auf einmal erledigen will. Oder wenn man einen Schreck bekommt. Du hast doch nicht etwa – Raben gesehen?«

Jakob schüttelte den Kopf und wollte etwas sagen, doch Tant'Anna ließ sich nicht aufhalten. »Oder wenn man etwas zu verbergen hat, dann passiert auch so was. Wenn die Seele in Unruhe ist, weil da etwas in einem steckt, genau wie der Kuchenkrümel. Glaube es mir.«

Tant' Annas Stimme war immer eindringlicher geworden. Jakob hielt es nicht mehr aus. Er sprang auf, griff nach seiner Jacke und verließ fluchtartig die Gemütlichkeit der Küche. Er fühlte die erstaunten Blicke der alten Frau in seinem Rücken. Doch er konnte nicht bleiben. Er konnte es ihr nicht beichten, dass er seine Klappe nicht gehalten hatte. Tiefe Traurigkeit überkam ihn.

*

»Ja, was nun, ist sie geschlagen worden oder ist sie aufgeschlagen?« Hauptkommissar Arndt Kleemann schaute den Leiter der Spurensicherung skeptisch an.

Martin Brinkmann zögerte. »Du kennst doch das immer gleiche Spiel. Abwarten. Wir haben alles unter die Lupe genommen und jede Menge Beweismaterial zur weiteren Untersuchung eingetütet. Schaut euch diese Menge Pfefferkörner auf dem Fußboden an. Vielleicht ist sie darauf ausgerutscht und mit dem Kopf auf die Kante des Herdes geschlagen. Sie trug nur Socken, da kann das schon mal passieren. Wundert mich nur, dass die Körner in der ansonsten so sauberen Küche einfach so rumlagen. Aber das wird dann ja eure Aufgabe sein, den Grund dafür herauszufinden, nicht wahr?« Brinkmann lächelte. »Für eine andere These sprechen die tiefen Risse im Ceranfeld. Hat ein Kampf stattgefunden? Auf den ersten Blick erschließt sich mir hier nicht nur eine Möglichkeit, wie das Ganze abgelaufen sein könnte. Die Inselärztin hat sich die Tote angesehen, und nach der Obduktion wissen wir mehr. Aber dazu muss die Leiche erst einmal nach Oldenburg. Dann sehen wir weiter.«

Kleemann winkte ab. Er hatte auf ein wenig mehr Information gehofft. Fehlanzeige. Natürlich würden sie versuchen, aus dem Umfeld der Toten, und nicht zu vergessen des vermissten Hausherrn, irgendetwas Relevantes in Erfahrung zu bringen.

Er lechzte nach einer Tasse Kaffee. Seit dem frühen Morgen hatte er nichts zwischen den Zähnen gehabt. Nun war es bereits früher Nachmittag. Und die Gnade eines offenen Kioskes würde ihm, das war klar, um diese Jahreszeit verwehrt bleiben. Er schaute sich im Wohnzimmer um. Ganz schön altmodisch, entschied er, während er eine Schranktür nach der anderen öffnete und einen Blick auf den Inhalt warf, der von der Spurensicherung bereits gründlich durchsucht worden war.

»Arndt, die Feuerwehr ist da mit dem Sarg. Willst du mit rauskommen? Michael ist auch wieder vor Ort.«

Kleemann nickte Klaus Kockwitz zu und folgte ihm nach draußen. Er sah, wie die Kollegen die tote Frau vorsichtig in den Zinksarg legten und dann ins Fahrzeug schoben. Mit der Abendfähre würde sie ans Festland gebracht werden.

»So, Leute, lasst uns ins Wohnzimmer gehen, und die Aufgaben verteilen«, schlug Kleemann vor. »Obwohl ich gerne zugebe, dass mir das mit einer Tasse Kaffee erheblich leichter fallen würde.«

Lächelnd schwenkte Michael Röder eine gut gefüllte Plastiktüte. »Von Sandra. Hat sie gerade vorbeigebracht. Mit den besten Grüßen. Zwei Thermoskannen mit Kaffee und ein paar Stücke Kuchen. Frisch der Gefriertruhe entnommen und aufgetaut. Also so frisch, wie es im Winter auf Baltrum möglich ist«, lachte er.

Kleemann atmete auf. »Ich werde mich nachher persönlich noch bei ihr bedanken. Das nennt man Polizistengattin mit Durchblick. Allerdings – irgendwie sagt mir mein Feingefühl, dass unser Kaffeeklatsch beim Grombach ziemlich übel ankommen könnte, sollte er in der nächsten Viertelstunde wieder hier auftauchen. Vielleicht sollten wir das Ganze doch besser in die Wache verlegen.«

»Ich glaube, dann hat der ganz andere Sorgen, wenn er hört, aus welchem Grund wir hier sind«, entgegnete Klaus Kockwitz und schaute verlangend auf die Thermoskanne.

»Das denke ich auch«, stimmte Röder seinem Kollegen zu, während er vorsichtig einige Pappbecher mit dampfendem Kaffee füllte.

»Na gut«, gab sich Kleemann geschlagen und biss genussvoll in ein Stück Zitronenkuchen. »Ich würde vorschlagen«, sagte er mit vollem Mund, »dass wir jetzt besprechen, wer in der nächsten Stunde welche Aufgabe übernimmt. Dann werden wir unseren Arbeitsmittelpunkt aber wirklich auf die Wache verlegen. Ihr wisst, bessere Anbindung, PC und so. Die Frage stellt sich, was ist jetzt am Wichtigsten? Tatsächlich sieht es für mich so aus, dass wir eigentlich nichts haben, an das wir andocken können. Oder hast du irgendwas, Michael?«

»Ich glaube, dass es eine ganze Menge Insulaner gibt, die Horst Grombach zum Teufel wünschen. Aber seine Frau? Fast jeder hier würde mit den Schultern zucken und sagen: Tut mir leid, über die weiß ich nichts. Man grüßte sich, aber das war es dann schon. Klingt blöde auf einer kleinen Insel, aber so ist es eben. Wenn jemand bei keinem Verein mitmacht und auch keinen Kontakt zu den Nachbarn hat, dann wird er mit der Zeit einfach unsichtbar. Das heißt nicht, dass man nicht versuchen würde, sie in das Leben einzubeziehen, aber irgendwann geben die Leute einfach auf«, fasste der Inselpolizist noch einmal zusammen, was er über die Lebensumstände der beiden Grombachs wusste. Dann erzählte er ausführlich über sein Zusammentreffen mit Christina am Tag zuvor.

»Sag mal, wenn diese Frau sich nie so richtig in der Öffentlichkeit gezeigt hat, wieso habt ihr euch eigentlich geduzt? Macht man das so automatisch hier?«, warf Klaus Kockwitz ein.

Röder schüttelte den Kopf. »Nein, ein bisschen dauert es auch hier, bis man sich duzt. Ich kenne sogar Insulaner, die siezen sich ihr ganzes Leben. Aber Christina und Horst waren im ersten Jahr nach ihrem Umzug nach Baltrum auf dem Nikolausfest, und ich habe Christina trotz des Misstrauens im Gesicht ihres Mannes zum Tanzen aufgefordert. Ich war damals gerade mit meiner Ausbildung fertig und dachte ganz mutig: Mit der Polizei wird der sich nicht anlegen.« Röder lächelte. »Hätte mich beinahe schwer getäuscht. Nach dem dritten Tanz hat er Christina einfach von der Tanzfläche gezogen. Bis dahin hat die Zeit aber gereicht, dass wir uns duzten.«

»Nur gut, dass du alter Playboy nicht auch noch deine Sandra zu beruhigen hattest«, sagte Kleemann. »Die kanntest du zu dem Zeitpunkt noch gar nicht, oder? Aber nun mal zurück zum Punkt. Wer macht was?«

Michael Röder stand auf. »Ich werde mich noch mal um Fenna Boekhoff kümmern.«

»Nimm Klaus mit. Vier Ohren hören mehr als zwei. Ich werde …« In diesem Moment tauchten im Garten ein paar junge Leute auf. »Wer sind die?«, fragte Arndt Kleemann neugierig.

»Das sind Gäste von Grombachs«, antwortete Röder. »Die kann ich befragen.«

Kleemann bemerkte die leichte Unruhe in Röders Stimme und sagte: »Lass man, das mach ich schon. Eigentlich wollte ich zur Wache, aber so viel Zeit muss sein.«

»Aber wo ich doch schon hier bin, kann ich … Sprich du mit dem ehemaligen Hausmeister, dem Viktor Lubkovits. Der wohnt gleich hinter der Wache. Ist doch viel besser.«

Kleemann wunderte sich. Warum sollte er nicht mit den Gästen sprechen? Wenn sie sich nicht beeilten, waren die Leute sowieso gleich in den Weiten der Dünen verschwunden und sie mussten bis zur Abendbrotzeit warten. Er stand auf und öffnete das Wohnzimmerfenster. »Hallo, entschuldigen Sie, würden Sie wohl einen Moment stehen bleiben? Hauptkommissar Arndt Kleemann, ich hätte ein paar Fragen an Sie.«

Einer der Älteren nickte, doch ein Junge schaute sich kurz um und lief dann im Affentempo vom Grundstück und die Straße hinunter.

»Warten Sie, ich komme raus.« Kleemann schloss das Fenster, drehte sich um und sah Röder vor sich stehen, mit einem Gesicht so weiß wie die Wand. »Was ist denn mit dir? Ist irgendwas mit diesen Leuten?«

Röder schüttelte den Kopf. »Nein, nichts. Alles okay. Wir ziehen los. Komm, Klaus.«

Arndt Kleemann folgte den beiden nach draußen und ging auf die Gruppe zu, die sich trotz der Kälte auf einer braunen Kunststoffbank zusammengedrängelt hatte.

»Menschliche Wärme vollbringt Wunder, meinen Sie nicht auch?«, wurde er von einem der Erwachsenen begrüßt. »Stefan Mendel ist mein Name. Ich, nein, wir machen hier im Gästehaus von Herrn Grombach Urlaub. Schlimme Sache, dass er weg ist, nicht wahr?«

»Das stimmt«, sagte der Hauptkommissar. »Allerdings finde ich die Sachlage, dass Frau Grombach vermutlich einen gewaltsamen Tod gefunden hat, noch viel schlimmer.« Kleemann schaute die Gruppe aufmerksam an.

»Tot?«, flüsterte Stefan Mendel. »Mein Gott, und gestern war sie noch ...«

»Was war gestern?«, hakte Kleemann ein.

»Gestern war ich noch bei ihr. Sie war ...« Mendel schien nach Worten zu suchen. »Sie war verzweifelt. Herr Kommissar, darf ich Sie alleine sprechen? Was ich zu sagen habe, gehört nicht in diese Runde. Obwohl ich normalerweise keine Geheimnisse vor meiner Gruppe habe. Aber ich bin es Frau Grombach schuldig.« Stefan Mendel war aufgestanden und zeigte auf das Gartenhaus. »Ihr geht besser rein und wartet dort auf mich. Sagt mir Bescheid, wenn Mario wieder auftaucht. Ich gehe mit dem Kommissar.«

Arndt Kleemann war überrascht, welche Autorität der Mann plötzlich ausstrahlte. »Kommen Sie mit ins Wohnzimmer«, bat er. »Dort ist es wärmer. Keine Sorge, Sie werden den Tatort nicht sehen müssen. Ein paar Kollegen erledigen dort noch ein paar Restarbeiten, werden aber bald fertig sein.«

Im Wohnzimmer merkte Kleemann, wie Mendel zielstrebig auf das Sofa loslief, sich dann aber auf einen der Sessel fallen ließ.

Auch Kleemann hatte sich hingesetzt und ein kleines Notizheft aus der Tasche gezogen. »Was gibt es so Geheimnisvolles, das Sie mir draußen nicht sagen konnten, Herr Mendel?«

»Tja, also, es ist so: Frau Grombach, die hatte, wie soll ich sagen, also … Sie hatte ein Problem.«

Kleemann sah, wie schwer sich der Mann tat. »Ich muss Ihnen nicht sagen, dass alles, was zur Aufklärung der Sachlage …«

Mendel war aufgesprungen. »Nein, es ist nur so verdammt schwierig. Die Frau hat mir vertraut. Da geht man nicht einfach so mit diesem Wissen hausieren.«

»Hausieren dürfte den Sachverhalt nicht so ganz treffen, Herr Mendel. Sagen Sie mir einfach, was gestern hier auf dem Sofa passiert ist.« Es war ein Schuss ins Ungewisse. Er merkte, dass er getroffen hatte.

»Woher wissen Sie …?« Mendel ließ sich wieder in den Sessel fallen. »Also gut. Christina hatte ein Verhältnis. Mit Viktor. Dem Hausmeister. Exhausmeister.

121

Das hat der Grombach rausgefunden, und es gab einen Riesenkrach. Grombach hat Viktor dann entlassen und Christina gedroht, sie umzubringen, wenn sie zu dem Mann ziehen würde. ›Du bleibst hier und kümmerst dich um unsere Gäste‹, hat er wohl gesagt. ›Die wollen schöne heile Welt erleben und nicht eine Geschichte vom verlassenen Ehemann hören. Und glaub nicht, dass du einen Pfennig Geld siehst.‹ Das war so einer, der noch in Mark und Pfennig rechnete.«

»Wieso war?«

Stefan Mendel schaute den Kommissar irritiert an.

»Sie sagten: war«, betonte Kleemann. »Wissen Sie etwas über sein Ableben?«

Mendel schüttelte den Kopf. »Nein, weiß ich nicht. Ich weiß nur, dass Christina verzweifelt war und Viktor auch. So hat sie es mir gestern Abend zumindest erzählt.«

»Wieso eigentlich Ihnen? Kannten Sie die Frau denn gut? Erklären Sie mir das genauer«, hakte Kleemann nach.

»Wir kommen schon ein paar Jahre her. Immer im November. Wir, das ist das Jugendcamp. Da haben wir den besten Auslauf mit den Jugendlichen. Sie sind nicht immer ganz … einfach, wenn Sie verstehen. Sie kommen zu uns, nachdem sie viel zu lange auf der verkehrten Seite des Lebens gestanden haben, nachdem Sie immer und immer wieder mit Ihnen und Ihren Kollegen aneinandergeraten und letztendlich alle zu einer empfindlichen Strafe für unterschiedlichste Delikte verurteilt worden sind. Und trotzdem glaube ich fest daran, dass es für sie ein Leben auf der richtigen Seite gibt. Wenn man ihnen nur die Chance bietet.«

Kleemann hatte das Gefühl, dass der Mann nicht zum ersten Mal meinte, sich und seine Schützlinge verteidigen zu müssen. »Haben Sie hier auf der Insel schon Probleme mit den Einheimischen gehabt?«

»Nein, bis auf ein paar Kleinigkeiten eigentlich nicht.

Aber wir planten, Grombachs Gästehaus ganzjährig zu mieten. Für die Familien der Betreuer, aber auch, um die Möglichkeiten für unsere Schützlinge auszubauen. Da hat es wohl unter den Insulanern ein paar Diskussionen gegeben.«

Arndt Kleemann fragte sich, warum sein Inselkollege nichts davon erzählt hatte. Immerhin konnte diese Problematik eng mit dem verschwundenen Grombach und seiner toten Frau in Verbindung stehen. »Zurück zum gestrigen Abend. Sie haben mir bis jetzt noch nicht die Frage beantwortet, warum Frau Grombach ausgerechnet Sie ins Vertrauen gezogen hat. Erzählen Sie mir ganz genau, wie es abgelaufen ist.«

Stefan Mendel schloss die Augen und faltete seine Hände auf der Stirn. »Sie hat mich abgepasst, als wir am späten Nachmittag vom Strandtraining kamen, und mich reingebeten. Ich habe mich auf das Sofa gesetzt. Dann hat sie uns wortlos ein Glas Wein eingeschenkt, eine Kerze angezündet und sich neben mich gesetzt. Ich habe gemerkt, wie sie zitterte, und habe ihre Hände in meine genommen. Sie hat mir von Viktor erzählt und dass sie Angst hat, dass er etwas mit dem Verschwinden von Herrn Grombach zu tun hat. Ich habe versucht, sie zu beruhigen. Dann hat sie mir noch ihr Leid über ihren Mann geklagt. Obwohl – am Anfang hatte ich das Gefühl, sie wollte eigentlich gar nichts sagen. Oder zumindest nichts Schlechtes. Aber als sie erst mal damit angefangen hatte, konnte sie gar nicht mehr aufhören, sich alles von der Seele zu reden. Dann plötzlich ging die Tür auf und ihre Nachbarin, Frau Boekhoff, stand da. Ich bin dann gegangen.«

»Warum?«

»Wie bitte?«

»Warum sind Sie gegangen? Sie erzählen mir, dass Frau Grombach Hilfe oder Zuspruch von Ihnen brauchte, und dann gehen Sie einfach, nur weil eine Nachbarin in der Tür steht?«, fragte Arndt Kleemann ruhig.

»Ich … – Ach, es war doch eine sehr seltsame Situation, so mit dem Wein und der Kerze. Ich kam mir da irgendwie wie in einem falschen Film vor, verstehen Sie? Und dass ausgerechnet Fenn…, also ich meine Frau Boekhoff, noch … Also, ich glaube, das war es jetzt mal.« Stefan Mendel stand auf und ging zur Tür, doch Kleemann winkte ihn zurück.

»Wir sind noch nicht durch. Noch einmal: Sie sind gegangen. Und dann?«

»Dann bin ich zurück zu meiner Gruppe und habe den Abend bis zum Schlafengehen mit denen verbracht.«

»Zwei letzte einfache Fragen. Wieso duzen Sie Frau Boekhoff? Haben Sie nach dem Schlafengehen absolute Kontrolle über Ihre Schützlinge?«

Stefan Mendel drehte sich um. Sein Kopf war bis zum Haaransatz in dunkles Rot getaucht. »Erstens: Wir kommen bereits im dritten Jahr hierher. Da lernt man schon mal die Nachbarn kennen. Zweitens: Wenn die Jungs raus wollen, müssen sie an meinem Schlafzimmer vorbei. Und die Tür steht immer offen. Ich habe einen sehr leichten Schlaf. Schon von Berufs wegen.«

»Danke, das war's. Für den Moment. Wir werden allerdings noch mit Ihren Schützlingen sprechen wollen. Ebenso mit den anderen Betreuern. Auch wenn ich mich in Ihren Augen der falschen Verdächtigung schuldig mache. Aber glauben Sie mir, wir ermitteln vorurteilsfrei. Klar? Also bitte ich um Mitarbeit. Auch in Ihrem Interesse.«

Kleemann zuckte zusammen, als Stefan Mendel die Tür hinter sich zuknallte. Irgendwas verheimlicht der mir doch, dachte er misstrauisch. Warum war der so aufgebracht, als ich zum Ende seiner Geschichte nachgehakt habe? War dieser Abend genau so oder doch vielleicht eine entscheidende Nuance anders verlaufen, als Mendel ihm erzählt hatte? Warum reagierte er so kurz angebunden auf das Thema Fenna Boekhoff? Wie gut kannten die beiden sich? Und noch einmal, warum hat Michael mir diese Gäste unterschlagen? Gedankenlosigkeit? Absicht? Er würde ihn danach fragen müssen.

*

Tausend Überlegungen gingen Michael Röder durch den Kopf, während er mit seinem Kollegen Klaus Kockwitz zum Nachbarhaus ging. Er hatte Arndt und den anderen die Anwesenheit der Leute aus dem Jugendcamp einfach verschwiegen. Zu schlimm nagte die Erinnerung an sein unakzeptables Verhalten an ihm. Wenn die aus Aurich das rauskriegten – und warum sollte dieser Mario den Mund halten? – dann war's das wohl. Er wusste nicht, was disziplinarisch auf ihn zukam, er wusste nur, er hatte vor Angst die Hose voll. So voll, dass er Klaus Kockwitz' Frage beinahe überhörte: »He, Michael. Ich bin's. Dein Partner. Erklär mir noch mal ganz genau, was da mit dieser Frau Boekhoff abgelaufen ist, bevor wir da reingehen.«

Sollte er seinem Kollegen von der Sache erzählen, bevor er auf Fenna zu sprechen kam? Lieber nicht. Er musste nicht jetzt schon zu Kreuze kriechen. Sie würden es noch früh genug erfahren. Röder riss sich zusammen und erzählte, was Fenna ihm berichtet hatte. Abschließend sagte er: »Wir müssen uns danach noch mit der restlichen Familie unterhalten. Einen Gast haben die zurzeit auch im Hause. Also volles Programm.« Und das so lange wie möglich, dachte er verzweifelt. Denn spätestens nach der Befragung musste er Arndt wieder gegenübertreten, und wer wusste, was der inzwischen erfahren hatte.

Röder klopfte an die Haustür und sah sich im nächsten Moment Rieke gegenüber. »Hallo, Rieke, wir möchten zu deiner Mutter. Ist das möglich?«

Sie machte einen Schritt zurück und ließ die beiden Männer eintreten.

»Das ist übrigens Klaus Kockwitz. Er ist auch Polizist. Aus Aurich.«

»Mama ist oben. Du weißt ja, wo. Was ist denn nun genau mit Christina? Ist die echt ermordet worden? Das ist ja heftig.«

Röder sah, wie Rieke sich schüttelte. »Wir wissen immer noch nichts Genaues. Darum ermitteln wir.«

»Und wieso bei meiner Mutter? Ich meine, was soll die denn schon wissen?«

»Genau das wollen wir von ihr erfahren. Wir gehen dann mal hoch. Aber vielleicht könntest du vorausgehen und uns ankündigen. Das wäre nett.«

Rieke nahm zwei Stufen auf einmal und die Männer hatten fast Mühe, ihr zu folgen.

»Sag mal, sind Ole und euer Gast auch da?«

Rieke stoppte, so dass die beiden Männer fast gegen sie gelaufen wären. Sie drehte sich um und sagte empört: »Nee, die sind gerade aus dem Haus. Taten ziemlich geheimnisvoll. Männerfreundschaft, wenn du verstehst, was ich meine, Michael!«

Röder sah, wie Kockwitz lächelte. »Weißt du denn, wo sie hingegangen sind?«

»Keine Ahnung.«

Rieke hatte sich wieder umgedreht und lief die letzten Stufen hoch bis zum Schlafzimmer, in dem ihre Mutter lag.

Ein verschlafenes »Herein« ertönte auf Riekes Klopfen, doch als die Polizisten Fennas Zimmer betraten, saß sie bereits aufrecht im Bett und schaute die beiden Männer gespannt an. »Was gibt's Neues?«, fragte Fenna sofort.

»Hallo, Fenna, darf ich dir meinen Kollegen vorstellen? Wir haben noch ein paar Fragen an dich.«

Nachdem Röder die beiden miteinander bekannt

gemacht hatte, fragte Fenna noch mal. »Sag schon, was gibt es Neues?«

»Noch nicht viel, außer dass wir jetzt wissen, wo das Möwengeschrei herkam. Es war die Wanduhr in Grombachs Küche. Zu jeder vollen Stunde. Aber jetzt müssen wir noch mal zum Thema kommen, so traurig, wie das ist. Wenn du kannst, erzähl uns bitte, was du drüben wolltest, wann du da warst und so weiter. All das, was du mir auch schon gesagt hast. Falls dir noch weitere Details einfallen, dann die natürlich ebenfalls. Mein Kollege wird ein Band laufen lassen, wenn du nichts dagegen hast.«

»Ist das jetzt ein Verhör?« In Fennas Augen sah Röder Angst und Misstrauen.

»Nein, keine Sorge. Nur eine Befragung. Aber es würde uns bei der Lagebesprechung nachher helfen, wenn wir deine Aussage aufgezeichnet vorliegen hätten. Wegen der Genauigkeit, weißt du.«

Fenna schwieg. Dann sagte sie: »An dieser Stelle wird in den Krimis immer nach einem Anwalt telefoniert, sehe ich das richtig?«

»Nur, wenn dringender Tatverdacht besteht, Frau Boekhoff«, antwortete Klaus Kockwitz. »Aber davon kann im Moment keine Rede sein, oder? Aber wenn Sie nicht möchten: Sie müssen nicht. Wir können das Ganze auch auf der Wache wiederholen, wenn es Ihnen besser geht.«

»Schon gut, schaltet das Teil ein. Ich habe schließlich nichts zu verbergen.« Fenna Boekhoff erzählte noch einmal, was sie Michael Röder bereits ein paar Stunden zuvor mitgeteilt hatte.

»Was haben Sie genau getan, als Sie Frau Grombach in der Küche haben liegen sehen?«, fragte Kockwitz. »Können Sie sich daran erinnern?«

»Ich glaube, ich habe erst einmal gar nichts getan. Ich war wie weggetreten. Es war, als ob es gar nicht ich wäre, die dort in der Küche kniete und auf die tote Frau sah.«

»Sind Sie nicht auf den Gedanken gekommen, die Polizei, oder wenigstens die Ärztin anzurufen?« Kockwitz' Stimme war schärfer geworden.

»Nein, ehrlich gesagt. Zu Anfang, als ich Christina in der Küche liegen sah, da war das alles so unwirklich für mich. Ich glaube, ich hatte einen Schock. Ich habe nur neben ihr gekniet und sie angestarrt. Dann bin ich rüber in mein Haus. Ich wollte von dort aus anrufen. Bestimmt! Ich konnte doch nicht damit rechnen, dass ich stolpern und hinschlagen würde. Ja, und nach dem Sturz, da war das Ganze irgendwie wie hinter einem dichten Nebel, verstehen Sie? Und eigentlich hat sich dieser Nebel bis jetzt nicht richtig aufgelöst.« Fenna Boekhoff machte eine Pause. Ihre Stirn hatte sich in Falten gelegt, als ob sie intensiv nachdachte. »Es war so, als ob Christinas Tod und dass ich die Polizei oder die Ärztin hätte beachrichtigen müssen, für mich gar keinen logischen Zusammenhang hatten, nachdem ich wieder aufgewacht war. Nicht mal, als Dr. Neubert an meinem Bett saß, bin ich auf die Idee gekommen, ihr davon zu erzählen. Und später, das habe ich Michael bereits erklärt, habe ich eine ganze Zeit gebraucht, zu begreifen, dass wahrscheinlich noch gar keiner außer mir von davon wusste, dass Christina etwas passiert war. « Fenna Boekhoff hatte ihre Hände vor das Gesicht geschlagen und sagte leise: »Mein Kopf dröhnt unaufhörlich und ich kann kaum richtig denken. Aber warum fragen Sie mich das?«

»Nun ja, wir ermitteln in alle Richtungen, wie es immer so schön heißt, Frau Boekhoff. Man könnte schließlich auf die Idee kommen, dass es andere Gründe gab, warum Sie geschockt aus dem Haus gelaufen sind«, antwortete Kockwitz. »Vielleicht die gleichen Gründe, warum Sie es hinterher erst nach knapp zwei Stunden für nötig gehalten haben, die Polizei zu unterrichten? Das ist mir

nämlich trotz Ihres Erklärungsversuchs absolut unver-
ständlich. Ohnmacht hin oder her.«

Röder schaute seinen Kollegen entsetzt an. Was hatte
der da gerade unterstellen wollen? Mit so einer Gehirnerschütterung war nicht zu spaßen. Das musste der
Mann doch wissen.

»Sie ... Sie glauben doch nicht im Ernst ...« Fenna
schlug mit der Faust auf die Bettdecke, dann keuchte
sie: »Ich hatte mit der Frau nichts, aber auch gar nichts
zu tun. Ich wollte mir nur Pfeffer leihen. Es gab nichts,
was mich dazu veranlasst haben könnte, ihr und ihrem
Mann etwas anzutun. Mein Gott, wäre ich doch bloß
nicht rübergegangen. Scheiß Neugier. Scheiß Pfeffer.
Scheiß ...«

»Ja, was?«

»Nichts. Gar nichts. Gehen Sie bitte.« Fenna hatte sich
zur Wand gedreht und schwieg.

»Frau Boekhoff, Sie müssen uns unbedingt erklären,
was die Sache mit dem Pfeffer auf sich hat. Das ist
wichtig«, appellierte Kockwitz eindringlich an Fenna,
aber es half nichts.

Röder nickte seinem Kollegen zu und zeigte auf das
Aufnahmegerät. »Fenna, wir gehen jetzt. Du hast meine
Nummer, falls dir noch was einfällt.« Fenna rührte sich
nicht.

Als die beiden Kommissare das Haus verlassen hatten,
sagte Kockwitz: »Richtig Scheiße. Da hätten wir was
Wichtiges erfahren können, und im Zweifelsfall hätte
uns jeder Anwalt diese Aussage in der Luft zerrissen.
Wegen geistiger Unzurechnungfähigkeit der Befragten.«

»Nun mach mal halblang, Klaus. Fenna ist schwer in
Ordnung, auch wenn sie im Moment etwas durcheinander ist. Ihre Aussage ist allerdings tatsächlich nicht
brauchbar im juristischen Sinne, das stimmt. Aber

meinst du wirklich, sie hätte den Pfeffer erwähnt, wenn sie etwas mit Christinas Tod zu tun gehabt hätte? Und warum auch? Was sollte sie gegen die Frau haben, was einen Mord rechtfertigen würde?«

Klaus Kockwitz schaute seinen Kollegen skeptisch an. »Michael, du weißt selber, dass Leute schon für zehn Cent umgebracht worden sind. Ich bitte dich. Ein Motiv gibt es immer. Auch in diesem Fall.«

*

Arndt Kleemann saß hinter dem Schreibtisch der kleinen Wache und schaute seine Kollegen aufmerksam an. »Michael, mit wem habt ihr sprechen können?«

Michael Röder nahm das Aufnahmegerät aus der Tasche. »Das solltest du dir anhören. Ich habe da mal was aufgeschrieben. Als Gerüst, sozusagen.« Er nahm einen Zettel aus der Tasche, entfaltete ihn umständlich und schob ihn Kleemann rüber.

25.11.
Horst Grombach wird als vermisst gemeldet.
Gespräch mit Christina Grombach um 16 Uhr.
Inhalt: Ihr Mann Horst Grombach ist lt. ihrer Aussage von der Kirchenchorprobe am Abend zuvor nicht nach Hause gekommen. Ihre Häuser hat sie nach ihrer Aussagen ohne Erfolg durchsucht.
Sie will keine Nachforschungen. Es gibt keine Erklärung ihrerseits, warum sie mich gerufen hat. Sie scheint mir verängstigt.
Befragung der Mitglieder des Kirchenchores bringt keine Ergebnisse. Protokoll anbei.

Befragung der Reederei und der Autovermietung in Neß-mersiel bringt keine Erkenntnisse. Protokoll anbei.

26.11.
Am folgenden Tag mehrere Versuche, Frau Grombach
telefonisch zu erreichen.
Auffinden der Leiche der Frau Grombach gegen 12 Uhr

Gespräch mit der Nachbarin, Fenna Boekhoff. Protokoll
anbei.

Arndt Kleemann las, runzelte Stirn und schaute den Inselpolizisten an. »Sag mal, ist das richtig, dass du erst mittags zu Grombachs gefahren bist?«

Röder nickte.

Mit einem Zögern legte Kleemann den Zettel auf den Tisch. Was sollte diese halbgare Zusammenfassung? Wie hatte sein Inselkollege es genannt? Gerüst? Dafür stand es allerdings auf ziemlich wackeligen Beinen. Das hätte ihm auch mündlich genügt.

»Na ja, Ansichtssache, wie ernst man den Fall zu diesem Zeitpunkt nehmen sollte. Kommen wir zum aktuellen Stand.« Er blätterte die Protokolle durch, die Röders Schreiben beilagen, und fasste zusammen, was Stefan Mendels Befragung ergeben hatte. »Das Gespräch mit den Jugendlichen aus dem Camp und deren Betreuern hat nicht viel gebracht. Allerdings war einer der Jungs nicht da. Ich habe mit Mendel verabredet, dass er sich sofort meldet, wenn Mario, so heißt er, glaube ich, wieder auftaucht. Hatte das Gefühl, dass der Mendel sich schon leichte Sorgen machte«, sagte er abschließend. »Kommen wir zu Frau Boekhoff.« Sie hörten das Band ab und Kleemann fragte: »Was war mit der restlichen Familie?«

»Das Mädel, Rieke, konnte uns nichts Näheres berichten«, antwortete Michael Röder. »Sie war in der Schule, als das Opfer gefunden wurde. Der Sohn, Ole Boekhoff und der Gast, Jakob Pottbarg, waren nicht da. Müssen wir später noch mal hin. Werden uns dann gleich den Vater vornehmen. Der war nämlich auch nicht aufzufinden.«

Und Kockwitz fügte hinzu: »Kümmerst du dich um den Russen, diesen Lubkovits? Könnte mir vorstellen, dass das ein ganz interessantes Gespräch wird. Oder sollen wir lieber zu zweit hingehen? Wegen Gefahr im Verzuge. Man weiß ja nie.«

»Ich werde ihm sofort einen Besuch abstatten. Nehme Brinkmann mit. Die Spurensicherung ist mit der Arbeit durch, und das Schiff fährt erst in zwei Stunden. Macht sich besser, wenn wir bei dem Lubkovits im Doppelpack auftauchen. Ihr nehmt jetzt zügig Kontakt zu dem Sohn von Boekhoffs auf, beziehungsweise auch zu dem Gast. Wir treffen uns dann wieder hier, wenn nichts dazwischenkommt.« Kleemann stand auf und schob den Stuhl mit einem durchdringenden Quietschen nach hinten. »Ach, Michael«, sagte er und hielt seinen Inselkollegen am Ärmel fest. »Ich muss dich nachher noch etwas fragen. Aber jetzt müssen wir erst einmal sehen, dass wir Licht in diese Sache kriegen.«

Arndt Kleemann machte sich auf den Weg zur Feuerwehr, um seinen Kollegen abzuholen. Martin Brinkmann und seine Leute hatten sich ein letztes Mal um die Tote gekümmert, die dort bis zur Abfahrt des Schiffes in der Fahrzeughalle untergebracht war.

Auf halber Strecke kam ihm der Leiter der Spurensicherung bereits entgegen. »So, die Leiche ist zum Abtransport verstaut. Der Rest der Truppe kommt gleich. Wir haben beschlossen, uns in der Wache so lange aufzuwärmen, bis das Schiff fährt.«

»Grundsätzlich ist das okay. Zumindest für deine Leute. Aber dich möchte ich gerne bei einer Befragung dabei haben«, antwortete Kleemann. »Ist gleich ganz in der Nähe. Röder hat mir den Weg gezeigt.« Brinkmann nickte.

Die beiden liefen an *Juttas Modeladen* vorbei, und Kleemann dachte an den Fall, der ihn zwei Jahre zuvor auf die Insel geführt hatte. Damals hatte es so geschüttet, dass er sich erst einmal mit Regenklamotten versorgen musste. Noch heute leistete ihm die dunkelblaue Gummihose gute Dienste, wenn er mit dem Fahrrad in Aurich unterwegs war. »Noch nichts dran«, pflegte er immer zu sagen, wenn seine Wiebke ihn darauf aufmerksam zu machen versuchte, dass es heutzutage Modelle in schickem buntem Outfit gab. Er konnte sich einfach nicht vorstellen, grün-metallic gestreift mit orangefarbenen Punkten durch eine ostfriesisch flache, regennasse Landschaft zu radeln.

»Hat sich in der Zwischenzeit noch was Neues ergeben?«, holte Martin Brinkmann ihn aus seinen Träumen.

Kleemann berichtete seinem Kollegen von dem Gespräch mit Fenna Boekhoff. Doch schon nach ein paar Minuten und wenigen Sätzen standen die beiden Kommissare vor dem Haus, das Röder ihm als Wohnung von Lubkovits beschrieben hatte. Kleemann klingelte, klopfte und drückte die Klinke herunter, aber nichts rührte sich.

»Wir sollten mal schauen, ob es noch einen Hintereingang gibt«, schlug Brinkmann vor.

Sie folgten einem schmalen roten Pfad, der sie ums Haus führte. Auf der Rückseite sahen sie eine überdachte Treppe, die den Weg zum Untergeschoss wies. »Los«, sagte Kleemann, »noch ein Versuch.«

Hier war weit und breit keine Klingel zu finden, doch die Tür stand einen Spalt offen. »Wenn das man keine Einladung zum Diebstahl ist«, murmelte Brinkmann.

»Hier nicht«, widersprach Kleemann. »Alte Inseltradition. Wenn keiner da ist, geht man halt wieder. Herr Lubkovits? Sind Sie hier?« Kleemanns Stimme verhallte in einem dunklen Flur, der vollgestellt war mit Putzmit-

133

teln, Schaufeln, leeren Bierkisten und Farbeimern. »Sieht nach Fehlanzeige aus.«

Vorsichtig, um nicht über eines der Hindernisse zu fallen, tasteten sich die beiden Polizisten weiter zu der Tür am Ende des Ganges. Ein verwaschenes Stück Gardine vor dem Glaseinsatz machte es den Männern unmöglich, einzuschätzen, was sie dahinter erwartete. Wieder klopfte Kleemann. Keine Antwort. Er drückte die Klinke herunter und sie hatten Glück. Zumindest, was das Weiterkommen betraf. Vor ihnen befand sich eine Diele, von der mehrere Türen abgingen. Ein köstlicher Duft nach gerade gebratenem Fleisch und Kräutern strömte ihnen entgegen. Trotz des Kaffees und der Kuchenstückchen, die er dank Sandras Einsatz vor noch gar nicht all zu langer Zeit in sich hineingefuttert hatte, bekam Kleemann Hunger.

Er sah einen Mann vor sich in einer Küche stehen, in der einen Hand einen großen, ovalen Topfdeckel, in der anderen Hand eine Fleischgabel. Der Mann beugte sich über den Bratentopf und es schien ihm zu gefallen, was er dort begutachtete. In seinem Gesicht stand Erstaunen, als er sich den beiden Polizisten zuwandte.

»Herr Lubkovits?«

Der Mann nickte.

»Dürfen wir Sie kurz sprechen? Mein Name ist Kleemann, das ist mein Kollege Brinkmann. Kripo Aurich.«

»Worum geht es?«, fragte Lubkovits und schien plötzlich sehr angespannt. Seine Stimme zitterte leicht, als er fortfuhr: »Mein Braten ist gleich fertig. Und ich muss noch Draniki machen. Das sind Kartoffelpuffer mit saurer Sahne und Speck. Spezialität aus meiner Heimat. Aber wir haben noch ein wenig Zeit. Kommen Sie bitte mit.« Er schaltete den Herd runter, und die beiden Männer folgten ihm in ein kleines Wohnzimmer.

Lubkovits bat die beiden aufs Sofa. Ein Ostfriesensofa,

wie Kleemann auffiel. Mit den typischen geschwungenen Holzbeinen und der aufrechten Rückenlehne. Nicht billig, diese Dinger, dachte er bei sich und streichelte über den dunkelblauen Stoff.

»Erinnert mich an das Sofa, das bei meiner Großmutter gestanden hat«, hörte er Lubkovits sagen. Seine Stimme war wieder fester geworden. »Darum habe ich es gekauft.«

Kleemann schaute den Mann an. Auf den ersten Blick konnte er die Person, die ihm gegenübersaß, nicht so recht einordnen. Hobbykoch, tolle Kücheneinrichtung. Sofa vom Feinsten und dann der Mann selbst: gepflegt, intelligente Augen, fast akzentfreies Deutsch und gute Ausdrucksweise. Irgendwie passte das nicht so recht zu dem Status Hausmeister: Drecksarbeit erledigen für andere – genauer gesagt für Horst Grombach.

»Wir sind nicht unvermögend auf die Insel gekommen. Nicht alle Menschen, die von dort sind, sind arm, müssen Sie wissen.«

Kleemann zuckte zusammen. Es war fast, als hätte der Mann seine Gedanken erraten.

»Für mich sollte es nur eine Durchgangsstation sein. Dann wollte ich meine Schwester nicht alleine lassen.«

»Nur Ihre Schwester? Fragen Sie eigentlich gar nicht, warum wir hier sind?«

»Ich nehme doch an, dass Sie wegen meines verschwundenen Ex-Arbeitgebers gekommen sind, oder? Aber leider kann ich da nicht weiterhelfen. Nach unserem Streit habe ich ihn nicht mehr gesehen.«

Kleemann merkte, dass die Stimme des Mannes leicht fahrig geworden war. So als ob ihm zwischendurch die Luft wegbliebe. »Ich frage noch einmal: nur wegen Ihrer Schwester?«

»Ja, nur wegen meiner Schwester. Zumindest zu Anfang«, fügte er leise hinzu. »Dann gab es auch noch einen anderen Grund.«

»Und der wäre?«

Lubkovits schüttelte den Kopf und schwieg.

»Sie wissen, dass Christina Grombach heute tot in ihrer Küche aufgefunden worden ist?« Es war vermutlich hart, was er dem Mann zumutete, aber Kleemann wollte die Reaktion sehen. Die erste, unbeeinflusste Reaktion. Und die kam prompt. Viktor Lubkovits sprang auf, seine Augen panisch geweitet. »Warum erzählen Sie mir das? Lassen Sie mich in Ruhe. Das sagen Sie nur, um mich einzuschüchtern!«, schrie er, dann brach er in hemmungsloses Weinen aus.

»Warum sollten wir Sie einschüchtern wollen? Gibt es dafür einen Grund?«, fragte Brinkmann, aber der Mann aus Weißrussland reagierte nicht. Er hatte die Hände vors Gesicht gelegt und Tränen liefen über seine Handrücken.

»Herr Lubkovits, warum sollten wir Sie einschüchtern wollen?«, wiederholte Brinkmann.

Der Mann schluchzte. »Was weiß ich? Weil ich Russe bin? Weil Russen immer diejenigen sind, die zuerst verdächtigt werden? Ich habe ihr nichts getan.«

»Oder weil Sie vielleicht ein Verhältnis mit ihr hatten?«

»Aber warum sollte ich sie dann umbringen?«

»Wie kommen Sie auf umbringen?«

»Würden Sie sonst hier sitzen?« Lubkovits war wieder laut geworden und schaute die beiden Kommissare wutentbrannt an. »Es war der Grombach. Der ist an allem schuld. Wenn der nicht wäre …«

»Jetzt mal Ruhe, Herr Lubkovits. Erzählen Sie mir doch alles, was uns helfen kann, Licht in die Sache zu bringen. Und um Ihnen Ihre Aussage zu erleichtern, würde ich vorschlagen, dass Sie zunächst Ihren Ofen ausschalten. Ihre – wie heißen sie noch – Draniki werden auch noch ein wenig warten müssen.«

Viktor Lubkovits stand auf und ging raus.

»Bin gespannt, was der zu sagen hat«, sagte Martin Brinkmann und Arndt Kleemann legte sein Aufnahmegerät auf den Tisch.

Er schaute auf die Uhr und bemerkte: »Herdausmachen dauert aber verdammt lange.«

»Dachte ich auch gerade!«

Die beiden sprangen auf und rannten in die Küche. Der Herd war ausgestellt, aber von Lubkovits keine Spur. Nur der Braten ließ seinen verführerischen Duft durch die Küche streichen.

»Verdammt noch mal, und das muss uns passieren«, schimpfte Kleemann. »Abserviert wie zwei blutige Anfänger!«

Sie riefen laut den Namen des Mannes, rannten von einer Tür zur anderen, schauten in die Zimmer, die dahinter lagen. Bis auf eine Tür waren alle offen. Nichts. Lubkovits war verschwunden.

»Los, wir müssen die Kollegen zusammentrommeln. Wer weiß, was der vorhat«, brüllte Kleemann. »Du telefonierst. Ich durchsuche das Grundstück.«

Ein Schlüssel drehte sich knirschend. Die Männer verharrten abrupt und starrten auf die geschlossene Tür.

»Lubkovits!«, rief Brinkmann wütend. »Kommen Sie raus.«

Die Tür öffnete sich und Viktor Lubkovits stand mit verheultem Gesicht vor ihnen. »Ich musste doch nur zur Toilette. Was machen Sie denn für einen Lärm?«

»Konnten Sie nicht Bescheid sagen, verdammt noch mal? Wir dachten, Sie sind abgehauen. Wir hätten beinahe die ganze Insel alarmiert!«, schrie Kleemann den völlig verdutzten Mann an.

»Bin ich denn festgenommen?«

»Natürlich nicht, warum auch. Jetzt kommen Sie rein und wir reden miteinander. Wir haben die Zeit im Nacken, wie Sie sich vorstellen können. Da können wir uns keine Versteckspiele erlauben.« Kleemann schob Lubkovits ins Wohnzimmer. »Setzen Sie sich hin und erzählen Sie!«

»Wären Sie mit einem Deutschen auch so umgegangen?«, fragte der Mann leise und schaute die Kommissare herausfordernd an.

»Das hat gar nichts mit irgendwelchen Nationalitäten zu tun«, schnaubte Kleemann, obwohl er sich zu diesem Zeitpunkt nicht ganz sicher war, ob das für ihn selbst immer zutraf. Oder war es einfach nur, dass er Lubkovits nach wie vor nicht richtig einordnen konnte? »Und nun, wie war Ihr – sagen wir mal – Verhältnis zu Christina Grombach?«

»Sie haben das durchaus richtig ausgedrückt. Wir hatten ein Verhältnis. Aber ich mag dieses Wort nicht. Es war viel mehr. Es war Liebe. Zumindest von meiner Seite. Nein – auch von ihrer.« Lubkovits weinte wieder. »Sie war die sanfteste, liebste Frau, die ich je kennengelernt habe.«

»Und ihr Mann hat sie unterdrückt, genau wie er es mit seinen Mitarbeitern gemacht hat.«

Lubkovits nickte. »Er hat ihr die Luft zum Atmen genommen.«

»Und – haben Sie dann ihm die Luft zum Atmen genommen?« Kleemann schaute den Russen gespannt an. Doch kaum eine Reaktion zeigte sich in dessen Gesicht.

Stattdessen sagte er ganz ruhig: »Nein, das habe ich nicht. Obwohl ich nichts dagegen gehabt hätte, es zu tun. Er ist ein Menschenschinder, der nicht einmal vor seiner eigenen Frau halt machte. Ihre Arbeit wird nicht leicht werden. Es gibt so viele auf der Insel, die dem Mann die Pest an den Hals wünschen.«

»Aber offenbar nicht seiner Frau, womit wir wieder beim Thema wären. Wer hatte was gegen Christina Grombach?«

»Keine Ahnung. Wer sollte etwas gegen sie gehabt haben. Sie war die liebevollste …«

»… und sanfteste, das sagten Sie bereits. Denken Sie nach. Hatte sie in den Tagen zuvor mit irgendwem Krach gehabt? Eine Auseinandersetzung?« Martin Brinkmann trommelte nervös auf den Wohnzimmertisch. Eine Kerze, die in einem Holzständer mit filigranem Schnitzwerk steckte, geriet daraufhin gefährlich ins Wanken.

»Bitte Vorsicht, der hat unserer Mutter gehört. Ein Erinnerungsstück. Mutter ist schon vor vielen Jahren gestorben.«

Brinkmann zog ruckartig seine Hand zurück und steckte sie in die Tasche seiner Jeans. »Entschuldigung«, murmelte er.

»Herr Lubkovits«, Kleemann betonte das ›Herr‹ laut und deutlich. Er hatte das Gefühl, dieses Gespräch irgendwie nicht richtig unter Kontrolle zu haben. Er wollte nicht über tote Mütter reden, sondern wissen, was sich im Hause Grombach abgespielt hatte. Und zwar möglichst zügig. »Würden Sie bitte«, sagte er, und noch einmal mit Nachdruck, »*bitte* erzählen, was zwischen Ihnen und Ihrem Arbeitgeber abgelaufen ist. Warum haben Sie sich so erbittert gestritten?«

»Er hat Christina und mich gehört. Wir saßen auf der Bank bei dem Küchenfenster. Es war reiner Zufall. Wir waren immer so vorsichtig. Aber das Fenster war offen, und wir haben nicht darauf geachtet. Er hat uns belauscht. Dann ist er rausgekommen und hat mich geschlagen wie einen räudigen Hund.«

»Haben Sie sich gewehrt?«, fragte Kleemann.

»Nein. Ich wollte keinen Kampf. Christina ist aufgesprungen und ist dazwischengegangen. Sie hat ihn angeschrien. Ja, tatsächlich. Das war das erste Mal, dass ich gehört habe, dass sie laut werden konnte. Und ihr Mann hat von mir abgelassen. Aber nur, weil Christina in ihrer Not versprochen hat, dass sie bei ihm bleibt.« Lubkovits hatte die Hände wieder vors Gesicht geschlagen. »Natürlich hat er mich rausgeschmissen, und so habe ich Christina kaum noch gesehen.«

»Wer weiß von diesem Streit?«

»Keiner«, schluchzte Lubkovits. »Keiner.«

*

Ratlos schauten sich Jakob und Ole an. Was war in dem Häuschen passiert, das Oles Vater für seine Reparaturarbeiten benutzte? In der Werkstatt, in der nach Oles Aussage sonst immer eine peinliche Ordnung herrschte, glänzte das Chaos. Hammer, Schraubendreher, Zangen und Meißel hingen nicht mehr über der Werkbank, sondern lagen bunt verstreut auf dem Fußboden. Eine Leiter war umgekippt und aus dem Holzschrank hatte jemand die Schubladen herausgezogen und Schrauben, Nägel, Dübel und andere Kleinteile wild verstreut. Der Geruch von Lackfarbe lag über allem.

Wo war sein Vater? Hatte er dieses Durcheinander in einem Anfall von Zerstörungswut angerichtet? Ole konnte es sich nicht vorstellen. Nicht sein Vater. Der konnte zwar missmutig und verschlossen sein, aber dass er schon einmal so dermaßen ausgerastet wäre, das hatte Ole noch nie erlebt. Sein Vater würde alle Probleme in sich hineinfressen und eher daran zugrunde gehen, als dass er sich auf diesem Wege Luft verschaffte. Und überhaupt – hatte sein Vater Probleme? Ahnte er vielleicht, womit seine Frau sich gerade herumschlug?

»Komm, wir räumen auf.«, sagte er zu Jakob, doch der wehrte ab.

»Bist du verrückt? Nichts wird hier angefasst. Das könnte schließlich ein Tatort sein!«

»Wovon?«

»Na, was weiß ich denn. Keine Ahnung. Aber immerhin sieht es hier nicht so aus wie sonst, oder? Und wir werden bestimmt nicht wie die berühmte Putzfrau in den Krimis hier unbeirrt Ordnung schaffen. Ich habe mal in meinem zweiten Krimi so eine Szene …«

»Wir sind aber keine Figuren in deinem Krimi, sondern hier ist Realität. Du und ich in der Werkstatt meines Vaters. Ich weiß nicht, wie ernst du als … Experte … die Sache hier wirklich nimmst, aber vielleicht wäre es echt nicht schlecht, tatsächlich die Polizei zu verständigen. Kann natürlich sein, dass Papa gleich auf der Bildfläche erscheint und uns erklärt, was passiert ist. Wenn nicht, oder wenn er keine Antwort weiß, könnten wir immer noch bei Röder anrufen.«

Jakob nickte. »Du hast recht. Wir sollten nicht mit Schrot auf Tauben schießen, oder wie heißt das Sprichwort?«

»So ähnlich, irgendwas mit Kanonen und Spatzen, glaube ich. Sag mal, glaubst du, dass meine Mutter mit dem Mendel abhaut?« Ole schaute Jakob fragend an.

»Wie soll ich das wissen? Wenn ich Tant' Anna richtig verstanden habe, beruht diese ganze Geschichte nicht unbedingt auf Gegenseitigkeit. So zumindest hat sie es interpretiert. Selbst wenn deine Mutter total verknallt ist in diesen Typen. Es ist nur so, hat Tant' Anna gesagt, dass sie Angst hat, dass deine Mutter in der Ehe mit deinem Vater nicht glücklich ist und deshalb einen Schlussstrich zieht. Egal, ob sie sich mit Mendel zusammentut oder nicht. Sie denkt«, er zuckte mit den Schultern, »dass sie durch diese, wie soll ich sagen, Geschichte, aufgewacht ist. Dass sie gemerkt hat, dass es auch noch andere Männer gibt, verstehst du? Und dass sie eben ausbricht, wenn du verstehst, was ich meine.«

»Wie wäre es denn«, überlegte Ole, »wenn wir Vater davon erzählen, damit der merkt, auf welchen Abgrund der sich zubewegt? Und mal anfängt, um unsere Mutter zu kämpfen.«

141

Jakob schaute Ole entsetzt an. »Bist du wahnsinnig? Es reicht schon, dass ich dir alles erzählt habe. Tant' Annas Vertrauen missbraucht habe. Jetzt auch noch dein Vater? Nee, bloß nicht.«

»Aber wenn die Sache einen Nutzen haben soll, müssen wir reagieren. Sonst war alles umsonst. Dann läuft uns die Situation völlig aus dem Ruder und wir sitzen sehenden Auges daneben.«

Jakob hatte sich vor Ole aufgebaut. »Ole, wenn du das wirklich machst, sind wir geschiedene Leute. Dann kann ich gleich die Insel verlassen. Habe eigentlich sowieso keinen Bock mehr, mich mit euren Problemen auseinanderzusetzen. Olle Kamellen aufarbeiten, okay. Das tut nicht weh. Krimis schreiben, mit einem Kommissar Möglich, den ich jeden Augenblick per Mausklick wieder in die Tiefen des PCs schicken kann – auch okay. Aber euch hier zu erleben, wie ihr in irgendwelche Geschehnisse verwickelt werdet, eure Sorgen und Ängste zu erleben, das ist nichts für mich. Das kann ich nicht ab. Das sitze ich lieber unter meiner Lieblingstrauerweide an der Alster und träume.«

»Klar, und in deinen Träumen hätten die Sorgen von meiner Mutter und mir, Tant' Anna und das Grinsen im Gesicht meiner Schwester natürlich überhaupt keinen Platz mehr, nicht wahr?«

Lange schwieg Jakob, dann sagte er leise: »Du hast recht. Ich kann gar nicht weg. Hänge da genauso oder zumindest fast genauso drin wie du. Komm, Kollege, wir greifen unseren Plan von heute Morgen noch einmal auf und schauen, was auf Tant'Annas Grundstück passiert ist.«

Ole nickte. Er war froh, dass Jakob sich entschieden hatte. Mit dem Mann konnte er reden. Auch wenn der manchmal etwas abgedreht wirkte. Aber so sind Schreiber nun mal, dachte er bei sich. Natürlich hatte er auch ein paar Freunde auf der Insel, so wie Thore Uhlenbusch zum Beispiel. Aber Jakob hatte alles Wichtige, was in den letzten zwei Tagen passiert war, aus erster Hand mitbekommen. Oder zumindest aus zweiter. Außerdem wusste man nie, wie die anderen reagierten, Freundschaft hin oder her.

Ole ging noch einmal zurück in den Schuppen und hoffte, in dem Durcheinander eine Schaufel zu finden.

»Du musst dann bestimmt später deinen Schuhsohlenabdruck bei der Polizei hinterlegen«, hörte er Jakobs Stimme von hinten. »Wegen des Datenabgleiches. Ist so ähnlich wie bei Fingerabdrücken. Unverwechselbar. Die haben übrigens bei der Polizei ein riesengroßes Schuhlager. Zu Vergleichszwecken. Ehrlich.«

Einen kleinen Knall hat der aber doch, beschloss Ole und rief: »Wenn du sonst keine Sorgen hast ...« Vorsichtig stieg er über drei alte Wippendeichseln, die wie Schwerter gekreuzt auf dem Fußboden lagen. Er kam sich ein wenig lächerlich vor. Einerseits sollte er (Jakobs Idee) und wollte er (wer wusste, wozu es gut war) nichts berühren und stieg über das Durcheinander wie ein Stelzenläufer über Blumenbeete in der Fußgängerzone, andererseits ignorierte er die ach so wichtige Unversehrtheit eines möglichen Tatortes, indem er einfach eine Schaufel mitgehen ließ. Unter einem Haufen Bretter fand er schließlich, was er suchte. Vorsichtig bahnte er sich wieder seinen Weg zurück und schwang das Arbeitsgerät triumphierend über seinem Kopf, als er zur Tür heraustrat.

»So, lass uns gehen. Mein Vater wird bestimmt später wieder auftauchen.«

Es war nur ein kurzer Weg bis zu Tant' Annas Grundstück. Sie kletterten über den Zaun, an der Stelle, wo er herunter getreten war, und bald standen sie vor der frisch umgegrabenen Fläche, wo einst die Strandwinde ihren Standort gehabt hatte.

»Tatsächlich«, murmelte Ole. »Alles weg. Und nun?«

»Graben.«

Ole war nicht wohl in seiner Haut. Große Pläne machen, Detektiv spielen wollen, war das eine. Etwas zu finden bei ihren Nachforschungen, war das andere. Ihn verließ der Mut. Er hielt Jakob die Schaufel hin. »Bist du eigentlich sicher, dass unsere Idee so gut ist? Warum sollte hier überhaupt was liegen? Eigentlich ist das ein völlig unsinniger Gedanke.«

»Aber wenn wir nicht nachsehen, werden wir es nie wissen«, sagte Jakob überzeugt. Doch als Ole ihm dann mit den Worten: »Du bist dran. Ich habe das Ding immerhin den ganzen Weg getragen«, die Schaufel vor die Nase hielt, trat er Schritt für Schritt den Rückzug an. »Ich meine, äh, ich meine, ich habe eben schon mal gemeint, dass man keinen Tatort …«

»Jakob, wollen wir nun, oder wollen wir nicht? Wie heißt das Sprichwort? ›Vier Augen sehen mehr‹ oder so ähnlich?«

Jakob nickte. »Du hast recht. Aber das hier ist kein Spaß mehr. Natürlich kann es sein, dass Kinder hier einfach gegraben haben – und keiner etwas vergraben hat. Aber es besteht immerhin die Möglichkeit, dass wir etwas finden. Ich hätte sicher kein Problem damit, wenn nicht der Grombach weg wäre. Aber so knüpft man im Kopf sofort die Zusammenhänge, oder?«

Ole überlegte. »Denk doch mal nach. Wir können uns ganz langsam vorarbeiten. Solange nur Sand auf der Schaufel ist: kein Problem. Stoßen wir auf etwas Festes – hören wir sofort auf und verständigen die Polizei. Okay?«

»Gut, so machen wir's. Aber du fängst an.«

Vorsichtig, Schaufel für Schaufel hob Ole die oberste Schicht ab. Auch die zweite Schicht bestand zur großen Erleichterung der beiden aus nichts als Dünensand. »Ich glaube, das war's«, sagte Ole erleichtert, und Jakob stimmte zu.

»Eine Schicht sollten wir noch abtragen, dann können wir getrost nach Hause gehen.« Er lächelte. »Da haben wir uns völlig umsonst in eine Idee verrannt.«

Ole hatte sein Arbeitsgerät wieder aufgenommen und schob erneut das Schaufelblatt vorsichtig unter die Erde. »Beim Zeus, das ist auch gut so.« In diesem Moment stockte Ole. Er spürte Widerstand. Es war, als ob die Schaufel an einer Stelle festhakte. Nervös drehte er das Schaufelblatt hin und her in dem Versuch, das, was ihm im Weg lag, zu umgehen. Gleichzeitig wusste er, dass der Versuch vergebens war. Denn die Erde hatte bereits ein Stück grünen Stoffes freigegeben.

*

»Mama, Herr Mendel ist da. Ich habe ihm gesagt, dass es dir nicht gut geht. Ich soll aber trotzdem fragen, ob er dich besuchen kann.« Rieke stand in der Tür zum Schlafzimmer und schaute ihre Mutter verwundert an. »Der tut ja fast so, als wäre er ein Freund der Familie, oder so was Ähnliches. So vertraut irgendwie. Nur weil er dich die Treppe raufgetragen hat.« Sie beugte sich zu ihrer Mutter und flüsterte: »Stammgäste-Syndrom. Zweimal den Urlaub hier verbracht und schon fühlen sie sich als Verwandtschaft. Weißt du was, ich schicke ihn einfach wieder weg.«

Obwohl Fennas Kopf dröhnte und die Übelkeit immer noch nicht wesentlich nachgelassen hatte, lächelte sie. »Nein, ist schon gut. Er soll ruhig reinkommen.« Rieke zögerte kurz, dann war sie draußen. Fenna schloss für einen Moment die Augen. Er kommt, und ich liege hier im Bett rum. Ich sehe sicher total blass und matschig aus. An meine Haare mag ich gar nicht denken. Sie stöhnte.

Langsam öffnete sich die Tür und dann stand er vor ihrem Bett. »Hallo, Fenna, wie geht es dir?«, hörte sie ihn wie durch einen Nebel.

»Danke, es geht. Nimm dir einen Stuhl und setz dich.«
Sie gab sich einen Ruck, knautschte das Kopfkissen unter
sich und versuchte sich aufzusetzen. Als sie merkte, dass
er ihr helfen wollte, winkte sie ab. So viel Nähe konnte
sie nicht ertragen. Jetzt nicht.

»Sag mir, was da zwischen dir und Christina war. Du
weißt schon, als ich euch überrascht habe«, begann sie
unvermittelt. Sie musste es fragen, gleichgültig, ob sie
überhaupt ein Recht dazu hatte. Pausenlos war ihr das
Bild der beiden auf dem Sofa in den letzten Stunden
durch den Kopf gegangen. Diese Nähe, diese Vertrautheit. Was hatte Christina, was sie Stefan nicht geben
konnte?

»Sie hat mir ihr Leid geklagt. Sie hatte in diesem Moment wohl keinen anderen Ansprechpartner.« Stefan
Mendel berichtete Fenna, was Christina ihm über ihr
verzweifeltes Leben erzählt hatte. Auch über die Beziehung zwischen ihr und Viktor, die Horst so rigoros
unterbunden hatte. Und dass sie noch keinen Mut gefunden hatte, sich den Anordnungen ihres Ehemannes
zu widersetzen. »Du siehst also, es bestand kein Grund
zur Eifersucht. Christina liebt – liebte einen anderen.«
Sein Gesicht, das gerade noch einen Anflug von Lächeln
gezeigt hatte, wurde ernst. »Die Polizei hat mich auch
schon in den Fingern gehabt. Ich habe denen übrigens
nichts von unserer …«, er zögerte kurz, »… Freundschaft
erzählt. Nur, dass du Bescheid weißt.«

Fenna nickte. »Ist wohl besser so.« Sie würde ihm nicht
sagen, welche Sorgen ihr der Gedanke bereitet hatte, er
könne der Polizei berichten, was sie für ihn empfand.
Solche Dinge verbreiteten sich schnell auf der Insel, und
das wäre das Letzte gewesen, was sie hätte gebrauchen
können.

Unsere Freundschaft. Tolles Wort. Aber ich werde mich
wohl daran gewöhnen müssen. Wenn ich denn will und

Stefan überhaupt jemals wiederkommt. Aber das werde ich mit mir alleine ausmachen.

»Wie soll es nebenan weitergehen?«, fragte sie nachdenklich. »Ich meine, wenn Horst nicht wieder auftaucht? Wer erbt die ganzen Immobilien? Kinder gibt es offensichtlich nicht, falls sich nicht noch eine Altlast meldet.«

Fenna sah, dass Stefan bei dem Wort ›Altlast‹ zuckte, und sie wünschte sich, sie hätte einen weniger flapsigen Ausdruck gewählt. Zu spät.

»Das müssen wir sicher abwarten. Aber vielleicht haben ja die potentiellen Nachfolger auch ein offenes Herz für die Benachteiligten dieser Erde. Es wäre so schön gewesen für unsere Jugendlichen, endlich eine feste Urlaubsunterkunft zu haben. Aber es gibt Schlimmeres, wie wir heute erfahren mussten. Wir werden unseren Urlaub hier übrigens nicht abbrechen. Die Polizei hat uns gebeten, bis auf Weiteres zu bleiben. Vielleicht taucht der Grombach wieder auf. Ansonsten werden wir bei unserer Abreise den Schlüssel bei dir abgeben.«

Fenna schaute Stefan aufmerksam an. Schon bei ihrem Gespräch in den Dünen war ihr diese uneingeschränkte Hingabe an die Durchsetzung seiner Ideale in Hinblick auf seine Jugendlichen aufgefallen. Viele hätten in der jetzigen Situation den Rückzug angetreten. Neben einem Haus zu wohnen, in dem gerade erst jemand vermutlich ermordet wurde, wäre den meisten gar nicht den Sinn gekommen. Er aber zog den Urlaub durch. Alles für seine Schützlinge. Vermutlich auch ohne den ausdrücklichen Wunsch der Polizei.

Sie war bei seiner bedingungslosen Zuwendung für seine Schutzbefohlenen auf der Strecke geblieben. Wahrscheinlich kam er überhaupt nicht auf die Idee, irgendetwas in seinem Leben zuzulassen, was die Konzentration auf seine Zöglinge störte.

»Fenna, was ist los? Worüber denkst du nach?«

»Über nichts«, sagte sie ruhig. »Alles in Ordnung.«

»Fenna, ich habe dir nicht wehtun wollen. Niemals. Ich schätze dich und unsere Spaziergänge sehr.«

»Genau das ist der Punkt, Stefan. Und jetzt möchte ich alleine sein. Ich habe über vieles nachzudenken. Ich muss die Welt in meinem Kopf wieder geraderücken.«

Langsam stand Stefan auf. »Ich hatte gehofft, du würdest mich verstehen«, sagte er traurig. »Lass nicht zu, dass es kaputt geht. Bitte. Meine Schützlinge mögen dich ebenso wie ich.«

Fenna begrub ihren Kopf im Kissen. Sie hörte nicht mehr, wie Stefan das Zimmer verließ. Meine Schützlinge. Meine Schützlinge. Gab es nichts als seine verdammten Schützlinge? Sie wollte ihn, ohne seine Schützlinge. Einfach ihn, ohne Nachdenken über seine Probleme, ihre Familie, einfach eine Zeit mit ihm, unbeschwert und voller Glück.

Lange lag sie da, trauerte.

Dann, ganz allmählich, begann sie, ihren Traum zu begraben.

*

Als Michael Röder und Klaus Kockwitz ihr Ziel in den Dünen erreicht hatten, bot sich ihnen ein überraschendes Bild. Die beiden jungen Männer saßen auf einem kleinen Hügel, direkt vor den blätterlosen Ästen eines riesigen Holunderbusches. Neben ihnen lag eine Schaufel im Gras. »Gott sei Dank, dass ihr da seid.« Ole Boekhoff war aufgesprungen und lief auf die Polizisten zu.

»Sag mal, was macht ihr da?«, fragte Röder außer Atem »Was hatte euer Anruf zu bedeuten? Mein Gott, ihr seht ja richtig fertig aus.«

Jakob Pottbarg, der Röder bereits als Gast des Hauses Boekhoff vorgestellt worden war, war ebenfalls aufgestanden und zeigte mit zitternden Fingern auf das Stückchen Erde, das, befreit von allem Bewuchs, fast wie ein Grab auf dem Dünengrundstück wirkte. »Da, da liegt er!«, sagte Pottbarg mit aufgeregt heller Stimme.

»Wer?« Kockwitz war ein paar Schritte näher gekommen. »Wer liegt da?«

»Wissen wir nicht. Nur – die Jacke. Die kam plötzlich da raus beim Graben.«

Röder sah den Schrecken in den Augen des Mannes. Auch Ole war anzusehen, dass er sich nicht wohlfühlte in seiner Haut. »Nun mal ruhig. Wollt ihr uns eure Geschichte nicht von Beginn an erzählen? Ich meine – es ist eher ungewöhnlich für zwei erwachsene Menschen, sich eine Schaufel zu schnappen und auf anderer Leute Anwesen rumzuackern.«

Ole und Jakob nickten.

»Also los, kurze Zusammenfassung, bevor ich die Spurensicherung mobil mache.« Kockwitz' Stimme hatte einen scharfen Ton angenommen.

»Alles begann damit, dass Tant' Anna, also meine Großtante Anna, Anna Albers…«

»Ole, was hat mein Kollege gesagt? Kurz und knapp. Mensch, du bist doch klare Ansagen gewohnt bei dir auf dem Schiff. Nun mal los, und keine Umwege.« Auch Röders Stimme war lauter geworden.

Ole holte tief Luft, schaute Jakob an und fasste in ein paar Worten zusammen, warum sie sich auf dem Grundstück seiner Großtante zu schaffen gemacht hatten. Wie sie den größten Schreck ihres Lebens bekommen hatten, als sie tatsächlich auf etwas gestoßen waren, was da vermutlich ganz und gar nicht hingehörte. »Aber wer die Strandwinde ausgegraben hat, wissen wir nun immer noch nicht«, sagte er abschließend.

»Hattet ihr im Ernst damit gerechnet, dass die Person ihre persönlichen Daten in den Stamm der alten Birke ritzt? Oder gar in jeden Zweig des Holunders?«, fragte der Kommissar säuerlich.

»Das wäre nicht gut gewesen. Holunder darf man nicht beschädigen. Das bringt Unglück«, warf Jakob ein und fügte unter dem kritischen Blick Röders kleinlaut hinzu: »Hat Tant' Anna gesagt. 'tschuldigung. Gehört wohl jetzt nicht hierher.«

»Okay. In Anbetracht dessen, dass uns noch jede Spur von Grombach fehlt, werden wir jetzt mal die Kollegen aktivieren.« Röder telefonierte, dann nickte er Kockwitz zu. »Die Jungs sind unterwegs. Sandra macht den Pfadfinder. Apropos Tant' Anna: Immerhin befinden wir uns auf dem Grundstück von Frau Albers. Hast du ihre Nummer?« Fragend schaute er Ole an.

»321«, sagte Ole nach kurzem Nachdenken. »Aber – vielleicht sollte ich hinfahren und ihr alles berichten. Sie ist nicht mehr die Jüngste. Ob es da richtig ist, ihr am Telefon zu erzählen, dass wir auf ihrem Grundstück eventuell was oder wen gefunden haben? Ich weiß nicht.«

»Keine Sorge, ich werde sie telefonisch nur fragen, ob wir ein paar Nachforschungen anstellen dürfen.« Röder war Oles Vorschlag zu diesem Zeitpunkt überhaupt nicht recht gewesen, obwohl er zugeben musste, dass dessen Befürchtung durchaus angebracht war. Aber er musste verhindern, dass die beiden Informationen austauschten. Oder schlimmer noch: Einen gemeinsamen Plan ausheckten, falls sie etwas mit diesen mysteriösen Umständen in den Dünen zu tun hatten. »Ich werde nur ganz vorsichtig nachfragen, nichts erzählen. Keine Sorge, das werde ich später persönlich erledigen« versicherte er.

»Wenn sie das man zulässt«, erwiderte Ole.

*

Nachdenklich legte Tant' Anna das Telefon auf den Küchentisch. Was ihr Michael Röder da gerade mitgeteilt hatte, verunsicherte sie zutiefst. Ole und Jakob hatten auf dem Grundstück gegraben? Warum? Sie hatten etwas gefunden, was das Erscheinen der Spurensicherung nötig machte. Das auch noch. Dann das Rumgestammel von Michael. Alles musste sie ihm aus der Nase ziehen. Immer wieder hatte sie nachfragen müssen, bis er endlich mit den Einzelheiten rausgerückt war. Sie hatte nicht übel Lust, sich sofort auf ihr Fahrrad zu setzen und hinzufahren. Immerhin war es ihr Grund und Boden. Aber er hatte gesagt, man dürfe jetzt keine Spuren kaputt machen, und sie dürfe ihr Grundstück sowieso nicht betreten. Was sollte sie also da?

Vielleicht wollte er sie einfach nur nicht dabei haben! Dann könnte er allerdings was erleben. Schließlich gab es dafür überhaupt keinen Grund! Sie hatte ein Anrecht darauf, zu wissen, was sich dort abspielte.

Und überhaupt. Was sollte das alles mit der Spurensicherung? Holte man die nicht nur, wenn man Tote fand? Sie erschrak. Horst? Sollte jemand den Nachbarn ihrer Verwandtschaft dort …? Nein, das konnte nicht wahr sein.

Michael hatte recht. Das musste sie sich wirklich nicht antun. Wenn doch nur mal jemand bei ihr vorbeikäme, mit dem sie reden konnte. Fenna zum Beispiel. Aber die war krank, hatte man ihr gesagt. Jörg? Zu ihrem angeheirateten Neffen hatte sie noch nie ein sehr enges Verhältnis. Nicht, dass er ihr unsympathisch war, das nicht. Aber er war immer so still. Beteiligte sich selten an den Familiengesprächen, so dass man manchmal glauben musste, es interessiere ihn überhaupt nicht, was um ihn herum geschah. Kein Wunder, dass Fenna … Nein, daran wollte sie jetzt nicht denken. Jakob, wo war Jakob nur? Natürlich, Jakob war ja auch in den Dünen.

Sie musste sich ablenken. Etwas tun. Aber was? Sie überlegte, dann nahm sie Hackfleisch aus dem Kühlschrank und holte aus dem Vorratsraum Kartoffeln und Zwiebeln. Sie legte das große hölzerne Hackbrett auf den Küchentisch und zog ein scharfes Messer aus der Besteckschublade. Den Wirsingkohl hatte sie morgens bereits im *Frischemarkt* gekauft. Mit kräftigen Schnitten teilte sie die rubbeligen grünen Blätter. Dann schälte sie Kartoffeln und Zwiebeln. Wie automatisch. Denn ihre Gedanken waren bei den Leuten auf ihrem Grundstück. Was sie wohl finden würden? Tränen liefen ihr aus den Augen. Sie schob es auf die Zwiebeln und wischte sich mit dem Handrücken durchs Gesicht. Sie schichtete die Zutaten abwechselnd in den großen Topf. Wirsing, Kartoffeln, das gewürzte Hackfleisch, Zwiebeln. Das Ganze noch einmal. Dazu ein ordentlicher Löffel voll Griebenschmalz, Pfeffer und Salz. Sie merkte nicht, dass sie es mit dem Salz nicht allzu genau genommen hatte. Sie dachte an die Strandwinde.

Plötzlich hielt sie es nicht mehr aus. Mit eigenen Augen sehen, was los war, das war wichtig. Hastig streifte sie ihre Schürze ab. Vergessen war der Wirsingeintopf. Sie musste dort hin. Erst würde sie aber mit Fenna sprechen. Wenn man sie zu ihr ließ. Dann wollte sie sehen, was auf ihrem Grundstück geschah.

Tant' Anna zog ihre dicke Winterjacke an, setzte die blaue Mütze mit den schwarzen Ohrenschützern auf und band sich den Schal um, den sie im Jahr zuvor aus vielen Garnresten kunterbunt zusammengestrickt hatte.

Dann fuhr sie ins Ostdorf, vorbei an der Inselglocke und der alten Inselkirche, in der sie sich im Sommer immer so gern zur Abendandacht einfand. Vom *Frischemarkt* grüßte der Chef, als sie mit flottem Tritt in die Pedale Fahrt aufnahm. Soweit es ihre arthritischen Knie erlaubten.

Als sie ihr Fahrrad am Zaun der Boekhoffs abgestellt hatte, atmete sie tief durch. Nicht nur, weil ihr durch die Anstrengung ein wenig die Luft weggeblieben war, sondern auch, um etwas Zeit zu gewinnen. Ihre Gedanken zu sammeln. Dann klopfte sie energisch gegen die Haustür.

Es dauerte nicht lange, da stand Rieke vor ihr und begrüßte sie mit einem Lächeln. »Hey, Tant' Anna, das ist ja mal nett. Komm rein.«

Tant' Anna war froh, dass sie nicht abgewiesen wurde. Nicht, dass sie ernsthaft damit gerechnet hätte, aber man konnte schließlich nicht wissen, wie es um Fenna stand.

»Ich möchte deine Mutter besuchen.« Tant' Anna sah, wie Rieke die Augen verdrehte.

»Ich bin hier Portier vom Dienst heute. So viele Leute kommen sonst die ganze Woche nicht.« Sie nahm ihre Großtante in den Arm. »Sie müsste wach sein. Ich bringe dich nach oben.«

»Meinst du, ich habe vergessen, wo ihr Schlafzimmer ist?«, fragte sie amüsiert.

»Nein, natürlich nicht, ich wollte nur höflich sein«, entgegnete Rieke. »Es ist übrigens schön, dass du da bist. Mama kann bestimmt ein wenig Aufmunterung gebrauchen. Die liegt schon seit Stunden ohne sich zu bewegen im Bett – wenn sie nicht gerade Männerbesuch hat. Nicht mal was essen will sie. Also genauer gesagt, seit dieser Gast von nebenan, dieser Betreuer von den Chaotenkids, wieder weg ist.«

Stefan Mendel! Den Namen hatte sie im Kopf, seit Fenna ihr von ihrer - wie sollte sie es nennen? – Schwärmerei, Liebe, oder gar Besessenheit erzählt hatte. Diese unselige Verbindung, die so viel Unruhe in der Familie nach sich ziehen konnte. Vielleicht sah sie das Ganze aber auch viel zu schwarz. Ich bin in meinem Alter für so was einfach nicht mehr zu haben, dachte sie schweren

Herzens und trat in das Schlafzimmer ihrer Nichte. Was hatte dieser Kerl eigentlich hier zu suchen gehabt?

»Hallo Fenna, wie geht es dir?« Dämliche Frage. Fennas traurige Augen und das entsetzlich blasse Gesicht sprachen Bände.

»Danke. Setz dich zu mir.«

Tant' Anna zog sich den Stuhl heran. »So, mein Kind. Jetzt erzählst du mir, was dir auf der Seele liegt, wo du Schmerzen hast und so weiter und so weiter. Dann wirst du essen. Rieke, du gehst runter und setzt schon mal einen Tee an. Ein Stück Kuchen wirst du bestimmt irgendwo finden. So! Ausführung!« Tant' Anna sah, wie Rieke der Mund vor lauter Überraschung offen stehen blieb. Aber sie drehte sich folgsam um und verließ das Zimmer.

»Nun zu dir. Fang an, ich habe nicht ewig Zeit.« Sie merkte, wie sich ein wenig Leben im Gesicht ihrer Nichte zurückmeldete, und beugte sich leicht zu ihr hinunter. »Ich wollte nur, dass Rieke verschwindet. Ist bestimmt nichts für ihre Ohren, oder?«

Fenna schüttelte den Kopf. »Das stimmt. Aber ich möchte eigentlich nicht über Stefan reden. Nur eines – ich war, was meine Gefühle für ihn betrifft, völlig auf dem Holzweg. Der Mann lebt nur für seine Zöglinge. Der war völlig platt, als mir rausgerutscht ist, was ich für ihn empfinde. Also – kurz gesagt: Abhaken und wieder der Realität zuwenden ist angesagt.«

Tant' Anna konnte gerade noch ein Seufzen unterdrücken. Das wäre ihr doch zu theatralisch vorgekommen. Hoffentlich hielt sich Fenna in Zukunft an ihre eigenen Worte, das war das, was sie sich im Moment am allermeisten wünschte. »Erzähl mir, was seit gestern hier passiert ist, wenn du nicht zu erledigt bist. Danach berichte ich dir, was ich weiß.«

Nach einer guten Stunde, die sie teetrinkend und redend mit Fenna verbracht hatte, merkte sie, dass ihre

Nichte dringend Ruhe brauchte. »Ich fahre jetzt zu meinem Grundstück. Ob das den Ordnungshütern nun passt oder nicht.«

Sie nahm das Tablett mit runter in die Küche, suchte Rieke vergeblich, um sich von ihr zu verabschieden, und trat vor die Haustür. Sie schaute auf das Haus der Grombachs und schauderte. Vor gerade mal ein paar Stunden war hier vermutlich ein Mord passiert. Unbemerkt von den Nachbarn, den Gästen im Gartenhaus, überhaupt von irgendeinem Menschen. Nur der Mörder und das Opfer, die könnten berichten. Würden sie aber nicht!

Tief in Gedanken ging sie zu ihrem Fahrrad, das am Gartenzaun lehnte. Sie griff den Lenker, stellte ihren linken Fuß auf das Pedal und wollte Schwung geben, doch sie rutschte ab. Beinahe wäre sie gefallen, wenn nicht zwei Hände sie von hinten gegriffen und sie gehalten hätten. Ihr Herz schlug ihr bis zum Hals. Nur nicht fallen, betete sie, nur nicht fallen. Oberschenkelhalsbruch in meinem Alter, das wäre die Katastrophe.

»Geht es wieder? Kann ich Sie loslassen?«

Sie nickte und drehte sich nach der Stimme um. Ein Jugendlicher, den sie noch nie zuvor gesehen hatte, stand vor ihr und schaute sie prüfend an. »Danke. Du – oder soll ich Sie sagen? – ach was, du hast mir sehr geholfen. Gar nicht auszudenken, was passiert wäre, wenn … Wie heißt du? Wohnst du auf Baltrum?«

Der Junge schüttelte den Kopf und trat von einem Bein auf das andere. »Ich heiße Mario und bin mit einer Jugendgruppe hier. Wir wohnen dort drüben. Fragt sich aber, wie lange noch. Hier passiert nämlich Mord und Totschlag.« Erschrocken stockte er, dann fuhr er fort: »Entschuldigung, ich wollte Sie nicht erschrecken. Tut mir leid.«

Tant' Anna lächelte. »Du bist ja ein wohlerzogener junger Mann.«

155

Mario lächelte verhalten zurück. »Das würden meine Betreuer aber nicht unbedingt von mir behaupten. Und schon gar nicht die Leute, denen ich schon eines auf die Fr…« Trotzig schaute er Tant' Anna an und schwieg.

»Es gibt gestern und heute. Jetzt haben wir heute. Komm, wir gehen ein paar Schritte, wenn du magst.«

Zu ihrem Erstaunen nickte Mario und sie liefen los.

»Haben Sie was mit denen da im Haus zu tun?«, fragte Mario.

»Ich bin die Tante von Frau Boekhoff, und damit die Großtante von Rieke und Ole«, erklärte sie.

»Und von dem Mann?«, hakte er nach.

»Du meinst Herrn Boekhoff?«

Mario zögerte. »Wenn das der ist, der in dem Schuppen da hinten seine Werkstatt hat, dann meine ich den. Sind Sie mit dem auch verwandt?«

»Das ist wohl schlecht möglich. Überlege doch mal. Ich kann doch nicht gleichzeitig mit Fenna und ihrem Mann verwandt sein. Jedenfalls normalerweise. Aber natürlich ist er für mich fast wie ein richtiger Neffe. Fenna und er sind schließlich schon lange verheiratet, da macht man keinen Unterschied mehr. Warum, was ist mit ihm?«

»Ich habe ihn gesehen. Also ich habe gesehen, was er gemacht hat, und ich weiß jetzt nicht, ob ich … Ach, alles Blödsinn. Am besten ist Raushalten. Gibt doch nur Ärger. Vergessen Sie einfach, dass ich gefragt habe.«

Tant' Anna war mulmig geworden bei dem, was Mario gerade von sich gab. Sie blieb stehen und griff nach Marios Oberarm. »Nee, min Jung«, sagte sie resolut. »Nun mal Butter bei die Fische. Sag schon, was los ist.«

»Warum sollte ich«, sagte er mürrisch, dann lauter: »Lassen Sie mich los.«

Doch Tant' Anna hielt den Jungen fest. »Mario, schau mich an. Ich muss das wissen. Oder soll ich mit Herrn Mendel sprechen? Vielleicht hilft der ja, dass du den

Mund aufmachst.« Tant' Anna erschrak. Das hatte sie nicht sagen wollen! Pädagogisch völlig daneben. Das war ihr im gleichen Moment klar. Und die Quittung folgte auf dem Fuß.

Mit einem kräftigen Ruck riss Mario sich los. »Sie sind auch nicht besser als die anderen. Kaum sagt man mal was, gibt's Druck. Sagt man nichts, gibt's noch mehr Druck. Echt schade. Erwachsene sind doch alle gleich. Hatte gedacht, dass Sie cooler drauf sind. Tschüss.« Schon war der Junge Richtung Aussichtsdüne verschwunden.

Ich könnte mir selbst in den Hintern beißen, dachte sie wütend. Achtzig Jahre Lebenserfahrung und wenn es drauf ankommt, mache ich alles verkehrt. Da will mir dieser Junge was anvertrauen, und ich rattere über seine Gefühle wie eine Dampfwalze. Was hatte er ihr wohl von Jörg sagen wollen?

Sie schob ihr Fahrrad. Zum Fahren fühlte sie sich im Moment zu unsicher. Zu groß war die Unruhe, die sie erfasst hatte nach ihrem Beinahesturz und in der Erwartung dessen, was auf ihrem Grundstück auf sie zukommen würde.

Als Erstes sah sie Michael Röder. Er stand auf dem Weg und telefonierte. Hinter ihm konnte sie zwei Leute ausmachen, die ihr wie auf Befehl ihre Gesichter zuwandten und auf sie zuliefen, als sie sie erkannten. Ole und Jakob.

»Tant' Anna«, riefen die beiden wie aus einem Mund, und Ole fügte hinzu: »Bleib stehen. Wir kommen zu dir. Du glaubst nicht, was hier passiert ist.«

*

Mario lag eng in eine Dünenmulde gepresst und hörte den Männern zu, die, eingehüllt in weiße Vollschutz-anzüge, vor ihm auf dem flachen Gelände miteinander sprachen. Es ärgerte ihn, dass er nicht alles verstehen konnte. Nur hin und wieder flog ein vollständiger Satz zu ihm herüber. Er sah, wie einer der Männer ein Stückchen Erde mit einer weißen Flüssigkeit ausgoss. Gipsabdrücke, dachte er und erinnerte sich an einen Krimi, den er noch bei seiner Mutter gesehen hatte. Damals.

Ein anderer wühlte in einem großen Metallkoffer und nahm einige Plastiktüten heraus. Eine davon füllte er mit Erde, die er der Stelle entnahm, wo Mario vorgestern Nacht jemanden beim Graben beobachtet hatte.

Die Erinnerung an die Nacht, in der er abgehauen war, umhüllte ihn plötzlich wie ein grobes Leinentuch. Er schüttelte sich. Es war eine dieser Nächte gewesen, in denen er keine Ruhe gefunden hatte. In denen er von der Erinnerung an seine Zeit auf der Straße eingeholt wurde, und von der Angst, wieder dort zu landen. Er hatte raus gemusst. Wie jedes Mal.

Stefan hatte gleich bei der Anreise das Zimmer direkt neben der Eingangstür abgegriffen. Nachts ließ er seine Tür offen. Damit er merkte, wenn einer von ihnen ausriss. Mario grinste. Unbemerkt abzuhauen war eine seiner leichtesten Übungen. Eine Stunde später war er wieder im Bett gewesen, heilfroh darüber, dass keiner etwas mitbekommen hatte. Hätte nur unnötig Ärger gegeben. Und dass man ihn von der Insel wieder in sein blödes Camp zurückschickte, zu denen, die nicht mitgedurft hatten, dazu hatte er am allerwenigsten Bock.

Am Rande des Grundstücks, unter einem großen, blattlosen Strauch, bemerkte er ein tiefes Loch. Daneben lag etwas – in eine Decke eingehüllt. Immer wieder glitten seine Augen auf dieses Etwas. Ein menschlicher Körper? Oder nur ein totes Reh? Stefan hatte ihm erzählt, dass es auf der Insel viele Rehe gab. Ein paar Tage zuvor hatte er selbst sogar eines gesehen, das sich auf der Suche nach Futter mitten ins Westdorf verirrt hatte. Hatte die Person, die er vor zwei Nächten beobachtet hatte, nur eines dieser schönen Tiere verendet aufgefunden, und dort verscharrt, weil er keine Lust gehabt hatte, es offiziell zu entsorgen?

Aber was machte dann die Spurensicherung hier und die anderen Männer? Er erkannte den Inselpolizisten und Wut stieg in ihm auf. Noch immer spürte er die Stelle empfindlich, wo dieser blöde Idiot zugelangt hatte. Die beiden aus dem Nachbarhaus standen etwas abseits und unterhielten sich mit einem dritten Mann. War sicher einer von diesen Schnüfflern. Was für ein Aufgebot. Die Sache mit dem Reh konnte er streichen.

Also hatte er in dieser Nacht, als er sich davongeschlichen hatte, einem Verbrechen zugesehen? Und wenn ja, wer war es, der dort lag? Ihr Vermieter, dieser Horst, den keiner leiden konnte? Der ihnen bei ihrer Anreise mit lächelndem Gesicht genaue Vorgaben gemacht hatte, wie sie sich zu verhalten hatten? Also, nicht so befehlsmäßig, das nicht. Mehr so hinten rum, dass selbst Stefan nicht einmal meckern konnte. Die Sätze fingen alle an mit: »Ist ja klar, dass ihr …« Es war ihnen nichts übrig geblieben, als nett zu lächeln. Schließlich hatten sie darauf gewartet, dass er den Betreuern nach endlosem Rumstehen in der Kälte den Schlüssel ihres Häuschens in die Hand drückte.

Stefan hatte gesagt, dass Grombach das jedes Mal so machte, sie dann aber in Ruhe ließe. Wenn sie sich denn anständig benähmen. Der Viktor, der früher Hausmeister bei dem Grombach gewesen war, der wäre viel netter gewesen, hatte Stefan erzählt. Ein richtiger Mensch. Und das hörte man von Stefan nicht so häufig. Stefan, der Mann, der …

Langsam tauchte er aus seiner Erinnerung auf und konzentrierte sich wieder auf das, was sich direkt vor ihm abspielte. Da kam tatsächlich die Oma auf ihrem Fahrrad an, die erst so freundlich zu ihm gewesen war und dann plötzlich so energisch. Auch die hatte ihn angefasst. Warum meinten immer alle Erwachsene, sie müssten einen anfassen? Gut, sie hatte ihm nicht wehgetan. Das wäre auch noch schöner gewesen. Aber sie musste nicht denken, dass ihn das zutraulicher werden ließ. Da hatte die sich ganz schön geschnitten, alt hin oder her. Er hatte genau mitbekommen, was der Boekhoff in seinem Schuppen gemacht hatte. Aber mit Druck bekamen die gar nichts aus ihm raus.

Es war Zeit, sich davonzumachen. Stefan würde bestimmt schon wieder die Gegend nach ihm absuchen. Aber er musste zwischendurch alleine sein. Das wusste sein Betreuer. Immer in Gruppe machen, das machte ihn nervös, aggressiv. Er arbeitete daran, trainierte, Sandsäcke und das ganze Programm. Autogenes Training, hatten die gesagt, sollte super sein. Hatte bei ihm aber nicht funktioniert. Von Sonnengeflecht und Wärme hatten die gefaselt, und er hatte sich gekugelt vor Lachen. Das war seine erste und auch seine letzte Stunde bei denen gewesen. Nein, das mit dem Schlagen auf den Sandsack funktionierte einfach besser. Da konnte er spüren, wie der Druck aus seinem Körper wich.

Dazu kam, dass er im Moment sowieso nicht wusste, wie er sich Stefan gegenüber verhalten sollte. Im ersten Schreck war es ihm einfach so logisch vorgekommen, dass Stefan etwas mit dem Mord zu tun hatte. Obwohl er es auf der anderen Seite nicht glauben konnte. Inzwischen war etwas Ruhe in seinen Gedanken eingekehrt, und er hatte erkannt, dass auch Fenna Boekhoff verdächtig war. Auch sie war abends im Haus der Grombachs gewesen. Er hatte nicht mitbekommen, wie der Abend zu Ende gegangen war. Als Stefan aufgestanden war, hatte er sich verdrücken müssen. Bevor der die Tür des Gartenhäuschens abschloss. Trotzdem – es war ein beunruhigendes Gefühl, mit ihm einen Raum zu teilen.

Aus der Ferne hörte er Motorengeräusch. Kurz danach tauchte ein roter Landrover auf und zwei Männer in Feuerwehruniform stiegen aus. »Ihr könnt ihn mitnehmen. Dann kann er gleich mit seiner Frau rüber zur Obduktion«, hörte Mario. Also doch Horst. Oder Herr Grombach, wie sie ihn natürlich nennen mussten. Aber das war jetzt auch egal. Er hatte ihn gesehen. Den Mörder. Plötzlich wurde ihm eiskalt. Was war, wenn der Mann auch ihn gesehen hatte? Sich nur nichts hatte anmerken lassen? Wenn er der Nächste war, der irgendwo in den Dünen verklappt wurde?

Sollte er doch alle Bedenken über Bord werfen und Stefan erzählen, was er gesehen hatte? Wieder rollte vor seinem geistigen Auge ab, was er in jener Nacht gesehen und gehört hatte. Das Rauschen des Windes in den dürftigen, blätterlosen Zweigen, das Geschrei der Möwen und zum Ende hin dieses durchdringende Scheppern des Schutzblechs, als der Mann weggefahren war. Er zuckte zusammen. Das Fahrrad! Wieso war das Fahrrad, das der Grombach ihnen hingestellt hatte, nicht da? In den ersten Tagen hatte die Gruppe das Rad nicht benutzt. Dann hatte Stefan das Rad zur Reparatur gebracht. Sagte er. Angeblich wegen der Beleuchtung. War das tatsächlich mit Grombach abgesprochen gewesen? Mit dem Mann, der nach Aussage der anderen nicht mal zwanzig Cent freiwillig herausrückte?

Mario wusste nun gar nicht mehr, was er denken sollte. Musste hilflos feststellen, dass er sich wieder mal völlig allein durch ein Gewirr von Gedanken zu kämpfen hatte. Mit keinem reden konnte. Außer mit der Polizei natürlich. Er stöhnte innerlich auf. Als jemand, der auf dem Weg war, ein guter Bürger zu werden, sollte er das tun. Das war ihm klar. Aber dass er diesem Inselarsch und seinen Kollegen nicht öfter als nötig begegnen wollte, war auch klar. Glasklar.

Vorsichtig robbte er zurück, und erst als er ganz sicher war, dass keiner der Anwesenden dort unten seinen Abgang bemerkte, stand er auf und stolperte zurück. Die Kälte hatte jeden Zentimeter seines Körpers ergriffen.

*

Es war tatsächlich Horst Grombach, den die Männer der Spurensicherung aus seinem Dünengrab holten. Vorsichtig, zuletzt mit nur von dünnen Handschuhen geschützten Händen, gruben sie die Leiche aus. Der Inselpolizist erkannte ihn sofort, obwohl die Augenhöhlen und der Mund des Mannes von feuchten Erdklumpen verklebt waren. Die eigentlich dunklen Haare waren grau von Sand. Der Schädel am Hinterkopf war eingedrückt, so als ob der Mann einen heftigen Schlag abbekommen hatte. Die grüne Jacke, die den toten Körper einhüllte, wies große Blutflecken auf und war an einigen Stellen eingerissen. Als die Männer Grombachs Leichnam mit vereinten Kräften aus der Grube hoben, fiel der linke Arm grotesk verdreht seitlich herunter. »Sieht nach einem Bruch aus«, murmelte Brinkmann, der die Aktion koordinierte.

»Schau mal, ein Schuh fehlt«, bemerkte einer der Männer. »Ob der noch in der Kuhle liegt?« Genauestens betrachteten die Polizisten die Stelle, wo Grombach gelegen hatte, machten sich Notizen und suchten das Umfeld ab.

»Hier, hier ist er.« Martin Brinkmann steckte den Schuh in einen Beweissicherungsbeutel und nickte einem seiner Männer zu. »Du kannst den Mann abdecken.«

Michael Röder konnte es kaum glauben. Innerhalb eines Tages der zweite Tote auf dieser Insel. Natürlich konnte man keinem hinter die Stirn schauen, aber er konnte sich beim besten Willen nicht vorstellen, dass einer der Insulaner dafür verantwortlich war. So was tat man einfach nicht. Ein paar grobe Worte an der Theke, die hörte man natürlich hier und da. Aber Mord – das war immer noch außerhalb seiner Vorstellungskraft.

Besonders der Mord an Christina. Wenn es denn Mord war. Aber das würden sie spätestens morgen wissen. Er bückte sich und hob ein Stück Flatterband auf, das sich im Wind gelöst hatte. Er schlang es um einen Strauch, der in einer Ecke des Grundstückes stand, und knotete es wieder fest. Holunder. Tant' Anna fiel ihm ein. Sie hatte mal gesagt, dass Holunder Glück bringe. Das schien hier für den Toten allerdings ganz und gar nicht der Fall gewesen zu sein.

Er musste noch zu ihr. Er hatte sie nach Hause geschickt. »Es ist viel zu kalt hier, Tant' Anna. Ich komme später zu dir. Fahr nach Hause«, hatte er versucht, sie zu überreden. Er fand, der Fundort von Leichen war kein guter Ort für alte Leute. Aber zuerst hatte sie sich nicht abwimmeln lassen, stur, wie sie war. Hatte sich alles haarklein erzählen lassen von Ole und diesem Pottbarg. Dass er immer wütender geworden war, hatten die drei einfach ignoriert. Bis er sie angeblafft hatte. »Ihr behindert die Ermittlungsarbeiten!«, hatte er sich ins Gespräch eingemischt, war aber im gleichen Moment von seinem Kollegen in die Seite geknufft worden. Dabei hatte er es doch nur gut gemeint.

»Es musste so kommen«, hatte Tant' Anna gesagt, als sie ihr Fahrrad auf dem schmalen Weg gewendet hatte. »Wenn ein Toter über Sonntag liegt, dann kommt ein Zweiter nach. Das war schon immer so.« Dann hatte sie sich mit Schwung auf den Sattel gesetzt und war losgefahren. Ach ja – er wurde wieder rot bei dem Gedanken daran – vorher hatte sie sich zu ihm umgedreht und: »Einfühlungsvermögen ist manchmal nicht deine Stärke«, zu ihm gesagt. Gerade so laut, dass Arndt Kleemann es gut mitbekommen musste.

Er wusste, dass sie verdammt noch mal recht hatte.

*

Gerade hatte die Feuerwehr die beiden Toten zum Schiff gebracht. Arndt Kleemann war ebenfalls zum Hafen gefahren und hatte die Aktion begleitet. In Neßmersiel würden dann die Särge abgeholt und zur Gerichtsmedizin nach Oldenburg gebracht werden.

Auch Martin Brinkmanns Kollegen waren wieder nach Hause gefahren. Auf sie warteten in Aurich neue wichtige Aufgaben.

Arndt Kleemann hatte Brinkmann gebeten, die Arbeit der Kollegen auf der Insel zu unterstützen. »Du kennst den Fall. Kann sein, dass wir morgen Verstärkung vom Festland benötigen. Dann können dich die Jungs ablösen. Aber bis dahin wäre es gut, wenn du bleiben könntest.«

Martin Brinkmann schaute auf seine Uhr. »Du wirst mir ein Zimmer besorgen müssen.«

Röder nickte. »Kein Thema. Um diese Jahreszeit gibt es genügend freie Betten. Ich rufe gleich mal im Hotel *Sonnenstrand* an. Da sind deine Kollegen schließlich auch gut untergebracht.«

In der kleinen Wache wartete schon Tee und Kaffee auf sie. Das war auch bitter nötig, denn sie waren durchgefroren bis auf die Knochen. Michael Röder hatte sich auf den altersschwachen Bürostuhl vor dem PC gesetzt, die anderen hatten sich um den kleinen Schreibtisch geschart und rieben sich die Hände warm.

Arndt Kleemann schaute skeptisch in die Runde. »So, Leute, wie sollen wir jetzt vorgehen? Mit wem müssen wir reden? Oder noch mal reden? Wo sind Auffälligkeiten?«

»Wir haben uns noch nicht mit dem einen Jungen aus dem Erziehungscamp unterhalten. Mit dem, der abgehauen war. Das sollten wir dringend tun«, regte Brinkmann an. »Kann immerhin sein, dass der was mitbekommen hat und trotzdem den Mund nicht aufmacht. Schlechte Erfahrung mit der Staatsgewalt, ihr wisst ja, wie sowas läuft.«

Kleemann nickte. »Da sollten wir unbedingt hinterher.«

»Aber was soll uns dieser Schnöttkopp schon zu berichten haben?« Michael Röder schaute betont unbeteiligt aus dem Fenster, als ob er dort die Lösung aller Rätsel finden könnte. »Genauso gut können wir anfangen, alle Insulaner aufs Revier zu bitten.«

»Wenn's ganz schlecht läuft, wird uns nichts anderes übrig bleiben«, antwortete Arndt Kleemann.

Der Inselpolizist sprang auf. »Dann kann ich gleich mal damit anfangen und zu Tant' Anna fahren. Ich habe ihr versprochen, noch vorbeizukommen.« Ohne die Reaktion seiner Kollegen abzuwarten, verschwand er nach draußen.

Auf der Höhe von *Mindermanns Geschenkeladen* atmete er erst einmal durch. Hoffentlich ließen seine Kollegen den Jungen in Ruhe. Und wenn das nicht ging, konnte er nur beten, dass dieser kleine Furz die Klappe hielt. Ihm wurde übel bei dem Gedanken, dass es nun in der Macht dieses Typen lag, seiner Karriere einen herben Dämpfer zu versetzen. Oder auch nicht.

»He, Michael, nun warte doch mal.«

Röder bremste und schaute in die Richtung, aus der er die Stimme gehört hatte. »Grüßen kannst du auch nicht mehr, oder? Jetzt, wo du wieder einen Mord um die Ohren hast. Entschuldigung, ich meine natürlich: in eine Mordermittlung eingebunden bist. Du kannst es ruhig zugeben, seit vier Jahren sind wir hier nicht mehr sicher. Okay, ihr habt alle Fälle aufgeklärt. Seid man vorsichtig, dass sich da bei euch nicht langsam Routine einstellt. Immer schön wachsam bleiben inne Birne.«

Röder atmete tief durch. Der hatte ihm gerade noch gefehlt. Friedel Sangmüller. Eigentumswohnungsbesitzer aus Herne. Wieder einmal auf der Insel. So zum zwanzigsten Mal in diesem Jahr und mit allen per du.

»Wenn ich nicht ständig vom Fahrrad geholt würde, wären wir der Lösung sicher schon erheblich näher«, antwortete Röder in scharfem Ton, konnte sich aber gleichzeitig ein Lächeln nicht verkneifen, als er Sangmüller anschaute, der im rosa-gelben Jogginganzug und blauen Sandalen am Gartenzaun lehnte. Die Augen, die unter roten, lichten Löckchen hervorleuchteten, schauten ihn wissbegierig an. Der muss es sehr eilig gehabt haben, aus dem Haus zu kommen, als er mich auf der Straße gesehen hat, dachte Röder.

»Hat sich inzwischen natürlich alles rumgesprochen. Erzähl ich dir nichts Neues. Sach ma, die Christina ist von einem Leuchtturm erschlagen worden, der von der Wand gefallen ist? Stimmt dat?«, fuhr Sangmüller fort, aber Röder unterbrach ihn.

»Tut mir leid, aber ich muss weiter. Wichtige Ermittlungen.«

Ohne eine Antwort abzuwarten, fuhr er los. So hörte er nicht mehr, wie Friedel Sangmüller leise murmelte: »Nu ma langsam mit die jungen Pferde. Solltest dir besser in Ruhe anhören, was ich dir zu sagen habe. Aber kommt Zeit, kommt Einsicht, mein Lieber.«

Bei Tant' Anna angekommen, atmete er erst einmal tief durch, bevor er sich bemerkbar machte.

»Michael. Schön, dass du da bist.« Tant' Anna stand in der Küche und verheißungsvoller Duft nach Wirsingeintopf hüllte den Raum ein.

Röders Magen meldete sich unüberhörbar. Er musste feststellen, dass Hunger und ein schlechtes Gewissen eine unselige Allianz bilden konnten.

»Was ist mit di? Komm, sett di hen.« Tant' Anna schob

166

ihn vorsichtig auf die Eckbank. »Bist ja ganz blass. Und
wat maakt dien Buuk für seltsame Geräusche?«

Er hatte das Gefühl, dass, wenn er jetzt den Mund
aufmachte, das Frühstück … Also schwieg er.

»Michael, was ist los? Nun erzähl schon. Ich kann
'ne ganze Menge ab. Habe schon viel erlebt in meinem
Alter.« Tant Anna machte sich am Herd zu schaffen,
nahm einen tiefen Teller aus dem Schrank und schon
bald stand vor ihm eine duftende Portion Wirsing.

Plötzlich war das flaue Gefühl verschwunden. Ohne
einen Gedanken an seine vielleicht ebenso hungrigen
Kollegen zu verschwenden, griff er nach dem Löffel und
schob sich den köstlichen Eintopf mit größtem Vergnügen
in den Mund. Seinen Körper erfüllte größtes Wohlbe-
hagen. Ein warmer Schauer durchlief ihn. Eine Weile
futterte er schweigend, von Tant' Anna wohlwollend
beobachtet, dann fragte er mit vollem Mund: »Hast du
eine Idee, wer die Strandwinde geklaut haben könnte?«

Sie schüttelte den Kopf. »Ich weiß nicht, wer und ich
weiß nicht, warum. Ich bin völlig ratlos. Ich bekomme
sowieso keinen Sinn in die ganze Geschichte. Die Strandwinde ist weg. Die Grombachs sind tot. Gibt es eine
Verbindung?« Traurig schaute sie den Inselpolizisten an.
»Ich glaube, da habt ihr viel zu tun.«

»Das ist wohl wahr, Tant' Anna.« Mit leichtem Bedauern kratzte er den letzten Rest Wirsing aus dem Teller.
»Sag mal, hast du eigentlich Jörg gesehen? Du bist doch
von den Boekhoffs gekommen?«

»Nein, habe ich nicht. War sicher auf einer seiner
Arbeitsstellen. Warum?«

»Ach, nur so. Er hat sich die ganze Zeit nicht blicken
lassen. Weder als wir bei den Grombachs waren noch
jetzt auf deinem Grundstück. Dürfte sich inzwischen
auch bis zu ihm rumgesprochen haben, dass wir dort
etwas gefunden haben.«

»Tut mir leid, da kann ich dir nicht helfen.« Tant' Anna war aufgestanden. Er hatte das Gefühl, dass sich plötzlich etwas Störendes in ihre Gemütlichkeit geschlichen hatte. Hektisch räumte Tant' Anna seinen Teller in die Spülmaschine.

Er schaute sich um. »Richtig schön hast du's hier.« Michael Röder wischte sich mit Bedauern einen Rest Wirsing aus dem Mundwinkel. »Aber nun wäre es gut, wenn du mir alles erzählen würdest, was dir in den letzten Tagen an Besonderheiten aufgefallen ist.«

Tant' Anna seufzte. »Ach, weißt du, Michael, eigentlich gibt es da gar nicht viel zu sagen. Also, bis auf eine kleine Sache. Ich hatte ein kurzes Gespräch mit einem der Jungs aus dem Camp. Mario hieß der, glaube ich. Der schien mir was zu wissen, vielleicht tat er aber auch nur so. Sprecht doch mal mit ihm.«

*

Klaus Kockwitz und Arndt Kleemann hatten noch einmal den Weg ins Ostdorf angetreten. Sie hofften, Jörg Boekhoff endlich zu Hause anzutreffen. Michael Röder vermuteten sie nach seinem plötzlichen Abgang noch bei Frau Albers, und Martin Brinkmann hatte sich bereit erklärt, die Nachbarn aus den etwas weiter abseits liegenden Häusern zu befragen. Später am Abend wollten sich dann alle im Hotel *Sonnenstrand* treffen. Wenn nicht bis dahin neue Fakten oder Ereignisse ihre Anwesenheit erforderten. Was keiner von den Kommissaren wünschte. Es sei denn, sie trugen zur Aufklärung dieser seltsamen Todesfälle bei.

»Irgendwie komisch«, sinnierte Klaus Kockwitz. »Fünfhundert Verdächtige, aber keine heiße Spur. Schon gar nicht bei Christina Grombach. Da gibt es nicht mal Verdächtige. Sie war einfach nur unauffällig. Das genaue Gegenteil ihres Mannes, wie wir gehört haben.«

»Falls sie überhaupt umgebracht wurde«, erinnerte ihn Kleemann.

Sie trafen Ole Boekhoff zu Hause an, aber auch er konnte nicht sagen, wo sich sein Vater gerade aufhielt. Dennoch erklärte er sich bereit, den beiden Kommissaren den Weg zum Schuppen zu zeigen. Inzwischen war es dunkel geworden, und die Männer tasteten sich den Weg entlang durch den Garten. In dem Holzhaus brannte kein Licht. »Hier ist er bestimmt nicht«, sagte Ole. »Wäre ja auch seltsam, wenn er hier im Dunklen sitzen würde.«

Die Kommissare antworteten nicht. Tatsächlich fand sich in dem Schuppen keine Spur von Jörg Boekhoff.

Ole schaute auf die Uhr. »Ich wette, er kommt in einer halben Stunde, dann ist Abendessenzeit.«

Arndt Kleemann schaute sich neugierig um. Was für eine Menge Werkzeug. Alles ordentlich sortiert. Auf der Werkbank standen Kisten für Schrauben, Nägel und Dübel, alles griffbereit. In der hinteren Ecke waren Holzlatten gestapelt und eine Schubkarre stand neben sorgfältig aufgehäuften Klinkersteinen. Jedes Fleckchen an der Wand war ausgenutzt. Dort hingen Harken, Grabegabeln, Spaten und Schaufeln. Die Werkzeuge glänzten blankgeputzt im Licht der Glühlampe, die an der Decke baumelte. Wieso eigentlich blankgeputzt?, überlegte Kleemann.

Im gleichen Moment sah er, wie Kockwitz mit dem Kopf kurz auf die Spaten deutete und ihn fragend anschaute. »Ist Ihr Vater immer so ein Sauberkeitsfanatiker?«, fragte er Ole.

Der nickte heftig. »Schlimmer als der geht gar nicht. Könnte ja was rosten. Und seine Lieblingsdevise ist: Wer keine Ordnung hält ... Kennen Sie sicher.«

Die beiden konnten ihm nur zustimmen. Der Ordnungsfimmel deutscher Bürger hatte ihnen bei ihren Ermittlungen schon so manchen Strich durch die Rechnung gemacht. Spuren waren oft auf diesem Wege für alle Zeiten verloren gegangen.

In die Stille hinein waren plötzlich Schritte zu hören. Ole lief vor die Tür und rief »Papa?«, doch es war Jakob Pottbarg, der den Männern gefolgt war. Kleemann hörte die beiden draußen tuscheln und meinte das Wort ›Durchsuchungsbeschluss‹ herauszuhören.

»Nein, haben wir nicht. Brauchen wir auch nicht, Sie Freizeitkommissar. Bücherschreiben und Realität sind zwei völlig unterschiedliche Dinge. Merken Sie sich das.« Kleemann wurde langsam ungeduldig. Er spürte, dass eine Erkältung im Anmarsch war, und das konnte er gar nicht ab. Besonders jetzt nicht, wo sie alle unter Druck standen, Schlimmeres zu verhüten.

Er dachte an sein erstes Gespräch mit Pottbarg und wie der junge Mann mit hochgezogener Braue und einem verschwörerischen Lächeln »Kriminalschriftsteller« geantwortet hatte, als er ihn nach seinem Beruf gefragt hatte. »Kriminalschriftsteller aus Hamburg. Allerdings stelle ich hier gerade Fachliteratur über alte Sitten und Gebräuche zusammen«, hatte der Mann erklärt. Kleemann hatte nur darauf gewartet, dass der Knabe noch ein ›Wir sind also sozusagen Kollegen‹ nachschieben würde. Aber das hatte der sich wohl gerade noch verkneifen können.

»So, kommen Sie rein, meine Herren. Haben Sie mir noch irgendwas mitzuteilen?«

Die beiden schüttelten den Kopf. »Ich wollte auch nur fragen, ob ich mit Rieke den Tisch decken soll. Mehr nicht«, sagte Jakob und hob die Schultern. »Möchten die Herren vielleicht …«

»Nein, danke, wir haben zu tun. Wir kommen dann später wieder. Von mir aus können Sie hier dichtmachen. Auf Wiedersehen. Ach ja, sobald Ihr Vater kommt, soll er sich bei uns melden. Hier ist meine Handy…« Ein gewaltiges Niesen erfüllte den Raum. Einmal, zweimal, ein drittes Mal. Arndt Kleemann wusste, dass er jetzt für einige Zeit außer Gefecht gesetzt sein würde. Verzweifelt suchte er nach dem Paket Taschentücher, das Wiebke ihm beim Abschied in die Tasche gesteckt hatte. ›Für alle Fälle‹, hatte sie gesagt, und er hatte sich für einen Moment wie ein kleines Kind auf dem Weg zur Schule gefühlt. Aber nur kurz, dann war die Dankbarkeit darüber, dass da jemand war, der sich um ihn sorgte, wie eine Woge über ihn hinweggeschwappt. Er hatte sich von seiner Frau mit einem ausgedehnten Kuss verabschiedet, bevor er seinen Kollegen abgeholt und sich dann auf den Weg nach Baltrum gemacht hatte.

Da steckte das Paket. Schnell nahm er ein paar Tücher heraus. Er wusste, in diesen Fällen würde ein Tuch nicht reichen. Zu groß war die Wucht, die hinter seinen Niesattacken steckte. Schon wieder spürte er das Kribbeln zwischen seinen Nasenflügeln.

Ole Boekhoff löschte das Licht in der Werkstatt seines Vaters und begleitete die Kommissare hinaus. Kleemann nutzte die kurze Pause zwischen zwei Niesern und fragte schwer atmend und mit heiserer Stimme: »Haben Sie hier … Mülltonne? Für … Tücher?«

Ole nickte und zeigte in Richtung Hauswand. Im Licht der Außenlaterne konnte Kleemann zwei Mülltonnen sehen. Auf dem einen Deckel klebte ein schwarzes, rundes Schild mit weißer Aufschrift. *Restmüll*. Daneben eine Tonne mit dem Aufkleber *Biomüll*. Genau wie bei uns in Aurich, dachte er. Er öffnete den Deckel und wollte gerade seine Taschentücher mit kräftigem Schwung entsorgen, als ihm ein Stofffetzen auffiel, dessen Farbe ihm seltsam bekannt vorkam, auch wenn das nicht gerade helle Licht sie sicher nicht ganz korrekt wiedergab. »Klaus, komm mal her und schau dir das an.«

Sofort steckten vier Köpfe über der Tonne, der nicht unbedingt der angenehmste Duft entströmte.

»Soweit ich mich erinnere, habe ich nur meinen Kollegen gerufen. Gehen Sie bitte zurück und lassen Sie uns unsere Arbeit tun.« Kleemanns Stimme war laut geworden und Ole und Jakob stand der Schreck in den Gesichtern. »Ruf den Kollegen von der Spurensicherung. Der wird sich freuen, seine Mitstreiter sind gerade am Festland angekommen. Aber nützt ja nichts. Wenigstens hat er seine Ausrüstung noch auf der Insel.« Arndt Kleemann schloss den Deckel. Er war sich sicher, dass das Stück Stoff, das er gerade entdeckt hatte, haargenau zu dem Loch in der Jacke des toten Horst Grombach passte. Auch im Gesicht seines Kollegen sah er nur Zustimmung.

»Was war denn da drin, um Himmels Willen?«, stammelte Ole Boekhoff. »Das ist doch nur unsere Restmülltonne.«

»Eben drum«, antwortete Kleemann. »Könnte wichtiges Beweismaterial sein. Warten wir's ab. Nun wird es aber wirklich Zeit, dass wir uns mit Ihrem Vater unterhalten. Und je nachdem, wie das Gespräch verläuft, gegebenenfalls noch einmal mit Ihnen. Mit Ihnen allen.« Kleemanns Stimme war ernst. »Wir sollten jetzt reingehen und auf Ihren Vater warten.«

»Darf ich denn trotzdem das Abendbrot zubereiten?«, fragte Jakob zögerlich. »Ich hoffe, ich lehne mich nicht zu weit aus dem Fenster, aber Sie können wirklich einen Happen …« Der Rest wurde durch einen neuerlichen Niesanfall übertönt.

»Das geht Sie gar nichts an. Ich habe mit der ganzen Sache nichts zu tun.« Jörg Boekhoff saß zusammengesunken auf dem Küchenstuhl, seine Hände vor sich auf dem Tisch gefaltet.

Es war voll geworden in dem kleinen Raum. Von der sonst so gemütlichen Atmosphäre war nichts zu spüren. Ole und Jakob saßen auf der Fensterbank, Rieke neben ihrem Vater. Nur Fenna fehlte. Sie hatte versucht, aufzustehen, als sie von der Anwesenheit der Kommissare gehört hatte, war aber sofort wieder ins Bett gegangen, als sie – von heftigem Schwindel erfasst – unkontrolliert gegen den Schuhschrank gefallen war. Nur dank des raschen Eingreifens von Rieke war nicht mehr passiert. Aber die Familie hatte ihr strikte Bettruhe verordnet.

Arndt Kleemann reichte die Menge Menschen in der Küche sowieso. Frau Boekhoff würde er eben später befragen. Er saß auf der anderen Seite des Küchentisches, sein Kollege Kockwitz stand dicht hinter ihm. »Herr Boekhoff, wir haben in Ihrer Mülltonne einen Stoffrest von Horst Grombachs Jacke gefunden. Zumindest bin ich mir da ziemlich sicher. Wie erklären Sie sich das? Diese Frage geht natürlich auch an die anderen hier im Raum.« Kleemann schaute sich um und sah nur ratlose Gesichter.

»Aber den kann doch jeder da reingeworfen haben. Das Grundstück ist schließlich offen«, wandte Ole ein.

»Aber nicht jeder weiß, dass dort Mülltonnen stehen«, erwiderte Kleemann.

»Und was ist mit den Nachbarn?«, warf Pottbarg ein. »Zumindest die haben freien Blick auf die Tonnen. Glauben Sie denn im Ernst, dass wir so ein wichtiges Beweisstück in die Mülltonne am Hause werfen würden, wenn einer von uns den Grombach unter die Erde gebracht hätte? Dazu noch politisch korrekt in die Restmülltonne? Da müsste man ja schon ganz schön bekloppt sein, so als Mörder.«

»Herr Pottbarg«, Kockwitz drehte sich um, »irgendwie gefällt mir Ihr Ton nicht. Was meinen Sie, was wir hier machen? Das sind keine gemütlichen Rollenspiele an langen kalten Winterabenden! Hier wurden Menschen umgebracht, verdammt noch mal. Und wir haben die Aufgabe, den oder die Mörder zu finden, also helfen Sie uns gefälligst dabei.«

Arndt Kleemann warf seinem Kollegen einen beruhigenden Blick zu. Aber ihm war klar, was Kockwitz so aufregte. Durch die vielen Krimis im Fernsehen hielt sich inzwischen fast jeder Bürger für einen verkappten Ermittler. Und wenn die dann auch noch selber Krimis schrieben ... Entsetzlich!

Er schaute aus dem Fenster. Die Feuerwehr hatte das Grundstück der Boekhoffs weiträumig ausgeleuchtet. Das Brummen des Generators war deutlich zu hören. Dann schlug eine Tür und Martin Brinkmann stand im Raum.

»Arndt, kommst du mal eben raus?« Kleemann stand auf und folgte dem Spurensicherer in den Flur. Der gab ihm einen Klarsichtbeutel, darin ein grünes Stück Stoff. »Da haben wir's.«

Kleemann schaute sich den Stoffrest eingehend an. »Ich bin mir sicher, dass die beiden Teile genau zusammenpassen. Jede Wette gehe ich darauf ein. Sonst noch was?«

Martin Brinkmann reichte Kleemann noch eine weitere Tüte, deren Inhalt er nach genauer Betrachtung als eine Ansammlung verfaulter Blätter und Triebe erkannte. »Ich bin mir nicht sicher, aber es könnte sich um *calystegia soldanella* – unsere vermisste Strandwinde – handeln«, sagte Brinkmann. »Aber das werden die Untersuchungen am Festland ergeben. Lag in der Biotonne. Ganz unten. Im Schuppen leider Fehlanzeige. Er ist so sauber aufgeräumt, als wäre jemand dafür bezahlt worden.«

»Na, dann wollen wir mal schauen, was wir damit anfangen können«, sagte Kleemann. »Hoffentlich werden wir die Sache hier zeitnah zu Ende bringen können. Mein Magen macht sich allmählich unangenehm bemerkbar. Es wäre echt klasse, wenn die uns im Hotel noch eine Kleinigkeit zu essen aufheben würden. «

Martin Brinkmann lachte. »Ich könnte jetzt auch wohl

einen Teller voll vertragen. Ich rufe Michael an. Der soll sich drum kümmern.«

Arndt Kleemann überlegte. Michael. Sein Kollege. Der sich nach seinem Abgang noch nicht wieder gemeldet hatte. Was war mit ihm los? Er schien ihm so verändert. Kleemann ging das Protokoll durch den Kopf, das Röder ihnen gegeben hatte. Ein Blatt Papier mit ein paar nichtssagenden Sätzen darauf. Aber vielleicht war das, was nicht darauf stand, viel aussagekräftiger. Er würde darüber nachdenken müssen.

Jetzt musste er sich erst einmal um die Männer der Familie Boekhoff kümmern. Er ging zurück in die Küche und legte die beiden Tüten vor Jörg Boekhoff auf den Tisch. »So, das haben wir aus den Tonnen gefischt. In Ihrem Gartenhäuschen haben wir bis jetzt nichts gefunden. So erstaunlich aufgeräumt, wie das war. Sogar der Fußboden, selbst die Spaten und Schaufeln, sauber wie geleckt. Seltsam, nicht?«

Jörg Boekhoff war zusammengezuckt. »Aufgeräumt?«, murmelte er.

»Aber das müssen Sie doch wissen, Herr Boekhoff. Ist doch schließlich Ihr ganzer Stolz, wenn ich Ihrem Sohn glauben darf.«

Jörg Boekhoff nickte leicht. »Das ist wahr. Aber … – egal.«

»Was ist egal, Herr Boekhoff? Hier ist im Moment gar nichts egal. Ich glaube vielmehr, dass Sie uns elementare Dinge verschweigen. Was hat das mit dem aufgeräumten Gartenhaus auf sich? Wann und von wem wurde es in diesem Zustand verlassen?« Kleemann war lauter geworden und Rieke sprang auf.

»Lassen Sie meinen Vater in Ruhe. Warum sollte er was mit der Strandwinde zu tun haben? Und er ist kein Mörder. Sehen Sie das nicht? Das ist unerträglich hier.« Sie schlug mit der Faust auf den Tisch und rannte hinaus.

175

Ole wollte hinterher, doch Kleemann sagte: »Lassen Sie sie. Ich brauche Sie im Moment hier. Ich will endlich Klarheit darüber haben, was hier abgelaufen ist.«

»Aber ich kann Rieke jetzt nicht alleine lassen. Ich muss zu ihr.« Ole machte ein paar schnelle Schritte Richtung Küchentür, doch Klaus Kockwitz versperrte ihm den Weg.

»Sie bleiben, wenn mein Kollege das sagt, verstanden?«

Im gleichen Moment hob Jörg Boekhoff die Hand. »Okay. Ich habe die Strandwinde ausgegraben. Letzte Woche schon.« Die vier Männer starrten ihn sprachlos an. »Ich wollte Tant' Anna überreden, das Grundstück zu verkaufen. Ich brauchte Geld, und irgendwann hätten wir das Grundstück sowieso von ihr geerbt.«

»Aber wieso brauchtest du Geld?«, fragte Ole seinen Vater fassungslos.

»Ich wollte mir eine größere Halle bauen. Die alte Werkstatt ist mir einfach zu klein geworden. Ich wollte da Sachen lagern, die die Insulaner dann kaufen könnten. So als kleiner Baumarkt, versteht ihr? Ist doch immer so, dass dem einen mal ein Nagel fehlt, dem anderen eine Tüte Gips. Und da habe ich gedacht, wenn Tant' Anna das Grundstück verkauft ...«

»Aber warum hast du sie nicht einfach gefragt?«, hakte Ole wieder nach.

»Das hätte ich doch noch gemacht. Aber erst mal musste die Strandwinde weg. Sie steht auf der Roten Liste. Die ist ganz streng geschützt. Ein Grundstück mit dieser Pflanze drauf hätte ihr doch keiner abgekauft. Denn dort hätte man niemals bauen dürfen oder so.«

»Und da sind Sie bei Nacht und Nebel hin und haben das gute Stück einfach entsorgt?«, fragte Kleemann.

Jörg Boekhoff nickte.

»Und dann, an dem Abend nach der Kirchenchorprobe, was ist dann passiert? Hat Grombach erzählt, dass er Sie gesehen hat, wie Sie die Strandwinde ausgegraben haben? Hat er Sie unter Druck gesetzt? Oder hatte es etwas mit Ihren neuen Nachbarn, den schwererziehbaren Jugendlichen, zu tun? Worüber sind Sie mit ihm in Streit geraten? Was könnte er Ihnen mitgeteilt haben? Sagen Sie schon, was Sie zu dem Schluss kommen ließ: Wo ich etwas ausgrabe, kann ich auch etwas eingraben!« Arndt Kleemann sah, wie sich Boekhoffs Hände um die Tischplatte krampften.

»Ich habe ihn nicht umgebracht«, sagte er leise. »Ich schwöre es Ihnen.«

»Wie die Strandwinde in Ihre Mülltonne gekommen ist, wissen wir jetzt, aber was ist mit diesem Teil?« Arndt Kleemann hielt die Tüte mit dem Stoff dicht vor Jörg Boekhoffs Gesicht. »Das sollten Sie uns jetzt wirklich zu unserer Zufriedenheit erklären. Aber nicht hier, Herr Boekhoff. Sondern auf der Wache.«

»Und nun zu Ihnen, Herr Westentaschen-Sherlock.« Klaus Kockwitz hatte sich zu Jakob umgedreht und sagte mit schneidender Stimme: »Sehen Sie jetzt, wo Ihre Argumentation in Bezug auf das Beweismaterial gelandet ist? Das Ausgraben von geschützten Pflanzen ist eine Straftat. Und wo lag das Zeug? Sehen Sie? Warum sollte also der grüne Stoff kein Hinweis auf den Täter sein?« Klaus Kockwitz sah Jakob Pottbarg herausfordernd an. »Soweit dazu!«

»Lassen Sie endlich meine Familie in Frieden.« Ole stand mit geballten Fäusten vor dem Kommissar. »Und wenn Sie es genau wissen wollen: Wir, Jakob und ich, haben den Schuppen aufgeräumt. Nachdem wir aus den Dünen wieder zurück waren. Nicht Vater. Jemand hatte dort randaliert, und wir wollten Vater eine Freude machen. Wir konnten schließlich nicht ahnen, dass wir damit Beweismittel vernichten.«

»Oder Sie hatten es direkt darauf angelegt, Beweismittel zu vernichten. Meine Herren, auch wir werden noch intensiv miteinander reden. Herr Boekhoff, kommen Sie.« Die beiden Kommissare standen auf und nahmen Jörg Boekhoff in ihre Mitte.

»Sagt Fenna und Rieke, sie sollen sich keine Sorgen machen. Ich bin bald zurück«, sagte Boekhoff im Hinausgehen. Ole und Jakob schauten den Männern stumm und ratlos hinterher.

*

Schweigend lief Jakob mit Rieke durch die Dunkelheit. Es war noch nicht spät, aber er fühlte sich müde und ausgelaugt. Was für ein Tag! Sie hatten eine Leiche gefunden und dann zusehen müssen, wie die Kommissare Oles Vater mitgenommen hatten.

Und auch sie selber, er und Ole, standen im Visier der Polizei. Das hatten die Männer ihnen unmissverständlich klargemacht. Hätten sie nur diesen blöden Schuppen nicht aufgeräumt. Abgesehen davon, dass er sich mit einer Stichsäge, die er vom Boden aufheben wollte, übel am Handgelenk verletzt hatte, hatte Kommissar Möglich ständig in seinem Kopf rotiert und von dem Vorhaben abgeraten. Nach dem Unfall mit der Stichsäge erst recht. Aber das konnte er Ole nicht sagen. »Is nur 'ne kleine Wunde, reicht nicht mal für ein Pflaster«, hatte der nur gemurmelt und weitergearbeitet. So war Jakob nichts anderes übrig geblieben, wollte er nicht als Weichei dastehen.

»Jakob, was meinst du, lassen die Papa heute noch wieder nach Hause?«, unterbrach Rieke die Stille.

»Ich habe keine Ahnung, was die vorhaben. Ich glaube eigentlich nicht, dass die ihn in der Zelle schmoren lassen. Aber weiß man's? Wenn die meinen, dass Gefahr im Verzuge ist oder die Möglichkeit eines Fluchtversuches besteht, kann man sich bei denen alles vorstellen.«

»Aber er kann doch gar nicht abhauen. Es fährt kein Schiff mehr«, sagte sie verzweifelt.

»Du hast recht«, versuchte er sie zu beruhigen. »Das werden die Herren Kommissare bald merken.«

Jakob dachte nach. Es war schon erstaunlich, wie man plötzlich die Seiten wechselte. Es passierte so automatisch, dass man es zuerst gar nicht bemerkte. Bisher war er immer auf der Ermittlerwelle geschwommen. Das waren die Guten, auch wenn seine Kommissare im Laufe der Zeit so manche Charaktermacke entwickelt hatten. Kommissare waren die auf der richtigen Seite. Die, die das Böse bekämpften. Aber nun stand er mit der ganzen Familie Boekhoff auf der anderen Seite. Jörg Boekhoff saß auf der Wache und wurde wegen Mordes befragt. Plötzlich fühlte er sich angegriffen, hatte bei dem Gespräch in der Küche ständig versucht, sich und seine Gastfamilie zu verteidigen und war sich zum Schluss immer hilfloser vorgekommen. Genauso war es Ole gegangen. Auch er einer von den Aufrechten, das hatte er im Laufe ihrer kurzen Bekanntschaft feststellen können. Und jetzt? Nichts als Misstrauen der Polizei gegenüber, nur weil man sich nicht vorstellen konnte, dass jemand aus der eigenen Familie solch eine Tat begangen haben sollte. Eigene Familie – er musste lächeln. Schon merkwürdig, wie schnell sich das Blatt wendete.

»Jakob, aufwachen, wir müssen links ab.«

Er schreckte hoch. Sie waren tatsächlich im Westdorf angelangt, standen beinahe schon vor Tant' Annas Haus.

»Was Tant' Anna wohl zu alledem sagt?«, flüsterte Rieke. Er merkte, dass sie ihre Tränen kaum noch zurückhalten konnte.

»Keine Ahnung, aber wir werden es gleich erfahren. Es ist bestimmt gut, dass wir direkt zu ihr gehen. Damit sie das ganze Elend nicht aus zweiter Hand erfährt. Komm, da müssen wir jetzt durch.«

Es dauerte nicht lange, da saßen sie in Tant' Annas Küche vor einer Tasse Tee. Ruhig hörte ihnen die alte Frau zu.

»Ole hat gesagt, wir sollen zu dir gehen«, sagte Rieke. »Er wäre selber gekommen, aber er konnte Mutter nicht alleine lassen. Es geht ihr immer noch nicht gut, weißt du? Karussells im Kopf, hat sie gesagt. So fühlt sie sich. Die Ärztin will gleich auch noch mal vorbeikommen. Hoffentlich muss Mama nicht ins Krankenhaus. Und jetzt noch das mit Papa ...«

Jakob fügte hinzu: »Ich hoffe nur, dass die Herrn Boekhoff bald wieder freilassen.«

Tant' Anna schaute die beiden eindringlich an. »Würdet ihr mir jetzt bitte genau erzählen, was passiert ist, nachdem ich das Grundstück auf Anweisung des Kommissars verlassen musste? Bitte.«

Jakob holte tief Luft. »Der Mist begann damit, dass der eine Kommissar in der Werkstatt von deinem Neffen einen Niesanfall bekam ...«

»Jakob, würdest du die Sache bitte ernst nehmen? Ich komme fast um vor Sorge. Wenn du es nicht kannst, dann soll Rieke mir sagen, was los ist.« Tant' Anna war aufgesprungen und schaute Jakob zornig an.

»Entschuldige, aber so hat es wirklich angefangen. Bitte setz dich wieder. Ich wollte dich nicht ärgern. Ehrlich nicht. Also das war so ...« Jakob erzählte Tant' Anna, was sich alles an diesem späten Nachmittag ereignet hatte. Hin und wieder warf Rieke einen Satz zur Erklärung ein. Als er zu dem Punkt kam, dass Jörg ihre Strandwinde ausgegraben hatte, und als Jakob ihr die Gründe darlegte, die er vorgebracht hatte, schlug sie die Hände vors Gesicht.

»Das hätte ich niemals von ihm erwartet. Wo hat mein Neffe sich da reingerannt? Er ist kein Kind mehr. Warum hat er nicht mit mir gesprochen? Ich verstehe das nicht!«

180

Rieke legte die Arme um die Schultern ihrer Großtante. »Er ist doch immer so still, das weißt du. Hat
keine Freunde, mit denen er reden kann. Und dass Mama
diese Aktion nicht richtig finden würde, das konnte er
schließlich an allen zehn Fingern ausrechnen. So hat er
das eben alleine durchgezogen«, schniefte sie.

Jakob war beeindruckt. So viel Einfühlungsvermögen
in die Seele ihres Vaters hatte er nicht erwartet. Dazu
kam Rieke oft viel zu burschikos daher. Wie man sich
doch irren konnte. Was ihm, ehrlich gestanden, hier
nicht zum ersten Mal passiert war.

»Tja, dann ist Riekes Vater auch noch Sänger im Kirchenchor«, sagte er. »Genau wie Horst Grombach. Und
beide haben das Nachprobenbiertrinken kurz hinterein-
ander verlassen. Und nicht nur die Reste der Strandwinde
hat die Spurensicherung in der Boekhoffschen Mülltonne
gefunden, sondern auch noch ein Stück Stoff aus der
Jacke vom Grombach. Genau dieses Teil fehlte in der
Jacke des Toten. Da kannst du dir natürlich vorstellen,
welche Schlüsse die Polizisten daraus gezogen haben.«

Tant' Anna war erneut aufgesprungen. »Aber … aber
… das war ich …!«

»Tant' Anna, was ist los?« Auch Jakob war von seinem
Stammsitz auf der Eckbank hochgefahren und versuchte,
die Frau festzuhalten, die schwankend ein paar Schritte
zurück machte. Aber Rieke war schneller und hatte
bereits wieder fest ihre Arme um ihre Großtante gelegt.

»Setz' dich, Tant' Anna. Beruhige dich. Was willst du
uns sagen?«

»Ich … ich …«, stöhnte sie. »Ich habe den Stofffetzen
in die Mülltonne geworfen. Als ich von dem Grundstück kam und anschließend deine Mutter besucht habe,
Rieke.« Sie schaute ihre Großnichte flehentlich an. »Der
Stoff hatte sich im Zaun, der um mein Grundstück geht,
verhakt. Das sah so unordentlich aus, und da habe ich

181

ihn abgemacht, mitgenommen und in der Tonne bei euch entsorgt. Ich konnte doch nicht ahnen, oh, mein Gott … dass das Stück Stoff zur Jacke eines Toten …« Wieder schlug sie die Hände vors Gesicht und begann zu weinen.

Dann wäre also dieser elende grüne Fetzen überhaupt kein Beweismittel mehr? Dann könnten die ihren Täter so wieder laufen lassen? Warum sind wir da nur nicht schon selbst draufgekommen? Jetzt ist es aber gut, Jakob, rief er sich innerlich zur Ordnung. Wie hätten sie denn wohl darauf kommen sollen? »Tant' Anna, wir müssen unbedingt die Polizei benachrichtigen. Entweder gehen wir jetzt zur Wache oder lassen einen von den Jungs hier antanzen. Ich meine natürlich, wir bitten die Herren, hier vorbeizuschauen.« Jakob war wieder aufgesprungen, lachte, rieb sich die Hände und tanzte in der Küche herum.

»Jetzt müssen die uns nur noch glauben«, sagte Tant' Anna in seine Tanzeinlage hinein. »Ich könnte mir das ja ausgedacht haben. Um Jörg zu schützen, versteht ihr?«

Jakob hielt abrupt inne. »Das sollen die mal wagen. Einer alten Frau nicht zu glauben. Oh, Entschuldigung, das wollte ich nicht sagen, aber ich bin so froh, dass Herr Boekhoff nichts mit der Sache zu tun hat.«

Und Rieke fügte hinzu: »Außerdem können die sich denken, dass du im Moment nicht gerade gut auf Papa zu sprechen bist. Ich sage nur: Strandwinde! Warum solltest du ihn da schützen? Das würde überhaupt nicht zusammenpassen.«

»Genau!«, bekräftigte Jakob.

»Wenn ihr meint«, zögerte Tant' Anna. »Dann will ich mir was Warmes anziehen und mit euch zur Wache gehen.«

»Das kommt gar nicht in Frage. Du bleibst hier. Ich rufe Michael an.« Rieke hatte ihr Handy aus der Tasche gezogen und klappte es auf.

»Wieso hast du seine Nummer?«, fragte Tant' Anna erstaunt.

»Wir hatten neulich dieses Schulprojekt, wegen der Fahrradcodierung. Das habe ich mit ihm organisiert. Da hat er mir seine Nummer gegeben«, erklärte Rieke.

»War das Ganze denn erfolgreich?«, fragte Jakob neugierig.

»Wie man es nimmt. Wenn du es als Erfolg ansiehst, dass ab sofort Fahrräder, die geklaut werden, einschließlich Codierung im Hafenbecken liegen und nie mehr auftauchen, dann schon. Aber immerhin, versicherungstechnisch ist das alles natürlich wirklich besser«, flüsterte sie, während sie wählte. Es dauerte nicht lange, dann berichtete sie Michael von Tant' Annas Geschichte und bat ihn zu kommen.

*

-3° Celsius, Wind: Ost 4
Sonntag, 27. November

Sie hatten ihn wieder nach Hause geschickt. Noch abends, als Röder und Kockwitz von Frau Albers zurückgekommen waren. Sie hatten ihr geglaubt. Röder irgendwie schon von Berufs wegen als Verteidiger des Guten auf der Insel. Aber ebenso Kockwitz, der immer gerne mal misstrauische, nicht leicht zu überzeugende Kollege. Beide waren zu dem Entschluss gekommen, dass die alte Dame die Wahrheit gesagt hatte.

Trotzdem würden sie ihn nicht aus den Augen lassen. Die Funde in der Mülltonne und dass Boekhoff gleich nach Grombach die Kirchenchorprobe verlassen hatte, wogen schwer. Aber es bestand keine Fluchtgefahr. Wenigstens das war auf einer Insel im Winter einigermaßen sichergestellt. Der Flugverkehr war eingeschränkt, und

183

die Reederei wusste Bescheid. Da blieb dem Mann nur noch, durchs Watt zu laufen, und dieses Risiko waren sie einfach eingegangen.

Jetzt saßen sie in aller Frühe im gemütlichen Frühstücksraum des Hotels *Sonnenstrand* und beratschlagten.

»Also müssen wir wohl wieder von vorne anfangen.« Ratlos zuckte Brinkmann mit den Schultern. »Nichts gewesen außer Spesen.«

»Na ja, deine Kollegen am Festland werden uns sicher gleich anrufen, wenn es was Neues gibt«, erwiderte Klaus Kockwitz. »Die Obduktion der beiden Grombachs müsste bald abgeschlossen sein. Dann bekommen wir vielleicht neue Anhaltspunkte. Uns hier bleibt die Routine, wie üblich. Leute befragen, weitere Leute befragen, Aussagen vergleichen und hoffen, dass irgendwo etwas auftaucht, was nicht zusammenpasst. Auch wenn es nur eine winzige Kleinigkeit ist. Da ist nichts mit *action*, wie in den Krimis unseres oberschlauen Zeugen Pottbarg!«

Arndt Kleemann lächelte. »Du solltest dich nicht so auf den Mann einschießen. Er ist harmlos – glaube ich.«

»Oder auf der Suche nach neuem Stoff für seine Krimis. Nach dem Motto: ›Dann schaffe ich mir meine Realität selber‹!«

»Klaus, ich bitte dich. Nun mach mal halblang. Ich habe gelesen, dass Krimischreiber die ausgeglichensten Menschen sind. Sie können ihre Kritik am Bösen und am Menschen eben anders verarbeiten als andere.« Arndt Kleemann nahm einen letzten Schluck aus seiner Kaffeetasse. Er winkte freundlich ab, als Birgit Ahlers, die Chefin des Hotels, nachschenken wollte, und fuhr fort: »Also machen wir jetzt einen Plan. Wer befragt wen? Michael, würdest du dich wohl noch mal hinter den Kirchenchor klemmen? Einschließlich Pastor. Aber denk dran, der Mann muss heute arbeiten!«

»Mache ich«, sagte der Inselpolizist. » Kann sogar sein, dass die heute im Gottesdienst singen. Dann hätte ich die ganze Meute zusammen. Werde also später zur Kirche gehen.«

»Du meinst, die singen, obwohl einer der ihren gerade erst verstorben ist?«, fragte Martin Brinkmann erstaunt.

»Ich weiß es wirklich nicht. Aber wundern sollte es mich nicht. Schließlich konnte keiner den Mann leiden, und Christina war nicht Mitglied des Chores, ich glaube, nicht mal Mitglied der Kirche, also wird sie auf jeden Fall bei der Abwägung zwischen Pietät und Kirche den Kürzeren ziehen.«

»Michael, ich bitte dich.« Brinkmann war aufgesprungen. »Schlimm genug, dass ich heute nicht in den Gottesdienst kann, aber so was muss ich mir hier nicht anhören. Arndt, was wird meine Aufgabe sein?«

»Beruhige dich, Martin. Und du, Michael – ich muss mich wundern. Woher kommt dein Zynismus?« Arndt Kleemann schaute seinen Inselkollegen verwundert an.

»Ach, war nur Blödsinn. Vergesst es einfach und lasst uns arbeiten. Von mir aus kann Martin zur Befragung in die Kirche gehen. Ich werde mich dann um die Jugendlichen aus dem Camp kümmern.«

Arndt Kleemann sah, wie Michael ihn hoffnungsvoll anblickte. Er schüttelte den Kopf. »Es bleibt wie besprochen. Du gehst zu den Sängern. Klaus und ich werden ins Ostdorf fahren und Martin bleibt in der Wache am Telefon. Alles klar?«

*

»Schau mal, das neue Haus.« Arndt Kleemann zeigte auf einen Neubau, der links an der Straße lag. »Da stand mal ein altes Insulanerhaus. Da hat es vor drei Jahren gebrannt. War mein erster Fall hier. Echt tragisch, die Geschichte.«

»Damals hast du ebenfalls mit Röder zusammengear-
beitet, oder?«, fragte Kockwitz.

Kleemann nickte. »Der ist schon viele Jahre hier. Ist
immer hilfreich, jemanden vor Ort zu haben, der sich
auskennt.«

»Wenn er es schafft, unabhängig zu bleiben. Ich meine,
sich nicht vor den Karren insularer Interessen spannen
lässt. Solche Abhängigkeiten hat es am Festland in einigen kleinen Dörfern durchaus schon gegeben. Wäre
nicht das erste Mal.« Kockwitz schnaufte hörbar. Er
hatte Mühe, hinter seinem Kollegen herzukommen.
Er hatte das älteste Fahrrad erwischt, das im Keller der
Polizeistation auf seinen Einsatz gewartet hatte.

»Natürlich gibt es so was immer wieder, ich habe aber
bei Michael noch nichts dergleichen feststellen können.
Wir kennen uns schon eine ganze Weile. Auch wenn
wir nicht so häufig miteinander zu tun haben. Unsere
Frauen sind übrigens gut miteinander befreundet. Meine
Frau habe ich hier kennengelernt. Sie hat auf der Insel
gearbeitet.«

»Na, dann will ich mal nichts gesagt haben. Ich meine
nur – er macht mir manchmal so einen unsicheren, oder
wie soll ich sagen … nervösen Eindruck.«

Arndt Kleemann schwieg. Genau darüber dachte er
seit gestern nach, bis jetzt allerdings ohne Ergebnis. Er
hatte abends noch lange mit seiner Wiebke telefoniert
und ihr von seinen Eindrücken erzählt. Aber auch sie
hatte keine Erklärung parat. Also konnte Michael keine
privaten Probleme haben, das hätte seine Frau bestimmt
von Sandra erfahren. Also was Dienstliches? Kleemann
hoffte, dass das nicht der Fall war. Der Kollege Kockwitz
hatte gut beobachtet.

Die beiden strampelten mühsam gegen den Wind an.
Wenigstens war die Sonne herausgekommen und machte
die Kälte ein kleines bisschen erträglicher. Es hatte ge-

froren und Kleemann sah, dass die roten Steine auf dem Marktplatz im Sonnenlicht glitzerten. Er bremste. Ein fataler Fehler. Sein Hinterrad brach aus, er verlor die Kontrolle und schlug beim Sturz auf seine linke Seite. Er schlidderte noch einige Meter weiter, bis er eingekeilt in sein Fahrrad an der geklinkerten Umrandung des Wals liegen blieb.

Kockwitz hatte ebenfalls Mühe, sein Fahrrad unter Kontrolle zu halten. »Arndt, bist du wach? Ist dir was passiert?«

Wenn er das nur wüsste. Er traute sich nicht, sich zu bewegen, in der Angst davor, sich etwas gebrochen zu haben. Schmerzen zu spüren. »Keine Ahnung«, krächzte er.

»Los, beweg dich. Du erfrierst mir hier sonst noch.« Kockwitz hatte es geschafft, heile von seinem Fahrrad zu steigen, und bewegte sich vorsichtig über den gefrorenen Boden. Behutsam schüttelte er Kleemanns Arm.

»Hör auf. Bitte. Tut weh«, war das Einzige, was er zustande brachte. Noch immer traute er sich nicht, auch nur den kleinen Finger zu rühren.

Kockwitz hatte das Handy gezückt. »Bitte schicken Sie einen Krankenwagen und die Ärztin zum … Was ist das eigentlich für ein Monstrum?«, fragte er.

»Wal!«, flüsterte Kleemann.

»Wie bitte?« Kockwitz beugte sich noch tiefer zu ihm herunter.

»Wal!«, sagte er noch einmal. Diesmal etwas lauter.

»Es ist ein Wal. Auf dem Marktplatz. Nein, kein richtiger. Einer aus blauem Beton. Mit Metallzähnen. Nein, ich will Sie nicht veräppeln. Ja, auf Baltrum, sage ich doch. Ach, kennen Sie? Wie beruhigend. Würden Sie dann bitte so freundlich sein …« Kockwitz' Stimme hatte sich merklich gehoben.

»Schon mal was von Funkdisziplin gehört?«, krächzte Kleemann.

187

»Ich? Natürlich. Aber wenn der auf der Zentrale mich nicht ernst nimmt, was soll ich dann machen?«

»Schon gut.« Kleemann versuchte sich aufzurichten, musste aber feststellen, dass das Fahrrad noch zwischen seinen Beinen eingeklemmt war. Der Sattel war eine schmerzhafte Allianz mit seinem wichtigsten Körperteil eingegangen. »Nun hilf mir mal.«

»Nix da, du bleibst liegen, bis die Ärztin da ist.«

»Dann nimm wenigstens das Rad weg. Ich sorge mich langsam um meine Nachkommen.«

Vorsichtig wagte es Kleemann, sein linkes Bein unter dem Rad hervorzuziehen. Kockwitz half, wenn auch unter Protest. Ein erster Bewegungstest ließ Kleemann aufatmen. Mit Unterstützung seines Kollegen stand er langsam auf, zuckte aber unter einem scharfen Stich in seinem Schulterblatt zusammen. Und seine neue Jacke wies einen tiefen Riss auf. »Verdammt, die sollte eigentlich noch ein paar Jahre halten. Und kein Ersatz hier. Wo doch alle Klamottengeschäfte geschlossen haben hier auf der Insel.«

»Michael wird dir sicher helfen können. Er weiß doch, wo die Besitzer wohnen. Für den Verkauf einer Winterjacke werden sie dir bestimmt kurz den Laden aufschließen«, überlegte Kockwitz.

»Wenn die denn nicht in Urlaub sind. November ist nämlich Reisezeit für die Einheimischen, hat Sandra erzählt.« Kleemann versuchte, sein Fahrrad aufzuheben. Doch die Schmerzen in seiner Schulter machten ihm schnell klar, dass er für den Moment außer Gefecht gesetzt war. Totalausfall. Genau wie das Fahrrad, das völlig verbogen und mit gebrochenen Speichen vor ihm lag. Ächzend setzte er sich auf eine Bank und wünschte sich, dass er sich nie wieder bewegen müsste.

Aus der Ferne hörten sie das Signalhorn des Krankenwagens. »Ach du liebe Güte«, ächzte Kleemann. »Der hätte nun nicht mehr zu kommen brauchen. Und das am Sonntag. Ich kann mich doch bewegen!«

»Denk dran, dies ist ein Dienstunfall. Da kann man gar nicht vorsichtig genug sein. Lass dich man brav von Frau Doktor untersuchen. Ich werde derweil ins Ostdorf fahren. Brinkmann kann sich um dein Rad kümmern und dich hinterher von der Ärztin abholen.«

Arndt Kleemann nickte ergeben. Seine Schulter schmerzte höllisch. Auch wenn er es nicht zugeben wollte. Auch sein Ellenbogen musste was abbekommen haben. Er hatte das Gefühl, als ob nicht mehr sehr viel Haut den Knochen an dieser Stelle schützte. Es brannte wie Feuer, und er hätte sich nicht gewundert, wenn sich Blutflecken auf dem abgescheuerten Jackenärmel ausgebreitet hätten.

»Nun stell dich nicht so an.« Doktor Neubert hatte mit einem resoluten Ruck den Ärmel seiner Jacke vom Arm gezogen. Jetzt griff sie nach seinem Pullover. Und er hatte keine Chance zu entkommen. Er saß auf der Untersuchungsliege, hinter ihm war die Wand, vor ihm stand die Ärztin. Die Flucht nach links oder rechts war noch seine größte Hoffnung, zugleich aber unmöglich. Inzwischen hatte sich der Schmerz sämtlicher Knochen in seinem Körper bemächtigt. Er konnte sich kaum noch bewegen.

»Komm, leg dich hin. Ich helfe dir«, sagte die Ärztin, nachdem sie seinen Ellenbogen begutachtet hatte. »Ich werde deinen Luxuskörper jetzt auf Brüche untersuchen. Schreien ist übrigens zwecklos. Es wird dich keiner hören.«

Dem Kommissar wurde übel bei dem Gedanken, was die Frau jetzt mit seinem geschundenen Körper anstellen würde. Schon ging es los. Linkes Bein, rechtes Bein, linker Arm, rechter Arm. Mühsam unterdrückte er ein lautes Stöhnen.

»Aha, die Schulter hat was abbekommen.« Dr. Neubert machte ein paar weitere Tests, nickte dann zufrieden. »Aber ziemlich sicher nichts gebrochen. Vielleicht ein, zwei Rippen angeknackst. Du wirst in den nächsten Tagen die eine oder andere Stelle deines Körpers spüren. Um es mal harmlos auszudrücken! Ein paar Prellungen und Blutergüsse werden dir das Leben etwas schwer machen. Aber da musst du durch. Nützt ja sowieso nichts. Lass dich von Wiebke pflegen, wenn du wieder zu Hause bist.«

Arndt Kleemann nickte mühsam. Er war sich nicht sicher, ob er bei seiner Frau mehr Bedauern über seine missliche Lage erwarten konnte. Frauen konnten so hart sein!

Langsam bewegte er seine Beine über den Rand der Liege und stützte sich vorsichtig ab, um in die Senkrechte zu kommen. »Musst du denn noch lange auf der Insel bleiben?«, hörte er die Ärztin wie durch einen Nebel fragen.

»Keine Ahnung«, antwortete er wahrheitsgemäß. »Wir haben keinerlei Anhaltspunkte. Gestern dachten wir, wir hätten den großen Treffer gelandet. Aber das war ein Fehlschuss, wie sich kurz danach herausgestellt hat. Jetzt müssen wir von vorne anfangen. Auch wenn ich nicht wirklich zu etwas nütze sein werde in meinem Zustand.« Er hatte mit diesem Satz ein gehöriges Maß an Mitleid erwartet, doch er wurde enttäuscht.

Dr. Neubert fing schallend an zu lachen. »Du armer, armer Mann. Setz dich auf die Wache und lass die Menschen zu dir kommen. Wie in der Bibel. Dann musst du dich nicht bewegen und kannst trotzdem Sinnvolles leisten.«

»Dann kann ich auch gleich bei dir anfangen. Ich erzähle dir, was ich weiß, und du ergänzt alles mit deinem Wissen. Auch Hörensagen, Vermutungen, alles, was dir in den Sinn kommt.«

Dr. Neubert nickte. Und als er ihr erzählte, dass Viktor

Lubkovits erklärt hatte, Christina sei seine große Liebe gewesen, hob sie die Hand. »Das habe ich auch gehört. Seine Schwester, Elena Siemering, hat so Andeutungen gemacht. Normalerweise hätte sie bestimmt nicht darüber geredet. Aber wir saßen zusammen auf dem Schiff. Drei Bänke weiter Horst und Christina. Er führte das große Wort, und sie saß ihm zusammengesunken gegenüber. Damals sagte Elena: ›Viktor würde nicht so mit ihr umgehen. Aber die müssen ihr Schicksal schon selbst in die Hand nehmen.‹ Ihr Mann, Hilko, hat dazu nur den Kopf geschüttelt und gesagt: ›Wenn das man jedem gegeben wäre.‹ Dann hat er Elenas Hand genommen und ganz fest gedrückt. Irgendwie süß, die Szene.«

Arndt Kleemann spürte plötzlich, wie sich ein Zucken und Kribbeln seiner Nase bemächtigte. Bitte nicht, dachte er inbrünstig, bitte nicht. Es half nichts. Ein heftiger Niesanfall schüttelte ihn und ließ ihn schmerzhaft seinen Körper spüren.

Die Ärztin schaute ihn kritisch an. »Was ist das denn gerade? Allergie?«

Der Kommissar schüttelte den Kopf. »Ich glaube eher an eine Erkältung. Ergebnis einer Observierung in einer langen kalten Nacht in Mittegroßefehn. Hätte mir aber beinahe gestern sehr geholfen.« Er berichtete der Ärztin von dem gestrigen Fund und den falschen Schlüssen, die sie daraus gezogen hatten.

»Das muss für Familie Boekhoff ein ziemlicher Schock gewesen sein, oder?«

»Da bin ich mir sicher. Die Beweise deuteten alle auf den Boekhoff als Täter. Ein Verfahren wegen Vergehens gegen das Bundesartenschutzgesetz hat er natürlich jetzt am Hals. Aber als Mörder können wir ihn wohl ausschließen. Beziehungsweise ist er nicht verdächtiger als alle anderen auf der Insel.«

Die Ärztin überlegte: »Es kann es doch sein, dass ihn

jemand beobachtet hat. Und dann diese Stelle als prima Versteck für eine Leiche erkannt hat.«

Arndt Kleemann stimmte ihr zu. »Du magst recht haben. Aber jetzt mal was anderes. Was hältst du von der Problematik mit den Gästen aus dem Jugendcamp?«

Dr. Neubert schwieg eine Weile, dann sagte sie: »Ich hätte gar nichts dagegen, wenn die Kinder hier etwas fürs Leben lernen würden, aber ich weiß, dass einige Insulaner bei dem Gedanken richtig Wut im Bauch kriegen. Sie sehen ihre Existenz bedroht. Wer nun recht hat, werden wir vermutlich nie erfahren, denn mit dem Tod der Grombachs ist das Ganze ja erst mal hinfällig geworden. Weißt du eigentlich, ob Grombachs noch Verwandte haben? Wer erbt das Haus, beziehungsweise die Häuser, eigentlich?«

Arndt Kleemann zuckte mit den Schultern, bereute es aber im gleichen Moment. Wieder stöhnte er auf. »Wir schauen noch. Bis jetzt hat sich kein Anhaltspunkt auf Familie ergeben. Wir sind dran. So, jetzt werde ich mich wieder auf den Weg machen. Ja, ich weiß, ganz vorsichtig.« Langsam rutschte er von der Liege und versuchte ein paar Schritte. »Wenn ihr mal wieder am Festland seid, schaut doch bei uns rein. Wiebke wird sich freuen. Dann können wir in Aurich lecker essen gehen.«

Dr. Neubert lachte. »Das kann schneller passieren, als du denkst. Ich habe in drei Wochen Urlaub. Dann ist meine Mitstreiterin wieder da.«

Arndt Kleemanns Gesicht verzog sich zu einem gequälten Lächeln. »Wenn ich da man wieder gesund bin.«

»Wenn es morgen nicht besser ist, schau einfach wieder rein. Ich verschreibe dir dann was. Heute hat es sowieso keinen Zweck. Die Apotheke ist geschlossen. Erst morgen kommen die nächsten Medikamente vom Festland. Mit dem letzten Schiff des Tages«, fügte sie boshaft hinzu. »Und jetzt rufe ich deinen Herrn Brinkmann an, damit er dich liebevoll in den Arm nehmen und in die Wache bringen kann. Sonst kommst du mir auf den glatten Steinen nachher noch einmal zu Fall, und das würde mir Wiebke nie verzeihen.«

*

»Los, aufstehen, Sonntag heißt nicht zwangsläufig im Bett liegen bleiben!«

Mario zog die Decke über den Kopf. Sollten sie ihn doch alle in Ruhe lassen. Immerhin hatten sie schon vor dem Frühstück eine Runde am Strand gedreht. Ausdauertraining nannte Stefan das. Er und die anderen drei Jungs, die mit auf die Insel gedurft hatten, bezeichneten diese *action* als Schikane.

Das taten sie allerdings nur, wenn Stefan oder die anderen Betreuer in weiter Ferne waren. Was nicht allzu oft vorkam. Sonst konnte es leicht passieren, dass sich die Kilometer am Strand wie von Geisterhand verdoppelten. Okay, Betreuerhand.

So ganz nebenbei hatte er festgestellt, dass ihm das Training – er wollte es jetzt mal so nennen – richtig gut tat. Er fühlte sich fit. Und manchmal merkte er, dass sich sein Gesicht zu einem richtigen, übermütigen Lachen verzog, wenn er wieder in ihrem Gartenhäuschen ankam. Stefan hatte ihn einmal dabei erwischt, wie er so grinsend in sein Zimmer gegangen war. Peinlich. Der sollte bloß nicht meinen, dass er das gut fand, was die da mit ihnen durchzogen. Auch wenn er sich hier und heute viel besser fühlte als die ganzen Jahre zuvor mit all dem Dreck, den er hatte aushalten müssen.

»Haaallo, Mario. Wird's jetzt?«

Mario merkte, wie Stefan versuchte, seine Bettdecke wegzuziehen. Mit einem Ruck drehte er sich um. »Hau ab«, murmelte er drohend, erntete aber nur Gelächter.

»Tut mir leid, den Wunsch kann ich dir nicht erfüllen. Komm schon, verdirb mir meine gute Laune nicht.«

Langsam grub sich Mario aus seiner Decke und blickte in das Gesicht seines Betreuers, der es sich neben dem Bett auf dem Fußboden gemütlich gemacht hatte. »Was habt ihr wieder mit uns vor?«, fragte er verschlafen.

»'ne Runde Volleyball spielen. In der Turnhalle. Ein paar Baltrumer Kinder wollen auch kommen.«

Mit einem Ruck setzte Mario sich auf. »Baltrumer Kinder? Dürfen die das denn? Die Alten wollen uns nicht haben und die Kinder dürfen? Das gibt's doch gar nicht.«

»Doch, ich habe gestern mit einem vom Kultur- und Sportverein gesprochen. Die Kinder trainieren sowieso. Und er hat gesagt, wenn wir uns vernünftig benehmen …«

»Da haben wir es doch schon wieder. Alle dürfen Scheiße bauen. Nur wir, wir müssen uns vernünftig benehmen. Als ob wir gar nicht anders können als Häuser anzünden, klauen und kiffen.« Mario war aus dem Bett gesprungen. »Nee, danke. Keinen Bock. Macht ihr man. Ich mache mein eigenes Training. Allein.« Mit schnellen Handbewegungen streifte er Socken, Hose und Pulli über.

Stefan Mendel war ebenfalls aufgestanden. »Wir sehen uns in einer halben Stunde unten in der Küche. Geduscht und Sportzeug eingepackt.«

Mario schäumte. Er hatte vor einiger Zeit ein Wort aufgeschnappt, das ihn sofort fasziniert hatte: fremdbestimmt. Und er hatte erkannt, dass dieses Wort, solange er zurückdenken konnte, über seinem Leben gestanden hatte. Dass alle, die in seinem früheren Leben mit ihm zu tun gehabt hatten, eigentlich immer nur was von ihm wollten. Eltern, Lehrer, seine Kumpels von der Straße. Und dass das meist schief gegangen war. Weil er zu schwach gewesen war, sich dagegen zu wehren. Da hatte er beschlossen, dass dieses Wort irgendwann einmal keine Rolle mehr in seinem Leben spielen sollte.

Und ein Teil dieser Veränderung war eben das Training.

Wer unabhängig sein wollte, musste stark sein. Und jemanden haben, der einem half, seine Ziele zu verfolgen. Auch das hatte er gelernt. Außerdem begann er ganz langsam der Erkenntnis zu vertrauen, dass es Menschen gab, die es gut mit ihm meinten. Nur im Moment, da war er sich gar nicht mehr sicher, ob diese Theorie, die er sich in letzter Zeit so schön zurechtgelegt hatte, überhaupt stimmte. Was war mit Stefan? Der gab sich nach außen hin wie immer. Konnte man das überhaupt, wenn man schuld am Tod von zwei Menschen war? So tun, als wenn nichts gewesen wäre? Es gab bestimmt Leute, die das schafften. Bei Stefan war er sich nicht so sicher. So oft er ihn heimlich anschaute, hatte er das Gefühl, das man dem Mann doch etwas ansehen müsste. Aber Stefan war freundlich und korrekt wie immer.

Außerdem hatte die Polizei den Mann von nebenan mitgenommen. Mario musste lachen. Da hatte er der Oma gegenüber nur angedeutet, dass der Boekhoff etwas damit zu tun haben könnte, und die hatte nichts Besseres zu tun, als ihren Neffen in die Pfanne zu hauen. Er hatte aus dem Fenster seines Zimmers genau gesehen, wie die beiden Polizisten den Mann abgeführt hatten. Die Lampe über der Haustür der Boekhoffs hatte genug Licht abgegeben, dass er das verkniffene Gesicht des Mannes gut hatte erkennen können. Dabei hatte er bei einem seiner Streifzüge doch nur mitbekommen, wie der seinen Geräteschuppen verwüstet hatte. Mehr nicht.

Er musste sich entscheiden. Wieder einen auf Erkältung machen oder aufstehen?

Er würde duschen und zu Stefan und den anderen gehen.

Mario streckte wohlig sein Gesicht dem warmen Schauer entgegen, der auf ihn niederprasselte. So war es gut. So konnte es bleiben, den Rest seines Lebens. Umhüllt von der kuscheligen Geborgenheit des Wassers. Minutenlang ließ er es über seinen Körper rauschen.

Ein kräftiges Klopfen an der Badezimmertür holte ihn aus seinen seligen Träumen. »Mario, komm raus. Die Polizei hat ein paar Fragen an dich.«

Aus der Traum von Geborgenheit, dachte er ernüchtert. Er drehte die Brause ab und griff sich eines der grünen Badehandtücher, die sie aus dem Camp hatten mitbringen müssen. »Für Badehandtücher müsst ihr selber sorgen. Die sind mir zu teuer dafür, dass ihr sie mit an den Strand nehmt.« O-Ton Horst Grombach. Als ob sie im November schwimmen gehen würden.

Kurze Zeit später schlenderte Mario mit betonter Langsamkeit in den Gemeinschaftsraum. Stefan war da und neben ihm stand einer der Männer, die er bereits in den Dünen gesehen hatte. Da, wo der Grombach vergraben gelegen hatte.

»Mein Name ist Klaus Kockwitz.«

Mario sah in ein rotes, rundes Gesicht, aus dem ihn zwei Schweinsäuglein aufmerksam anschauten. Eine hellblaue Winterjacke betonte den Körper des Mannes unvorteilhaft. Mario war sofort auf der Hut. Er kannte diese Typen. Nach außen machten die nichts her. Aber ein unbedachtes Wort, und die hakten sofort nach. Ließen nicht locker, bis sie hatten, was sie wollten.

»Ja?«, sagte er vorsichtig und schüttelte die Hand, die der Polizist ihm entgegenhielt.

»Darf ich Mario sagen?«

Mario nickte.

»Ich möchte dich bitten, mir ein paar Fragen zu beantworten. Oder anders: Erzähl mir lieber, ob dir in den letzten Tagen besondere Dinge aufgefallen sind. Ob du etwas beobachtet hast, was zur Aufklärung dienen könnte.«

Mario zögerte. Jetzt kam es drauf an. Die Bullen mit

ein paar Infos anzufüttern, war okay. Aber er durfte unter keinen Umständen verraten, dass er in der Nacht jemanden hatte graben sehen. Das wäre viel zu gefährlich. Egal ob Stefan nun da mit drinsteckte oder nicht. Wenn nicht ihn, dann hatte er eben einen anderen beobachtet. Und wenn sich das rumspräche …

Auch die Sache mit Stefan und den beiden Frauen ging die Bullen nichts an. Gar nichts.

»Also, bei unserer letzten Strandwanderung haben wir einen Seehund gesehen …«

»Mario, ich bitte dich, veralbern können wir uns alleine. Nun sag schon, hast du etwas gesehen?« Der Polizist hatte einen Schritt auf ihn zu gemacht. Automatisch wich Mario zwei zurück. »Keine Sorge, Junge. Ich will dir nichts Böses. Mir brennt nur die Zeit auf den Nägeln.«

Marios Blick fiel auf Stefan und der nickte unmerklich. »Es tut mir leid«, sagte er ruhiger. »Ich habe nur mitbekommen, was sicher sowieso schon bekannt ist. Dass halt der Grombach und seine Frau tot sind. Und dass Sie den Mann von nebenan verhaftet haben. Mehr weiß ich nicht.«

»Herr Boekhoff ist wieder zu Hause«, antwortete Kockwitz. »Wir suchen weiter.«

Mario nickte. Das hieß also, das Spiel war wieder offen. Jeder verdammte männliche Einwohner dieser Insel konnte sein Feind sein. Oder doch Stefan? Seine Gedanken überschlugen sich. Jedenfalls war eines sonnenklar: Solange diese Person frei rumlief, würde er definitiv kein Wort verlauten lassen. Er hatte keine Lust, der Nächste auf der Liste dieses Massenmörders zu sein. Er nicht. Auch wenn er damit die Suche nach dem Mann erschwerte. Das würde nicht auf seine Kosten ablaufen. Bestimmt nicht. Noch ein paar Tage, dann wären sie weg von dieser Insel und würden vermutlich nie mehr wiederkommen. Es wunderte ihn sowieso, dass Stefan noch nicht das Zeichen zum Aufbruch gegeben hatte.

»Gibt es denn neue Spuren?«, fragte er.

»Wie gesagt, wir sind dran. Darum will ich auch wieder los. Wenn dir noch was einfällt, dann melde dich. Bitte!« Kockwitz hatte sich zur Tür gewandt, drehte sich aber kurz vor dem Rausgehen noch einmal um. »Ach ja, fast hätte ich vergessen zu fragen. Wieso hast du mir gerade nicht erzählt, dass du während unserer Tatortaufnahme ausgerechnet oberhalb auf der Düne eine Pause einlegen musstest?«

»W…wieso?«, war das Einzige, was Mario stammelnd herausbrachte. Der Polizist schwieg und schaute ihn abwartend an. Mario wurde es heiß und kalt.

»Mario, hast du uns was zu sagen?«, hörte er Stefan eindringlich fragen.

»Woher wissen Sie denn …?«

»Ich habe einmal kurz das Gelände verlassen.« Der Polizist zögerte. »Da habe ich einen Jungen in den Dünen liegen sehen, doch als ich fast dran war, war er verschwunden. Natürlich wusste ich bis eben nicht, wer dieser Junge war.«

Mario hatte sich bei der Erklärung des Mannes wieder gefangen. »Reiner Zufall alles. War Joggen und hab Stimmen gehört. Als ich sah, was da los war, fand ich das ganz schön spannend. Und dann bin ich wieder gegangen. Ist doch nichts dabei, oder?«

»Nein. Normalerweise nicht.«, antwortete Kockwitz. »Nur – dass du das nicht erwähnt hast, das macht mich neugierig. das gibt mir das sichere Gefühl, dass du woanders bestimmt auch noch deine Nase reingesteckt hast. Mach's gut. Du weißt, wo du mich findest.« Der Kommissar drehte sich zu Stefan um. »Wie verabredet: Sie bleiben, bis wir Entwarnung geben. Wenn wir Sie nicht mehr brauchen, können Sie sofort abreisen.« Damit war der Kommissar verschwunden und ließ Mario und Stefan allein im Raum zurück.

Pustekuchen, ist wohl nichts mit Abreise, schoss es Mario durch den Kopf. Hätte mir gleich klar sein müssen. Und das Gespräch mit dem Kommissar war genau so, wie ich es mir gedacht habe: Erst so larifari, so einschläfernd vor sich hin, und wenn man gar nicht mehr damit rechnet, kommt der große Knaller.

»Nun los, raus mit der Sprache.« Stefan hatte sich vor ihm aufgebaut. Und wenn Stefan auf diese besondere Weise schaute, wie er das gerade tat, war nicht gut Kirschenessen mit ihm. Das hatte Mario in der Zeit im Camp eingehend gelernt. Aber er durfte nichts sagen. Er musste allein damit fertig werden. Er durfte keinem trauen. Nicht einmal Stefan. Später, da würde er ihm alles erzählen. Vielleicht.

»Es war genau so, wie ich es dem Kommissar gesagt habe. Und außerdem – die Baltrumer Kinder warten schon sehnlichst auf ihre sportliche Abreibung.« Mario grinste, doch Stefan blieb ernst.

»Schade«, sagte er nur.

Mario fühlte ein Brennen in sich, schlimmer als nach dem härtesten Strandlauf.

*

Männer sind Feiglinge, stellte Ole fest, als er zurück zum Haus ging. Sein Vater hatte sich in seiner Werkstatt eingeschlossen und antwortete nicht. Er hatte geklopft, gerufen, an die Scheibe gehämmert. Aber sein Vater hatte sich nicht gerührt.

Traurig dachte er darüber nach, wie schön er sich seinen Urlaub vorgestellt hatte. Schlafen, von Mama betüddelt werden, ab und zu mit alten Freunden einen Trinken gehen, wenn denn eine der Kneipen im Winter geöffnet hatte. Aber die letzten zwei Tage hatten seine heile Welt auf den Kopf gestellt. Er wünschte sich jetzt schon fast zurück in seine Kammer auf der *London Star*, in der er zwar nie Ruhe hatte vor dem Krach der Maschinen, aber Ruhe vor all dem zwischenmenschlichen Kram, der ihn hier im Moment belastete.

Als er in die Küche trat, umfing ihn wohlige Wärme. Rieke und Jakob saßen am Küchentisch, und auch seine Mutter hatte den Weg nach unten gefunden. Er schaute sie lächelnd an, obwohl ihm eigentlich nach Heulen zumute war. Das Gesicht seiner Mutter, das sonst immer eine aktive, energische Freundlichkeit ausstrahlte, war weiß. Ihre Augen blickten müde und suchten keinen Kontakt.

»Papa hat sich eingeschlossen«, sagte er in die Stille.

»Ich geh da jetzt hin. Was soll denn der Blödsinn? Der soll sofort hierher kommen, verdammt noch mal.« Rieke war aufgesprungen und lief um den Tisch herum. »Der wird mich kennenlernen.«

Noch bevor Ole seine Schwester festhalten konnte, war sie verschwunden. »Na, da bin ich ja mal gespannt«, sagte Ole und setzte sich zu den beiden anderen.

Jakob hatte seinen Kopf in die Hände gestützt. »Ein echter Hammer«, nuschelte er. »Was hier alles so passiert.«

»Herr Pottbarg, Sie müssen nicht hierbleiben. Das Buch können Sie sicher in Hamburg fertigstellen.« Fenna Boekhoff hatte ihren Kopf gehoben und schaute Jakob ruhig an. »So war das eigentlich alles nicht gedacht, nicht wahr? Von wegen schöne ruhige Winterzeit. Nichts als Durcheinander. Hoffentlich wird der richtige Mörder bald gefunden. Ihr glaubt doch nicht, dass Jörg …«

In diesem Moment öffnete sich die Küchentür und Rieke trat ein. Dicht gefolgt von ihrem Vater. »So, jetzt wären wir vollständig. Hab doch gesagt, ich bringe ihn mit.«

Jörg Boekhoff ließ sich schwer auf den letzten freien Stuhl fallen, dann gab er sich einen Ruck: »Ich glaube, ich habe euch etwas zu sagen. – Nein, nein, bleiben Sie ruhig sitzen, Herr Pottbarg. Sie haben das ganze Drama schließlich ebenfalls miterlebt.«

Jakob, der sich halb erhoben hatte, nickte und setzte sich wieder hin.

Jörg Boekhoff schaute in die Runde, schwieg einen Moment und sagte dann: »Ich möchte euch um Entschuldigung bitten. Dafür, dass ich diese idiotische Idee mit der Strandwinde hatte. Und dafür, dass ich mit euch nie richtig geredet habe. Das bedrückt mich am meisten. Da hat man die besten Freunde im eigenen Haus und merkt es nicht.«

Ole sah in Jakobs Gesicht ein Lächeln, in Riekes Gesicht konnte er Stolz und ein breites Lachen erkennen. Nur in den Zügen seiner Mutter sah er keine Veränderung. Noch immer war ihr Blick ins Leere gerichtet.

»Meine Werkstatt habe ich übrigens selbst so zugerichtet«, fuhr Jörg Boekhoff fort. »Das war in dem Moment, als ich erkannt habe, dass mein Leben durch diese verfluchte Idee völlig aus dem Ruder gelaufen war. Jahrzehnte war mein Lebensinhalt bestimmt von Recht und Ordnung, und mit nur einem falschen Gedanken war alles Makulatur, versteht ihr? Alles, wofür ich gestanden hatte, war damit hinfällig geworden. Es war so sinnlos. Wisst ihr, da geht man abends brav wie jeden Donnerstag zur Probe vom Kirchenchor, und vorher gräbt man auf einem Grundstück, das einem nicht einmal gehört, seltene Pflanzen aus. Weil man sich verbiestert in eine Idee verrannt hat. Tja, und dann merkt man, dass alles nur ein schöner Schein war. Genauso wie die Ordnung in meiner Werkstatt.«

»Ich glaube«, antwortete Ole, »dass du das, was du uns gerade erklärt hast, Tant' Anna sagen solltest. Sie hat es

201

verdient, dass du mit ihr redest. Was heißt verdient?!
Es ist ihr verdammtes Recht, dass du ihr alles genau so
sagst.« Ole versuchte, ruhig zu bleiben, aber das, was
sein Vater gesagt hatte, bewegte ihn sehr. Außerdem war
es das erste Mal seit Jahren, dass sein Vater so viel auf
einmal gesprochen hatte. Er kannte es kaum anders, als
dass bei ihm spätestens nach zwei Sätzen das Ende der
Unterhaltung erreicht war.

Jörg Boekhoff fuhr fort: »Und dann war da noch was,
was mir Sorgen gemacht hat. Wenn wir schon mal dabei
sind, alles auf den Tisch zu bringen ...« Jörg Boekhoff
schaute seine Frau an.

Ole sprang auf. »Jakob, Rieke, kommt. Wir sollten
einen Gang durch die frische Luft machen. Wir kommen
später wieder und bereiten das Mittagessen zu.« Im gleichen Moment erhob sich auch Jakob, und Rieke blieb
gar nichts anderes übrig, als den beiden zu folgen. Ihr
blieb nicht einmal die Zeit für einen Protest, Ole schob
sie einfach aus der Küche.

Sie bogen hinter dem Hotel *Strandhof* rechts ab, und
erst als sie den Rosengarten erreicht hatten, sagte Rieke:
»Was hat Papa gemeint mit ›alles auf den Tisch bringen‹?«

Ole und Jakob warfen sich einen kurzen Blick zu, dann
sagte Ole. »Ich denke, dass es einfach Dinge gibt, die
nicht für unsere Ohren bestimmt sind. Und das sollte
auch so bleiben. Neugier hin oder her.«

»Familie geht uns alle etwas an«, protestierte Rieke.

»Manchmal eben nicht«, versuchte Ole, seine kleine
Schwester zu beruhigen. »Dann geht es nur die zwei
Menschen etwas an, die es betrifft.«

»Oha.« Rieke war vor der metallenen Tür des Rosengar-
tens stehen geblieben. »Unwetter im Bau? Na, die sollen
sich mal nicht einfallen lassen, sich richtig an die Köppe
zu kriegen. Dann hätten die es nämlich mit mir zu tun.«

»Ich glaube, das werden die nicht riskieren«, warf Jakob ein.

Selbst mitten im Winter strahlte dieser kleine Garten ein freundliches Stück Gelassenheit aus. Auf Ole wirkte es beruhigend. Er war froh, dass sein Vater sich aus seiner Isolation mit eigener Kraft hatte befreien können. Wenn jetzt noch alles mit ihm und Mama in Ordnung kam und obendrein noch der Mörder vom Grombach gefasst wurde, dann konnte alles wieder gut werden.

»Sagt mal, habt ihr eigentlich einen Verdacht? Ich meine in Bezug auf den Mörder? Was schätzt ihr, wer ist es gewesen?«, unterbrach Riekes helle Stimme seine Gedanken. »Anstatt hier rumzulaufen, müssten wir etwas tun. Der Polizei auf die Spur helfen, sozusagen. Was meint ihr, habt ihr eine Idee?«

»Nein, Mädel, das sollten wir den Fachleuten überlassen. Die haben da wesentlich mehr Erfahrung.« Ole dachte kurz an den Moment, als Jakob und ihm ähnliche Gedanken durch den Kopf gegangen waren, und sie mit dem Spaten bewaffnet zu Tant' Annas Grundstück aufgebrochen waren. Endergebnis war eine ausgegrabenen Leiche und die Verhaftung seines Vaters. Das wollte er so oder in ähnlicher Form nicht noch einmal erleben.

»Aber Jakob weiß doch, was Sache ist. Hat schon genug darüber geschrieben. Seine Kommissare sind nämlich ganz super Typen, nicht wahr, Jakob?«

Jakob lief ein wenig rot an. »Na ja, eigentlich haben da ehrlich gesagt Fiktion und Realität nicht so viel miteinander zu tun. Es geht doch darum, dass der Leser sich ein wenig auf eine Traumwelt einlässt, oder? Trotzdem sollten wir die Fakten nicht auf die leichte Schulter nehmen. Noch immer läuft hier ein Mörder frei herum.«

»Genau. Darum haben wir sicher alle morgen schulfrei. Wäre ja viel zu gefährlich, sich allein auf den Schulweg zu machen. Stellt euch vor …«, feixte Rieke, wurde aber sogleich von ihrem Bruder unterbrochen.

»Also, nun bleib mal auf dem Teppich. Glaubst du etwa, die Person sitzt irgendwo hinterm Deichschart und wartet auf dich? Der hat sich nicht einfach so jemanden ausgesucht. Das war gezielt, da kann mir einer sagen, was er will. Da wollte jemand den Grombach aus dem Weg haben.«

»Das denke ich auch«, pflichtete Jakob ihm bei und sagte dann nachdenklich: »Wobei ich aber immer noch keine Idee habe, warum Grombachs Frau dran glauben musste.«

Eine ganze Weile hingen die drei ihren Gedanken nach, dann sagte Rieke: »Ich glaube, ich möchte jetzt zu Tant' Anna gehen. Es ist bestimmt nicht gut, wenn sie allein zu Hause rumsitzt. Sollte Papa gerade bei ihr sein, kann ich immer noch einen Rückzieher machen.«

»Gut, gehen wir«, erwiderte Ole.

»Hatte ich nicht ›ich‹ gesagt, großer Bruder? Aber ich will mal nicht so sein. Kommt mit, meine Beschützer.«

Der kalte Ostwind fasste unter ihre Jacken, als sie den Schutz des Kiefernwäldchens verließen und sich auf den Weg ins Westdorf machten. In Höhe des Kinderspielhauses kam ihnen ein Fahrradfahrer entgegen. Erst im letzten Moment erkannte Ole ihn. »Hallo, Thore«, rief er hinter ihm her, als der im Affenzahn an ihnen vorbeisauste. »Thore, nun warte doch«, rief er noch einmal gegen den Wind. Diesmal lauter. Ole sah, wie Thore Uhlenbusch bremste und mit einem Quietschen zum Stehen kam. »Na, sag mal, kennst du deinen alten Kumpel nicht mehr? Oder hast du Angst, dass wir dir dein Fahrrad klauen?« Ole war ein paar Schritte auf seinen Freund aus Kindertagen zugegangen.

Der lachte. »Nein, ich bin auf dem Weg zur Vorstandssitzung vom Hotel- und Gaststättenverband.«

Ole überlegte kurz. »Ich dachte, das nennt man Stammtisch.«

»Ja, ich weiß. Kannst es auch Elführtje nennen. Aber diesmal haben wir wirklich wichtige Dinge zu besprechen.« Thore schaute auf die Uhr. »Bin schon spät dran.«

»Ich habe schon geglaubt, du willst nichts mehr mit mir zu tun haben, wo sie doch meinen Vater gestern mit auf die Wache genommen haben.«

Thore zeigte seinem Freund einen Vogel. »Du spinnst wohl. Der eine oder andere mag wohl sein Maul aufreißen, oder hinter vorgehaltener Hand seine Meinung zum Besten geben. Aber dass du so was auch von mir erwartest, ist ein starkes Stück!«

»Tja, Ole, wie kannst du nur«, mischte sich Rieke ein. »Echt unmöglich.«

»Wahrscheinlich fängt man in solchen Situationen an, hinter jeder Ecke ein Gespenst zu sehen«, sagte Ole nachdenklich. »Irgendwie geht einem die Unbefangenheit flöten. Da ist es verdammt gut, Freunde zu haben.«

Thore nickte. »Trotzdem muss ich jetzt weiter. Ich rufe euch an wegen eines Termins.«

»Was für ein Termin?«, fragte Ole.

»Zum Biertrinken natürlich. Würde mal vorschlagen morgen. Ich melde mich aber noch. Muss ja auch wer geöffnet haben. Sonst kommt ihr – Erwachsenen …» Thore grinste Rieke an, »zu mir nach Hause, okay?«

»Was sagtest du gerade? Erwachsene? Wer? Ihr? Dass ich nicht lache!«, winkte Rieke ab. »Anderes Thema bitte, sonst wird mir schlecht.«

Thore lachte. »Na gut, dann mache ich mich jetzt auf den Weg zur Sitzung.« Er trat wieder in die Pedale und winkte ihnen zu »Bis dann.«

In Höhe des *Modemöwchens* blieb Jakob plötzlich stehen. »Guckt mal. Hier werden im Winter in einem Modeladen Staubsauger, Präsentkörbe und Bollerwagen verkauft. Alles, was der Insulaner so braucht.« Er lachte.

Rieke knuffte Jakob in die Seite. »Mensch, das sind die Preise für die Tombola. Für das Nikolausfest. Die werden hier immer ausgestellt. Hast du etwa noch keine Lose gekauft?«

»Nee, ich weiß ja gar nicht, wo. Was meint ihr? Wird das Nikolausfest überhaupt stattfinden? Nach alldem, was passiert ist? Wie gehen die Insulaner damit um?«, fragte Jakob.

»Ehrlich gesagt, keine Ahnung. Kommt sicher drauf an, wie schnell die Sache aufgeklärt wird. Aber das macht die Grombachs natürlich nicht wieder lebendig.« Ole zuckte mit den Schultern.

Tant' Anna sah abgespannt aus. Ihre sonst so sorgfältig gepflegten Haare waren nachlässig nach hinten gekämmt, und auch auf die Kleidung schien sie an diesem Sonntagmorgen keinen großen Wert gelegt zu haben.

»Schön, dass ihr kommt«, sagte sie leise, als die drei sie nacheinander in den Arm nahmen.

»Wie geht es dir?«, fragte Jakob besorgt.

»Ach, nicht so gut. Nicht mal in der Kirche war ich. Ich konnte mich nicht aufraffen«, sagte Tant'Anna müde.

»Habe ich recht, dass du noch gar nicht gefrühstückt hast?« Ole war gleich aufgefallen, dass etwas fehlte an diesem Morgen. Es war der Duft nach Kaffee oder Tee, der an anderen Tagen die Küche seiner Großtante mit Gemütlichkeit erfüllte.

»Ich hatte einfach keinen Appetit.«

»Das wird sich jetzt ändern. Ich mache was zu essen. Wollt ihr auch einen Tee?« Ole und Jakob nickten. Rieke machte sich am Küchenschrank zu schaffen und Ole erzählte, was sich in den letzten Stunden ereignet hatte. Als er berichtete, was sein Vater gesagt hatte, fing Tant' Anna leise an zu weinen.

»Ich wünsche mir, dass er zu mir kommt und mit mir redet«, schluchzte sie.

»Das wird er bestimmt«, antwortete Ole. »Ich schätze, er wird heute bei dir erscheinen.«

»Wo sind denn hier die Teefilter?«, meldete Rieke sich zu Wort und zog eine der Schubladen des Küchenschrankes auf. Statt der Filter hatte sie ein kleines silbernes Gefäß in der Hand. »Was ist das denn?«, fragte sie erstaunt.

»Das ist eine Riechdose. Die habe ich auf dem Friedhof gefunden.« Jakob zuckte zusammen. »Auweia, das Missgeschick hätte ich besser nicht erwähnen sollen, oder?«

Tant' Anna stieß einen spitzen Schrei aus. »Ich habe es völlig vergessen. Ich habe auch etwas gefunden.«

»Was hast du gefunden? Und wo?« Ole schaute neugierig in die weit geöffnete Schublade der Anrichte. Zwischen einem alten Veranstaltungskalender, ein paar Kugelschreibern und zwei Schlüsselbunden rollte eine Kerze sachte hin und her.

Tant' Anna griff danach und legte sie auf den blankpolierten Küchentisch. »Die Kerze. Ich habe sie in die Schublade gelegt. Genau wie die Silberdose. Und als Jakob eben seinen Friedhofsfund erwähnte, fiel es mir wieder ein. Die Kerze lag im Dünengras. Auf meinem Grundstück. An dem Tag, als ich das Fehlen der Strandwinde bemerkt habe. Ich hätte sie euch natürlich damals schon gezeigt, aber ich hatte sie in meine Fahrradtasche gesteckt, und das ist mir zu Hause erst wieder eingefallen. Was meint ihr, könnte das wichtig sein?«

Ole drehte die Kerze in seinen Händen. »Natürlich kann sie auf tausend Wegen dahin gekommen sein. Aber wir werden sie auf jeden Fall gleich bei Michael abgeben. Könnte ebenso ein wichtiger Hinweis auf den Mörder sein, oder?«

Jakob und Rieke nickten und Rieke sagte: »Na klar, wir gehen gleich alle zur Wache. Wollen doch mal sehen, ob wir denen damit nicht auf die Sprünge helfen können. Aber erst wird Tee getrunken. Habe gerade die Teefilter gefunden.«

Ein anregender Duft zog durch die Küche, als Rieke das heiße, abgekochte Wasser über die Ostfriesenmischung goss.

*

»So, jetzt können wir feststellen, dass wir nicht mehr wissen als vorher.« Klaus Kockwitz saß auf der Tischkante und hielt einige eng beschriebene Seiten in der Hand.

»Schauen wir zuerst auf das Ergebnis bei Christina Grombach. Sie ist an den Folgen eines schweren Schädelbruchs gestorben.« Er schaute hoch. »Immerhin haben wir diese große Menge Pfefferkörner auf dem Küchenfußboden gefunden. Es besteht also durchaus die Möglichkeit, dass sie ins Rutschen gekommen und gegen den Herd geknallt ist. Ihr erinnert euch: Sie trug nur Socken, als wir sie gefunden haben. Ihre Schuhe standen im Wohnzimmer. Außerdem wurden 1,2 Promille Alkohol in ihrem Blut festgestellt.«

Er schaute auf seine Unterlagen. »Kommen wir zu unserem zweiten Opfer. Was wir schon geahnt haben: Horst Grombach ist durch einen harten Gegenstand getötet worden, der ihn am Hinterkopf getroffen hat. Sein Schädel ist regelrecht zerschmettert. Spuren von rotem Klinkerstein haben die Kollegen aus der Wunde geholt. Das sieht also ganz eindeutig nach Fremdverschulden aus.« Kockwitz grinste ganz leicht, als er fortfuhr: »Eigentlich nicht verwunderlich. Die halbe Insel ist mit diesem Zeug gepflastert. Sozusagen ein echter Inselmord!«

»Klaus, bitte! Reiß dich zusammen!« Arndt Kleemann sah man die Verärgerung an.

»Entschuldigung. Mit seinem Gesicht muss er aber ebenfalls irgendwo draufgeschlagen sein. Und zwar heftig. Es wurden tiefe Einschnitte und Risse festgestellt. Holzsplitter sind sogar in seine Augen gedrungen. Sein linkes Knie ist gebrochen, ebenso sein linker Arm. Nicht zu vergessen die Quetschungen im Genitalbereich. Blutalkoholgehalt 0,9 Promille. In seinem Magen waren unverdaute Reste von Grünkohl mit Bratkartoffeln. Vermutlich vom Abendbrot. Er war schon tot, als er vergraben wurde. Aber vermutlich noch nicht sehr lange. Die Tatzeit könnte tatsächlich mit dem Ende der Kirchenchorprobe identisch sein. Also müssen wir uns die Herren alle noch einmal vornehmen. Gründlich.«

»Hört, hört«, ließ Arndt Kleemann sich stöhnend vernehmen. »Mit ›wir‹ meinst du doch sicher euch!« Er würde keinen Schritt vor die Tür machen. Jeder Muskel tat ihm weh. Die abgeschürften Stellen am Ellenbogen brannten immer noch wie Feuer.

Seine Gedanken gingen zurück zu Grombachs Verletzungen. Abschürfungen? Quetschungen im Genitalbereich? Das erinnerte ihn deutlich an seine Blessuren. »Ich habe das Gefühl, jemand hat den Mann aus voller Fahrt vom Rad geholt. Und dann zugeschlagen. Mit einer Taschenlampe vielleicht. Dann hat der Angreifer gesehen, was er angerichtet hat, und den Grombach auf dem Grundstück der alten Dame vergraben.«

»Aber wieso ausgerechnet auf dem Grundstück von Frau Albers? Wieso ausgerechnet da? Da muss es doch einen Zusammenhang geben«, überlegte Martin Brinkmann. »Vielleicht hat der Angriff direkt vor dem Albers'schen Grundstück stattgefunden. Wäre gut möglich.«

»Kann auch sein, dass der Person, die den Grombach auf dem Gewissen hat, die Stelle bei einem Spaziergang aufgefallen ist«, sagte Kockwitz. »Sie ist vom Weg aus gut einzusehen. Oder es hat doch etwas dem direkten Umfeld Mendel–Boekhoff–Albers zu tun. Irgendetwas,

was wir noch nicht wissen. Ich könnte mir denken, dass ich diesem Mendel noch ein paar sehr intensive Fragen stelle. Er ist einer derer, die sich mehr oder weniger ständig im unmittelbaren Umfeld der Opfer aufgehalten haben. Irgendwie kommt mir der Typ seltsam vor. Wenn dieser Mario nur mehr erzählt hätte. Aber den werde ich mir ebenfalls noch mal schnappen, wenn wir hier nicht zügig weiterkommen. Da ist dann nix mehr mit Rücksicht auf vernachlässigte Jugendliche. Da wird Tacheles geredet.«

Arndt Kleemann schaute Kockwitz an, dessen Stimme mit jedem Satz energischer geworden war. »Aber hallo, Kollege, nun mal friedlich. Mich nervt auch, dass wir hier keinen Schritt vorankommen. Aber blinder Aktionismus hilft niemandem. Also, lasst uns weiter nachdenken.«

Einen Moment schwiegen alle, dann sagte Martin Brinkmann: »Nur komisch, dass wir das Fahrrad nirgends entdeckt haben, wenn Arndts Theorie stimmen sollte.«

»Wieso komisch?«, fragte Röder. »Das kann gut versteckt in einem Keller stehen und die nächsten Jahre vor sich hingammeln. Oder der Mörder lackiert es neu und bringt es wieder in Umlauf. Kann natürlich auch sein, dass es im Hafen liegt. Zur Not müssen wir da noch mal ran.«

»Wir?« Arndt Kleemann schaute den Inselpolizisten entsetzt an. »Du meinst sicher unsere Polizeitaucher, oder?«

Röder lachte. »Kaltes Salzwasser soll gut sein gegen blaue Flecken und Verstauchungen.«

Arndt Kleemann grauste es bei dem Gedanken an einen Sprung in das eiskalte Wasser. Er zog es daher vor, sich wieder auf den aktuellen Tatbestand zu konzentrieren. »Michael, war dein Kirchenbesuch erfolgreich?«

Oberkommissar Röder schüttelte den Kopf. »Wie man's nimmt. Der Kirchenchor hatte frei an diesem Sonntag. Habe aber vom Chorleiter, sprich vom Pastor, noch einmal eine genaue Liste der Männer bekommen, die am Donnerstag mitgeprobt haben. Er hat dazugeschrieben, wann sie seiner Erinnerung nach gegangen sind. Bis auf zwei Ausnahmen sind alle noch mit ins *Skippers Inn* gegangen. Er selber habe, so sagte er, noch ein, höchstens zwei Bier getrunken. Mehr nicht, schließlich habe man als Pastor eine gewisse Vorbildfunktion, hat er erklärt. So konnte er natürlich nicht sagen, in welcher Reihenfolge die anderen nach seinem Abgang das Lokal verlassen haben.«

»Mit den meisten hast du doch schon telefonisch gesprochen, oder?«

Röder nickte. »Richtig. Ein paar habe ich aber nicht erreicht. Wäre sicher nicht schlecht, wenn wir tatsächlich mit allen persönlich sprechen würden. Soll ich sie dir nacheinander auf die Wache schicken? Wir stellen dir einen bequemen Sessel hin, und einen Hocker, um die Beine hochzulegen, und dann kann's losgehen.« Röder grinste.

»Danke der Nachfrage. Würde vorschlagen, wir teilen uns auf. Ich bleibe wie vorgeschlagen auf der Wache. Allerdings ohne Sessel. Euer klappriger Bürostuhl tut's auch. Und ihr geht zu den Sängern. Danach werden wir die Aussagen inhaltlich und zeitlich miteinander abstimmen. Vielleicht kommen wir auf diesem Weg weiter.« Arndt Kleemann bedauerte ein wenig, dass er damit den Startschuss gegeben hatte, den gemütlichen Frühstücksraum zu verlassen, den sie kurzfristig zu ihrer Einsatzzentrale auserkoren hatten. Die kleine Wache war dagegen doch eher karg in der Einrichtung und bestimmt nicht so lecker warm. Aber um Leute zu einem Mordfall zu befragen, sicher der bessere Ort.

»Wäre es nicht vorteilhafter, wir würden alle Beteiligten hier ins *Sonnenstrand* bitten?«, fragte Klaus Kockwitz. »Wir sollten die Herren zuerst einzeln befragen, und dann ihre Aussagen abgleichen. Den Abend sozusagen nachstellen. So können wir Differenzen in den Aussagen viel besser herausfiltern. Was meint ihr? Die Wache wäre natürlich für solch eine Gegenüberstellung viel zu klein.« Er schaute seine Kollegen erwartungsvoll an.

Martin Brinkmann war der Erste, der nickte. »Keine schlechte Idee. So können wir die Kräfte bündeln und alle gleichermaßen beobachten.«

Arndt Kleemann war begeistert. Eine gute Sache. So konnte er wenigstens noch ein wenig die gemütliche Atmosphäre des Hotels genießen und gleichzeitig hoffentlich effektiven Dienst tun. »Michael, ruf die Leute an und bestell sie ab dreizehn Uhr ins Hotel. Mach es dringend. Du weißt schon.«

Der Inselpolizist faltete die Liste zusammen, die ihm der Pastor mitgegeben hatte, und steckte sie in seine Uniformjacke. »Ich fahre zur Wache. Von wegen Diensttelefon. Bin in einer halben Stunde wieder da.«

»Klaus, du erzählst mir bitte, was das Gespräch mit diesem Mario ergeben hat«, forderte Kleemann seinen Kollegen auf. Er hatte vorher schon einmal danach fragen wollen. Doch Michael Röder war ihm ins Wort gefallen und so hatte er sich ablenken lassen. Er würde sich seinen Inselkollegen bei Gelegenheit mal zur Brust nehmen müssen. Irgendwas war da oberfaul. Das spürte er. Er hätte nur zu gern gewusst, was.

»Nichts. Gar nichts hat der junge Mann gesagt«, erwiderte Kockwitz. «Obwohl ich glaube, dass er uns etwas hätte erzählen können. Bin mir nicht sicher, aber ich habe das Gefühl, dass unter seiner coolen Haut eine Riesenportion Unsicherheit steckte. Vielleicht wollte er ja jemanden decken? Seinen Betreuer? Schließlich war der zumindest in unmittelbarer Nähe des Tatgeschehens. Natürlich auch die anderen aus der Truppe. Aber dieser Mario scheint mir, wenn überhaupt, dann zu Mendel ein Vertrauensverhältnis zu haben. Und wenn der Junge was Belastendes beobachtet hat, dann mauert er. Da kriegst du nichts mehr aus dem raus.«

»Also werden wir jetzt den Kirchenchor in die Mangel nehmen und uns dann noch einmal die Leute vom Camp vorknöpfen. Und auf ein Wunder hoffen«, sagte Kleemann.

Kurz darauf stand Michael Röder wieder in der Tür. »Sie kommen alle. Sogar Jörg Boekhoff. Obwohl der sich arg schwergetan hat mit seiner Zusage. Nur Hilko Siemering nicht. Der ist zum Zahnarzt.«

»Auf einen Sonntag?«, fragte Martin Brinkmann perplex. »Gibt es überhaupt einen Zahnarzt hier?«

»Nein, aber er ist mit der ersten Fähre rüber. Zum Notdienst, sagt seine Frau. Die anderen haben versprochen, ab ein Uhr hier aufzulaufen.« Michael Röder zog sich einen Stuhl heran und setzte sich. Dann legte er vorsichtig eine kleine Plastiktüte auf den Tisch. »Hier. Den Inhalt hat mir gerade Ole Boekhoff nebst Schwester gebracht. Der Gast von denen, der Pottbarg«, Röder grinste zu seinem Kollegen Kockwitz hinüber, der genervt das Gesicht verzogen hatte, »war auch dabei. Sie erzählten sehr wichtig, dass Frau Albers diese Kerze auf ihrem Dünengrundstück gefunden habe. Gleich nachdem sie entdeckt hatte, dass jemand drauf gegraben hatte. Der junge Boekhoff hat natürlich sofort festgestellt, dass er diese Kerze bei sich zu Hause noch nie gesehen hat, sie also demnach nicht von seinem Vater stammen kann.«

»Und warum hat Frau Albers das gute Stück nicht früher rausgerückt?«, fragte Kockwitz.

»Sie hat es wohl vergessen. Die ist ihr heute Morgen erst wieder in die Finger geraten. Sagt Ole.«

Klaus Kockwitz begutachtete die Kerze von allen Seiten, legte sie dann zurück auf den Tisch. »Ich weiß zwar nicht, wie die uns weiterbringen soll, aber wie heißt es so schön: Alles hilft.«

»Moment mal. Eine ähnliche Kerze habe ich schon gesehen. Hier auf der Insel.« Arndt Kleemann wäre beinahe aufgesprungen, wenn ihn nicht seine schmerzenden Knochen daran gehindert hätten. So erhob er sich nur gute zehn Zentimeter aus seinem Stuhl, um dann wieder stöhnend darauf zurückzusinken. »Verdammt, wo war ich, wo waren wir? Martin, kannst du dich daran erinnern?«

»Stand nicht bei dem Russen so ein Ding auf dem Tisch? Dieses Erinnerungsstück von seinen Eltern?«

»Aber – wenn es da auf dem Tisch gestanden hat, kann es nicht vorher von Frau Albers gefunden worden sein«, überlegte Röder. »Das passt zeitlich überhaupt nicht.«

»Du hast recht. Aber vielleicht hat er nicht nur eine von der Sorte. Wir müssen ihn uns unbedingt noch einmal vorknöpfen.«

Kleemann hatte kaum zu Ende gesprochen, als es klopfte. Ein junger Mann steckte den Kopf zur Tür herein. »Dirk Ulrichs. Wir sollten uns hier melden? Michael Röder hat mich angerufen. Ich bin einer der Sänger.«

Arndt Kleemann nickte. »Bitte kommen Sie rein. Mein Kollege wird sofort mit Ihnen sprechen.«

Nach und nach erschienen auch die anderen Chormitglieder in der Gaststube des Hotels *Sonnenstrand*. Die Polizisten ließen sich nacheinander von jedem Einzelnen berichten, wie der Abend nach der Probe zu Ende gegangen war.

Der Pastor war einer der letzten, der seinen Kopf durch die Tür steckte. »Gott zum Gruße«, sagte er feierlich und schüttelte jedem der Kommissare die Hand. »Leider konnte ich nicht ganz pünktlich sein. Sie wissen ja, der

Sonntagmorgen ist für uns Pastoren die rechte Krönung einer arbeitsreichen Woche. Erst der Gottesdienst für die Erwachsenen und dann das fröhliche Miteinander der Kleinsten der Gemeinde. Erhebend.«

Arndt Kleemann verdrehte innerlich die Augen und Michael Röder sagte: »Wenn Tant' Anna jetzt hier wäre, würde sie sagen: Es ist eine ganz alte Weisheit, dass die Arbeit des Sonntags vom Montag wieder verdorben wird. Aber wahrscheinlich war damit nicht dein Job gemeint, Lambert«, fügte er schnell hinzu.

Verhaltenes Gelächter machte sich in der Gaststube breit, und eine leichte Röte schob sich über das Gesicht des Pastors. »Lieber Michael, als du deine Sandra geheiratet hast und ihr bei mir vor dem Altar standet, da habe ich nur Glück bei euch gesehen und die Freude darüber, in der Kirche den heiligen Bund der Ehe eingehen zu dürfen. Warum also jetzt dieser Sinneswandel? Oder war diese Eheschließung nur als Schau für die Familie gedacht? Nun, Michael?«

»Ich glaube«, fiel Kleemann ein, »oder nein – ich weiß ganz sicher, dass wir jetzt andere Dinge zu klären haben.« Bevor die Sache hier in einen Glaubensstreit ausartete, wollte er lieber Licht in die Mordsache bringen. Sonst würden er und seine Kollegen womöglich noch die nächsten vier Wochen auf dieser Insel leben müssen. Und das wollte er sich und seiner Wiebke nicht zumuten. Seine geschundenen Gliedmaßen verlangten dringend nach Streicheleinheiten.

Nach der Einzelbefragung bat er die Männer zu einer Abschlussbesprechung. Er hatte das Gefühl, dass er die Unsicherheit und Nervosität unter ihnen fast mit den Händen greifen konnte. »Wir haben gerade Ihre Aussagen miteinander verglichen. Ein oder zwei Fragen zum besseren Verständnis habe ich allerdings noch.« Arndt Kleemann schaute auf die Zettel. Der Abgleich der Aussa-

215

gen hatte keine nennenswerten Differenzen ergeben. Die Zeitspanne, in der die meisten Sänger gegangen waren, war recht kurz gewesen. Nur Paul Kureck und Mark Speidel waren noch an der Theke sitzen geblieben, bis der Wirt das Abschiedsbier eingeläutet hatte. Dann waren sie gemeinsam nach Hause gefahren. So zumindest lautete ihre Aussage. Was den Wahrheitsgehalt anbelangte, war dieser genau so zweifelhaft oder glaubwürdig wie die Aussagen der restlichen Mitglieder des Kirchenchores.

Alle gaben zu, dass sie Grombach an diesem Abend mehr oder weniger hart angegangen waren wegen seiner Idee, ein Dauercamp für die Jugendlichen auf der Insel zuzulassen. Kaum einer hatte dafür Verständnis gehabt. Bis auf Tobias. »Herr Brunken, stimmt es, dass Sie sich für die Jugendlichen eingesetzt haben?«, fragte Kleemann.

Tobias Brunken nickte. »Ich finde, wir müssen diesen Kindern eine Chance geben.« Im gleichen Moment schwoll das Gemurmel im Saal schlagartig an.

»Ruhe, meine Herren. Der Herrgott hat uns verschiedenen Meinungen gegeben, und den meisten Menschen auch den Verstand, damit umgehen zu können«, ertönte die Stimme des Pastors durch den Saal. Er war aufgestanden und hatte sich mit gefalteten Händen vor die plötzlich verstummten Männer gestellt. »Warum sollte das bei euch anders sein. Lasst uns der Verstorbenen gedenken.«

Das war der Moment, in dem auch Hauptkommissar Arndt Kleemann mit unerwarteter Geschwindigkeit seine schmerzenden Glieder aus dem Sessel wuchtete. »Meine Herren, Sie können gerne sitzen bleiben und gedenken, aber wir – Sie werden es verstehen – müssen unserer Arbeit nachkommen. Sicher werden wir den einen oder anderen noch einmal befragen, aber ich möchte die Sitzung hiermit schließen. Ich danke Ihnen, meine Herren. Das Protokoll werden wir Ihnen zu einen späteren Zeitpunkt ebenfalls noch zur Unterschrift vorlegen.«

Auch Kleemanns Kollegen erhoben sich und verließen wie auf ein geheimes Kommando fluchtartig den Saal.

»Mannomann«, schnaufte Kockwitz, als sie die Tür des großen Saals hinter sich geschlossen hatten, »möchte nicht wissen, was da jetzt noch abgeht.«

»Tja, nutze deine Chance. Das wichtigste Motto für jeden Pastor!«, lachte Michael Röder.

»Ich weiß echt nicht, was ihr habt«, entgegnete Martin Brinkmann. »Ich finde, das war ein sehr schöner Zug von dem Mann. Etwas mehr Pietät hätte euch ganz gut zu Gesicht gestanden. Ihr müsst nicht immer einen auf abgebrüht machen, nur weil ihr Polizisten seid. Mir ist der Glaube zumindest ein sehr wichtiges Instrument, um meinen Berufsalltag einigermaßen gut zu überstehen. Und kommt mir jetzt nicht mit der alten Leier: Glaube ja – aber das Bodenpersonal …! Das ist nämlich Quatsch. Jeder so gut, wie er kann, sage ich immer.«

»Du hast ja recht«, stimmte ihm Kleemann zu. »Aber ganz was anderes macht mich allmählich richtig sauer. Nämlich, dass wir keinen Schritt weiterkommen.« Seine Stimme war laut geworden. »Nicht ein Fitzelchen eines Hinweises haben wir in der Hand. Zudem tun mir alle Knochen weh. Aber nütz nix. Lasst uns zur Wache gehen.«

In der Kneipe *Zum Inselwirt* brannte Licht. »Aha, einige übertreiben es mit dem sonntäglichen Frühschoppen mal wieder.« Röder schaute auf die Uhr. »Gleich halb drei. Da kann man schon fast von einem Spätschoppen sprechen.«

»Es gibt gerade heute natürlich so allerhand Gesprächsthemen für die Theke«, bekräftigte Klaus Kockwitz, als sie die Wache der Polizeistation betraten. »Auch wenn keiner weiß, was wirklich passiert ist. Michael, kann uns deine Frau inzwischen einen Kaffee machen? Das wäre echt klasse.«

Der Inselpolizist nickte und verschwand im Flur, der zur Küche führte. Es dauerte nicht lange, da hörten die anderen Sandras helle Stimme, die immer wieder von lautstarkem Hundegebell übertönt wurde.

»Also – zum Ersten hätten wir Fenna Boekhoff. Stichwort: der Abend vor Frau Grombachs Tod. Dann geht mir ihr Mann immer noch nicht aus dem Kopf. Ebenso wenig die Leute aus dem Camp, sowie alle Mitglieder des Kirchenchores. Genauer gesagt, eigentlich alle …« Arndt Kleemann blickte seine Kollegen ratlos an. »Mensch, Leute, so langsam wächst mir die ganze Sache über den Kopf. Ich denke, wenn wir bis morgen früh nicht weitergekommen sind, sollten wir wirklich ein paar Mann Unterstützung vom Festland anfordern.«

Klaus Kockwitz nahm einen letzten Schluck aus seinem Kaffeepott. »Aber bis dahin können wir einiges wegarbeiten. Wer steht noch auf unserer Liste?« Er beugte sich zu Arndt Kleemann hinüber. »Natürlich dieser Lubkovits. Ebenso Mario – den übernehme ich wieder. Ich glaube, ich komme ganz gut an den ran. Auch wenn ich bis jetzt nicht viel aus ihm rausgekriegt habe. Aber ihr kennt das alte Sprichwort: Steter Tropfen höhlt den Stein. Hinterher kann ich gleich zu Frau Boekhoff rübergehen. Ich zieh denn mal los.«

»Und ich werde mir den Wirt vom *Skipper's Inn* vornehmen. Sozusagen als letzte Instanz, was die Aussagen der Sänger betrifft«, sagte Brinkmann und folgte seinem Kollegen nach draußen.

»Na, dann bleibt uns nur Lubkovits.« Arndt Kleemann stierte auf das Papier, als könne er dort die Lösung des Falles ablesen.

»Was ist mit Anna Albers? Sollen wir mit ihr wegen

der Kerze sprechen?« Michael Röder kraulte das Fell des Heidewachtels, der sich hereingeschlichen hatte, als Sandra das Tablett mit dem Kaffee gebracht hatte. »Ich könnte da schnell hinfahren. Amir braucht auch Auslauf.«

Kleemann nickte. »Gut. Ich werde ein paar Telefonate führen. Wenn du wieder da bist, werden wir uns den Lubkovits vornehmen.«

Der Inselpolizist stand auf. »Komm, Amir. Leine holen. Gleich geht's los.«

»Moment, Michael. Eine Frage noch. Sag mal, ist da eigentlich was gewesen zwischen dir und den Gästen von den Grombachs?« Kleemann merkte, wie der Inselpolizist erstarrte. »Ich habe da so ein ganz komisches Gefühl, und wäre froh, wenn du mich davon erlösen würdest.«

Langsam drehte Röder sich um und ließ sich auf den quietschenden Hocker fallen. »Ich glaube, ich habe Scheiße gebaut«, sagte er leise. Er erzählte seinem Kollegen, was sich auf der Straße vor Grombachs Haus abgespielt hatte. »Im gleichen Moment hätte ich mich selbst ohrfeigen können, weißt du? So was darf einfach nicht passieren. Aber es ist passiert. Und ich habe mich entsetzlich geschämt.«

»Mit Recht, mein Lieber. Aber gut, dass du die Geschichte jetzt auf den Tisch gebracht hast. Ungeklärte Sachlagen könnten auch für deine Kollegen böse Folgen haben. Ich muss dir nicht erzählen, dass Unstimmigkeiten und Misstrauen im eigenen Lager extrem gefährlich sein können. Ich werde jetzt Kockwitz anrufen, bevor der sich mit dem Jungen beschäftigt.«

Röder schaute Kleemann entsetzt an. »Muss das sein?«

»Natürlich. Er sollte auf jeden Fall wissen, was dazu beigetragen hat, dass dieser Junge uns gegenüber so mauert. Du wirst sicher nicht der einzige Grund sein. Aber der, der ihm am frischesten im Kopf ist«, sagte Kleemann ernst.

»Wohl wahr«, sagte Röder trübe. »Im schlimmsten Fall könnte ich mit diesem Ausraster sämtliche Ermittlungsversuche schon im Vorfeld ziemlich erschwert haben.«

»Im schlimmsten Fall hat der Junge das wenige Vertrauen, das er vielleicht in der Zeit im Camp aufgebaut hat, nun endgültig verloren.«

*

Mario saß wie erstarrt auf einer der weißen, steinernen Tiefbrunnenabdeckungen, die nördlich des Wasserwerkes in die Dünen eingelassen worden waren. Er konnte es immer noch nicht glauben. Da hatten sie glatte zwei Stunden mit den Baltrumer Kindern Volleyball gespielt und was war passiert? Nichts. Kein böses Wort. Kein ›du Asi‹, kein ›hast wohl das Spielen in der Gosse gelernt‹, kein dummes Gelächter, wenn einer von ihnen mal einen Fehler machte. Hinterher hatten sie sich sogar alle zusammen noch mit Apfelsaftschorle den Durst aus den Kehlen gespült und sich unterhalten. Krass hier. Manchmal waren nur vier Kinder in einer Schulklasse. Zehn Schulklassen und sechs Lehrer. Was für ein Paradies. Wie wäre sein Leben wohl verlaufen, wenn er hier auf der Insel groß geworden wäre?

Vielleicht hätten sie dann auch an Feriengäste vermietet und etwas mehr Schotter gehabt. Vielleicht hätte sein Vater seine Mutter nicht mehr geschlagen. Vielleicht … Aber so war es eben nicht. Wenn er aus diesem Kreislauf raus wollte, musste er nicht mehr über sein beschissenes altes Leben und seine Eltern nachdenken, sondern bei sich anfangen. Das war ihm wieder einmal so richtig bewusst geworden. Er konnte sich nicht auf die Sicherheit einer Familie im Hintergrund stützen, sondern musste sich diesen Halt selber schaffen. Und – er würde es schaffen. Er war handwerklich geschickt. Er würde eine Ausbildung zum Mechatroniker machen. Dafür hatte

Stefan gesorgt. Und dann würde er Geld verdienen. Eigenes, mit dem er tun und lassen konnte, was er wollte. Hauptsache, seine Mutter kriegte es nicht in die Finger. Das war das Wichtigste.

Langsam rutschte er von dem runden Deckel. Er hatte Stefan versprochen, zum Kaffeetrinken wieder im Haus zu sein. Plötzlich stockte er. Was war das für ein Geräusch, das mit dem Wind zu ihm herüberwehte? Ein gleichmäßiges Klappern, das ihm auf unheilvolle Weise vertraut vorkam. Er lauschte, dann war es völlig klar. Es war das Geräusch, das er gehört hatte, als der geheimnisvolle Mann, der auf dem Grundstück der Oma nachts gebuddelt hatte, weggefahren war. Der Mörder. Mario schwankte zwischen sich verstecken und hinterherlaufen. War der Mann auf seiner Spur, weil er ihn in jener Nacht gesehen hatte? Oder war es reiner Zufall, weil der Mann sich in der Sicherheit wiegte, von keinem beobachtet worden zu sein? Fuhr er deswegen so unbeschwert mit diesem Rad und seinem klappernden Schutzblech durch die Dünen? Mario horchte. Das Geräusch schien sich zu entfernen. Er wartete noch eine Weile, dann machte er sich langsam auf den Weg nach Hause.

Ihm war unbehaglich zumute. Was, wenn der Mann zurückkam? Weit und breit war kein Mensch zu sehen, den er um Hilfe bitten könnte. Nur ein paar Fasane und einige Elstern mit ihrem schwarzweißen Gefieder begleiteten ihn.

Als er aufs Grundstück bog, atmete er auf. Stefan stand in der Tür und schien schon auf ihn gewartet zu haben. Marios Blick fiel auf die Bank beim Küchenfenster. Die Bank, auf der er gesessen hatte, bevor er die tote Frau Grombach entdeckt hatte. Und daneben stand das Fahrrad. Das Rad, das Stefan wegen einer angeblich kaputten Lampe bei *Fahrradmax* abgegeben hatte.

»W…wo kommt das Fahrrad her?«, stotterte er undeutlich.

»Habe ich gerade abgeholt. War so verabredet«, lachte Stefan ihn an. »Komm rein, der Kaffee ist fertig.«

Das Fahrrad … War es etwa dieses Rad, das er gehört hatte, als er in den Dünen gesessen hatte? Ihm wurde schlecht. War Stefan, sein bewundertes Vorbild, nun doch ein Mörder? War er es gewesen, der den Grombach in den Dünen vergraben hatte? Oder hatte Stefan den Mann gar nicht umgebracht, sondern nur jemandem geholfen, ihn zu vergraben? Dann wäre das alles gar nicht so schlimm. Das hätte er auch gemacht, wenn er darum gebeten worden wäre. Christina! Genau. Die mit Stefan auf dem Sofa rumgemacht hatte. Wahrscheinlich war sie ihm schon öfter an die Wäsche gegangen. Von wegen schüchtern und zurückhaltend. Die hatte bestimmt ihren Mann um die Ecke gebracht, und Stefan hatte gar nicht mehr anders gekonnt, als ihr zu helfen.

Mario merkte, wie der Druck etwas nachließ, der sich in seiner Brust aufgestaut hatte. »Ich komme.« Er folgte Stefan ins Gartenhaus.

Der Gemeinschaftsraum war von den begeisterten Kommentaren über die gelungene Sportstunde erfüllt. Gierig griffen alle nach dem Butterkuchen, der verlockend duftend auf dem Tisch stand. Nur Mario saß bedrückt zwischen den anderen. Er musste rausfinden, wer dieser Mann war, der ihn inzwischen bis in seine Träume verfolgte. Wie konnte er noch Vertrauen haben, wenn er nicht wusste, ob dieser Mann Stefan hieß?

»Kann ich mir mal das Rad ausleihen? – Ich hab, glaube ich, was in der Turnhalle vergessen«, machte er den lauen Versuch einer Erklärung.

»Da ist jetzt bestimmt keiner mehr«, war Stefans erstaunte Antwort.

»Ich kann es aber zumindest versuchen.« Mario stand

auf. Er hielt es nicht mehr aus. Nicht seine Gruppe. Nicht die fröhliche Stimmung. Und schon gar nicht Stefan. Es drängte ihn hinaus, und ohne noch ein weiteres Wort zu sagen, verließ er fluchtartig das Gartenhaus.

Er lief zu dem Fahrrad, riss es mit einer ungestümen Bewegung herum und verließ mit kräftigen Pedaltritten das Grundstück. Immer härter trat er zu, nahm Fahrt auf und passierte in kürzester Zeit das Deichschart hinter *Haus Oase*. Dann bog er rechts ab Richtung *Teestube*. Nicht einmal die leichte Steigung vor dem Café konnte ihn bremsen. Was ihn jedoch einhalten ließ, war eine Erkenntnis, die wie ein Donnerhall einschlug. Dieses Fahrrad klapperte nicht!

Langsam und konzentriert fuhr er weiter. Mit jedem Tritt horchte er, ob nicht doch irgendetwas scheuerte, schepperte, klapperte. Doch die Kette glitt lautlos am Schutzblech vorbei, und auch die Pedale berührten das Schutzblech nicht.

Er war es nicht, jubelte es in Mario auf. Stefan konnte es nicht gewesen sein, denn selbst wenn dieser Max dieses Fahrrad repariert hätte: Mario hatte das andere, das klappernde, vor gut einer halben Stunde noch gehört.

Wieder trat er kräftig in die Pedale, diesmal nicht vor Frust, sondern vor lauter Freude über seine Entdeckung. Er bog in die Straße ab, die, wie er wusste, an der Schule vorbeiführte, folgte ihr, fuhr dann rechts ab zum Hafen und hatte bald den verlassenen Anleger erreicht. Er war kaum jemandem begegnet. Nicht einmal die *Baltrum III* lag da. Im Winter lagen die Schiffe in Neßmersiel, hatte Stefan einmal gesagt, als Mario festgestellt hatte, dass ein Hafen ohne Schiff ziemlich blöd aussähe. Das Watt hinter dem Bootshafen war trocken gefallen. Mario kehrte um. Er wollte sich nicht dem Gefühl von Leere und Trostlosigkeit hingeben, die ihn bei der verlassenen Weite des Hafens zu überfallen drohte. Er wollte unter Menschen sein, lachen, Wärme spüren. Dem Ausdruck geben, was er seit seiner Entdeckung in seinem Inneren fühlte.

Es war, als wäre die Welt plötzlich in rosarotes Licht getaucht. Stefan hatte mit den Todesfällen nichts zu tun! Fast schämte er sich für die Gedanken, die ihm noch vor einer Stunde durch den Kopf gegangen waren.

Beim Wattenmeerhaus fuhr er links ab bis zur Inselglocke. Dort setzte er sich auf eine der Bänke, die mit metallenen Schmiedearbeiten geschmückt waren. Er schaute auf die Lichterketten, die die Gaststätte *Zum Seehund* und auch den Zaun um die Inselglocke bunt anstrahlten. Bald war Weihnachten. Die Betreuer versuchten immer, ihren Schützlingen die Tage so schön wie möglich zu gestalten. Aber es hatte halt jeder sein Päckchen mit sich rumzutragen. Und Mario wusste, dass beinahe alle Jugendlichen im Camp die Tage für eine Stunde in einer – nein, in ihrer – Familie hergegeben hätten. Hätten diese Familien funktioniert. Aber das stand auf einem anderen Blatt. Er saß hier und jetzt auf Baltrum und alles war gut.

Bis auf eine winzige Kleinigkeit. Er horchte.

Langsam glaubte er, verrückt zu werden. Da war es wieder. Dieses Klappern. Und es näherte sich. Mario erstarrte. Der Radfahrer kam näher und näher, das Geräusch wurde lauter und lauter. Mario spürte in diesem Moment den drängenden Wunsch, sich unsichtbar machen zu können. Er zog sich die Kapuze seines Anoraks über den Kopf, so dass er nur aus einem kleinen Schlitz heraus sehen konnte, wie der Mann an ihm vorbeifuhr. Dann war der Fahrradfahrer so schnell verschwunden, wie er gekommen war.

Du musst es wissen, hämmerte es plötzlich in seinem Kopf. Du musst wissen, wer das ist. Er sprang auf, setzte sich auf sein Rad, folgte der Spur des Mannes und hatte Glück.

Er sah, dass der Mann hinter dem *Haus Ferienidyll* links abbog. Mario verlangsamte sein Tempo und wartete ab, wohin sich der Mann als Nächstes wenden würde.

Unterhalb der Strandmauer fuhr der Mann weiter Richtung *Haus an der See*. Dann bremste er, stellte sein Fahrrad in den Fahrradständer und verschwand hinter einem Haus. Vorsichtig schob Mario sich und sein Fahrrad näher. Sollte er ihm folgen? Eigentlich ging ihn das Ganze ja überhaupt nichts mehr an. Stefan war unschuldig. Das war das Einzige, was ihn zu interessieren hatte.

Doch … er war ganz nahe dran, das fühlte er. Allerdings war ihm immer noch nicht klar, ob der Mann ihn in jener Nacht erkannt hatte. Mario wollte nicht den Helden spielen, dazu wusste er zu genau, wozu dieser Mann fähig war. Wer einmal einen Mord begangen hatte, dem kam es auf einen zweiten nicht mehr an. Das war sicher. Nein, er würde gepflegt die Finger von irgendwelchen Nachforschungen lassen.

Aber mal eben ums Haus gucken. Das konnte nun wirklich nicht gefährlich sein. Er lehnte sein Fahrrad an den Holzzaun, der das Grundstück auf der anderen Straßenseite begrenzte.

Im gleichen Moment öffnete sich die Haustür. Der Mann, der mit dem Fahrrad an ihm vorbeigefahren war, stand mit einem Lächeln im Gesicht vor ihm. »Kann ich dir helfen? Suchst du jemanden?«

Mario wollte etwas sagen, aber die Stimme versagte ihm. So blieb ihm nur, mit dem Kopf zu schütteln und wieder nach seinem Fahrradlenker zu greifen.

»Würdest du mir denn bitte einmal helfen? Ich möchte einen Schrank versetzen. In einer Ferienwohnung. Bin am Renovieren.«

Mario wusste nicht mehr, was er denken sollte. Da stand dieser Mann so harmlos vor ihm. Ein Vermieter, der ihn um Hilfe bat.

225

Immerhin konnte es ja sein, dass er sich in die Sache mit dem Schutzblech einfach nur verrannt hatte? Es gab sicher jede Menge Räder auf dieser Insel, die klapperten. Angenagt von der salzhaltigen Luft sahen die alle mehr oder weniger verrostet aus. Wie sollte er da das Richtige herausgehört haben? Ging eigentlich gar nicht.

Oder war der Mann doch der Mörder? Mario war sich so sicher gewesen, als er das Geräusch wieder gehört hatte.

Dann war da noch etwas: Der Typ, der da so lachend vor der Haustür stand, wusste doch mit Sicherheit, dass Mario zu der Gruppe aus dem Camp gehörte. Wenn er nun nein sagte, dann hieße das bestimmt wieder ›Mein Gott, was für unfreundliche Blagen. Nicht mal mit anpacken können die.‹ Langsam lehnte er sein Fahrrad zurück an den Zaun. »Kein Problem«, sagte er mühsam. »Ich komme.«

*

Michael Röder hatte wieder einmal auf Tant' Annas Eckbank Platz genommen. Amir schnarchte darunter. Noch einmal, diesmal aus ihrem Mund, ließ Röder sich berichten, wann und wo genau sie die Kerze gefunden hatte.

»Weißt du, Michael, ich bin inzwischen so weit, dass ich ganz gegen meine sonstigen Gepflogenheiten jeden Abend vor dem Schlafengehen meine Socken kreuzweise vor das Bett lege.« Michael Röder schaute sie erstaunt an. »Tja, die Spinnereien einer alten Frau. Aber das wurde früher gemacht, um Unglück von der Familie fernzuhalten. Wenn es auch nichts nützt, so schadet es wenigstens nicht, was meinst du?«

Röder nickte. Er konnte sich ein Schmunzeln nicht verkneifen, wusste aber, wie tief Tant' Anna von den Vorgängen der letzten Tage getroffen sein musste. Besonders die Attacke ihres Neffen auf ihr Grundstück hatte sie bestimmt sehr mitgenommen. Da konnte man schon mal auf die Idee kommen, sich der alten Hausmittel zur Gefahrenabwehr zu erinnern.

»Ja, du lachst. Aber glaube mir, angefangen hat alles genau in dem Moment, wo Jakob, du weißt schon, wen ich meine, dieses silberne Ruekeldöschen mitbrachte. Vom Friedhof. Das musst du dir mal vorstellen.«

Er nahm die silberne Dose und öffnete sie. »So etwas habe ich noch nie gesehen«, sagte er. »Wie kommt die denn auf den Friedhof?«

»Keine Ahnung«, antwortete Tant' Anna grübelnd. »Aber es gibt die Sage, dass eine junge Insulanerin vor vielen, vielen Jahren mit ihrem ganzen Schmuck begraben worden sein soll. Vielleicht haben sich Teile davon wieder an die Oberfläche gearbeitet. Ich weiß nicht, wie ich es anders nennen soll. Die Dose war von Sand verklebt und ganz schwarz angelaufen, als Jakob sie mir brachte. Ich habe sie erst einmal säubern müssen. Noch heute werde ich sie zum Heimatverein bringen. Ich will sie nicht mehr im Hause haben, verstehst du?«

»Das ist eine gute Idee«, bekräftige Röder. » Aber eines muss ich noch fragen. Wofür benutzt man sie?«

»Das ist unterschiedlich. Bei manchen Damen war das Schwämmchen darin mit kostbaren Düften getränkt. Sie rochen daran, wenn die Luft um sie herum zu schlecht war. Was im achtzehnten Jahrhundert nun durchaus keine Seltenheit war. Andere Damen füllten zusätzlich konzentriertes Essigwasser ein. Wenn die dann bei entsprechenden Gelegenheiten pflichtgemäß in Ohnmacht fielen, konnten die Umstehenden ihnen das Riechdöschen unter die Nase halten und sie somit wieder unter die Lebenden zurückholen.«

Das war das Stichwort. Er musste sich um die Lebenden, noch mehr um die Toten der letzten Zeit kümmern, so schön Tant' Annas Geschichten auch waren.

»Tant' Anna, entschuldige, aber ich muss leider wieder los. Wenn dir noch was einfällt, melde dich. Oder bitte Ole um Hilfe. Der macht das bestimmt sofort.«

»Meinst du, ich bin zu blöd zum Telefonieren?« Tant' Anna hatte sich ebenfalls erhoben und schaute den Polizisten entrüstet an. Wie aufs Stichwort klingelte Röders Handy.

»Polizei, Röder«, meldete er sich und verdrehte im gleichen Moment seine Augen. Er deckte das Handy mit der Hand ab und flüsterte Tant' Anna zu: »Friedel Sangmüller. – Ja, Friedel, was gibt's? Willst du wieder hören, wie wir vorankommen? Nein, entsch... Aufgelegt.« Entgeistert starrte Röder Tant' Anna an. »Der kann vielleicht nerven. Aber was soll's. Ich muss jetzt wieder los. Komm, Amir.« Der Hund gähnte vernehmlich, folgte dann aber seinem Herrchen ohne Widerrede.

Gerade als der Polizist sein Fahrrad aufschließen wollte, sah er Jörg Boekhoff um die Ecke biegen. Na, da wird wohl einiges zu klären sein, dachte er, als er sah, dass der Mann an Tant' Annas Haustür klopfte.

*

Fenna schob den Vorhang des Küchenfensters zur Seite. Auf dem Nachbargrundstück sah sie Stefan im Gespräch mit einem der Kommissare. Der steht bestimmt gleich bei uns auch noch vor der Tür, dachte sie bedrückt. Andererseits – wer sollte sonst diese unsägliche Situation aufklären, wenn nicht die Polizei.

In Kürze würde ihre Familie nach Hause kommen. Sie lächelte. Ihre Familie.

In ihrer Vorstellung sah sie bereits alle um den Küchentisch sitzen. Ole, ihren Großen, und Rieke, die ihren neuen Freund Jakob gerade zu Recherchezwecken auf den Friedhof begleiteten. Ihren Mann, der im Moment bei der Tante seiner Frau zu Kreuze kroch. Sie alle sah sie um sich versammelt. Und wie ein Schatten an der Wand tauchte auch das Gesicht des Mannes auf, der dort draußen so unbefangen mit dem Polizisten plauderte. Aber sie merkte, dass der Schatten blasser wurde. Nicht, weil sie Stefan weniger mochte. Das ganz klar nicht. Aber weil sie wusste, dass sie neben seinen Schützlingen keinen Platz finden würde. Das hatte er ihr eindeutig zu verstehen gegeben.

Dazu kam, dass Jörg so offen mit ihr geredet hatte wie lange nicht mehr. Das hatte sie tief berührt.

Es würde Zeit brauchen, bis sie alles, was passiert war, für sich wieder so sortiert und durchdacht hatte, dass sie damit leben konnte.

Sie hörte das Schlagen der Haustür und gleich darauf Stimmen. Nicht nur Jörgs ruhige, dunkle, sondern auch die von Tant' Anna. »So, min Jung. Nimm mir mal min Jack af.«

Fenna freute sich. Dann schien bei den beiden der Horizont wohl klar zu sein. »Herein mit euch«, rief sie herzlich und stellte die Kaffeekanne auf den Tisch.

Tant' Anna rieb sich die Hände. »Kolt is dat buten«, sagte sie.

»Dann sett di man hen«, antwortete Fenna. »Word glieks warm.« Sie schaute Tant' Anna prüfend an und merkte zu ihrer Erlösung, dass in die Augen der alten Frau ein wenig ihrer gewohnten Fröhlichkeit zurückgekehrt war. »Schön, dass du mitgekommen bist.«

»Ich musste einfach. Hatte nämlich nicht ein einziges Stück Kuchen mehr im Haus. Und den Krintstuut hat Jakob aufgegessen. Bis zum letzten Stück.«

Fenna lachte. »Na, wenn das man kein guter Grund ist. Warte man noch fünf Minuten, dann sind die Kinder wieder da, und es kann losgehen.« Sie stellte den Kuchen auf den Tisch und setzte sich zu den beiden. Noch immer schmerzte ihr Kopf, und ihr Körper protestierte bei jeder schnellen Bewegung. Aber sie hatte wieder unter

Menschen sein wollen. Alleine oben im Schlafzimmer rumzuliegen tat ihrer Seele nicht gut.

Es klopfte an der Küchentür. »Aha, da sind sie schon«, sagte Fenna, doch sie irrte sich. Klaus Kockwitz steckte seinen Kopf herein.

»Entschuldigung, ich muss Sie noch einmal stören. Darf ich reinkommen? Kockwitz, zur Erinnerung.«

»Werde ich wohl kaum vergessen«, murmelte Jörg Boekhoff.

»Nehmen Sie Platz«, sagte Fenna. »Möchten Sie einen Kaffee?«

»Gerne. Obwohl ich heute eigentlich schon weit über mein normales Maß davon gehabt habe. Aber das bringt mein Beruf so mit sich. Das ist die Realität, nicht wahr, Herr Pottbarg?« Der Kommissar hatte sich zur Küchentür gedreht, in deren Öffnung sich in diesem Moment Ole, Rieke und Jakob drängten.

»Nun lassen Sie man, Herr Kockwitz. Herr Pottbarg ist schon schwer in Ordnung«, versuchte Fenna zu vermitteln, »auch wenn Sie das nicht glauben mögen. Und Leute mit Fantasie muss es doch auch geben. Sonst wäre das Leben viel trauriger. Nun setzen Sie sich hin und ihr anderen auch«, sagte sie und einen kurzen Moment schwang ein wenig ihrer alten Resolutheit in ihrer Stimme mit.

»Okay, kommen wir wieder zur Realität, desto eher bin ich wieder verschwunden. Ich muss Sie bitten, mir noch einmal genau zu erzählen, was das mit dem Pfeffer auf sich hatte.«

Fenna war blass geworden. »Wenn Sie meinen.«

Es war gar nicht so einfach, die ganze Geschichte vor ihrer Familie noch einmal zu wiederholen. Doch sie schaffte es, die Szene, die sie im Wohnzimmer der Grombachs vorgefunden hatte, zu beschreiben, ohne dass ihre Stimme anfing zu flattern. Dann berichtete sie noch einmal, wie der Pfeffertopf mit den Körnern aus

Christinas Hand auf die Herdplatte gefallen war und sich der Inhalt auf dem Fußboden verteilt hatte. Und dass sie den Eindruck gehabt hatte, dass Christina sehr durcheinander oder verängstigt gewesen war.

»Hatte die Frau Schuhe an?«, unterbrach Kockwitz sie.

Fenna überlegte. »Am nächsten Morgen, daran erinnere ich mich, da hatte sie keine an. Aber an dem Abend? Nein, ich weiß es nicht mehr«, sagte sie bedauernd.

»Ich bedanke mich trotzdem.« Klaus Kockwitz war aufgestanden.

»Wie stehen denn jetzt Ihre Ermittlungen?« Ole hatte sich ebenfalls erhoben und schaute den Kommissar an.

»Ich glaube, ich sage nichts Verkehrtes, wenn ich behaupte, wir sind kaum einen Schritt weiter.«

»Haben Sie eigentlich schon mit dem Hausmeister gesprochen? Ich meine, der hätte doch auch einen guten Grund, wie man so hört«, schaltete Jakob sich ein.

»So, was hat man denn gehört?«, fragte Kockwitz, mit leicht zynischem Unterton.

»Na, ja, dass der Stress hatte mit Grombach. Hat mir seine Schwester erzählt. Im *Inselmarkt*. Die war echt aufgebracht.«

Fenna sah, wie Kockwitz stutzte. »Was genau hat sie zu Ihnen gesagt?«

»Sie hat so etwa gesagt: ›Ich weiß genau, wie bei denen der Hase läuft. Und – wenn ich daran denke, was der Viktor mitgemacht hat …‹«

»Das waren ihre Worte?« Kockwitz schaute Jakob prüfend an.

»Wenn Sie meinen, dass ich mir das aus den Fingern gesogen habe, dann fragen Sie doch die Verkäuferin hinter der Käsetheke. Die war nämlich dabei«, protestierte Jakob aufgebracht. »Wer Fantasie hat, muss noch lange nicht lügen.«

»Schon gut, schon gut«, wiegelte Kockwitz ab. »Ich

vertraue Ihnen, werde aber zur Vorsicht noch im Markt nachfragen. Verstehen Sie das bitte nicht falsch.«

Jakob nickte. »Ist schon okay. Seine Schwester sagte übrigens noch, dass er nach dem Rauswurf die ganze Nacht bei ihr gewesen ist und kaum zu beruhigen war.«

Fenna war erleichtert, als Kockwitz sich endgültig verabschiedete.

»Ob ich dem Fall wohl jetzt zum Durchbruch verholfen habe?« Jakob schaffte es knapp, ruhig auf seinem Stuhl sitzen zu bleiben.

»Keine Ahnung«, antwortete Fenna, bevor ihre Kinder das Thema aufgreifen konnten. Sie wollte in Ruhe Kuchen essen und Kaffee trinken. Mit möglichst neutralen, angenehmen Themen. Obwohl sie genau wusste: Was immer sie anschneiden würde, um ein Gespräch in Gang zu bringen, sie würden unweigerlich wieder auf die Todesfälle in ihrer Nachbarschaft zurückkommen.

*

Klaus Kockwitz hatte es eilig. Er musste sich dringend mit seinen Kollegen abstimmen. Da passte was nicht, wenn er sich nicht ganz schwer täuschte.

Diesen Mario hatten sie wieder nicht angetroffen. Kockwitz hatte seine Verwunderung darüber nicht verbergen können und relativ verständnislos den Erklärungen von Mendel zugehört. Selbstverwirklichung, lernen, mit Freiheiten umzugehen, das war ja alles ganz gut und schön. Wenn aber die Möglichkeit bestand, dass diese Jugendlichen ihre Freiräume für ganz andere Aktivitäten nutzten – und das wäre bei diesen Kids nicht auszuschließen – hätte er sich eine härtere Gangart seitens der Betreuer gewünscht. Zu oft hatte er die Scherben zusammenkehren müssen, die diese Kinder, die keine Regel und kein Recht kannten, hinterlassen hatten. Da machte ihm keiner was vor.

Und wenn er die Sachlage richtig beurteilte, war Mendel bei seinem Besuch ebenfalls nicht ganz locker gewesen, als Kockwitz nach Mario gefragt hatte. »Eigentlich hatten wir uns um drei Uhr zum Schach verabredet«, hatte er etwas verwundert nach einem Blick auf seine Armbanduhr gesagt. »Unpünktlich ist er normalerweise nicht. Das hat er in der Zeit bei uns gelernt.« Und nach einer kurzen Pause hatte er noch hinzugefügt: »Scheint mir im Moment sowieso sehr irgendwelchen Gedanken nachzuhängen. Kann mir allerdings keinen Reim drauf machen. Gesagt hat er nichts. Ich muss zugeben, ich mache mir langsam Sorgen.«

So viel zum Thema Rückführung in die Zivilgesellschaft, dachte Kockwitz. Nicht mal Pünktlichkeit hatten sie dem Knaben anerziehen können in seiner Zeit im Camp, auch wenn der Mendel was anderes behauptete.

Kleemann hatte ihn angerufen, wegen des Ausrasters von Röder. Er sah das Ganze nicht so schlimm. Konnte durchaus mal passieren bei den ganzen Attacken, denen man sich in seinem Beruf aussetzen musste. Klar, hätte Röder nicht machen sollen. Aber so war das nun mal. Würde dieser Mario schon drüber wegkommen. Da musste sich Michael nun wirklich keinen Kopf drum machen. Allerdings hatte Kockwitz das Gefühl, dass Kleemann die Sache etwas anders sah. Aber sei's drum. War halt passiert.

Er bog, vom Rückenwind geschoben, auf das Polizeigrundstück ein und stellte das Fahrrad an der Hauswand ab. Als er ins Büro kam, sah er, dass seine Kollegen bereits vollzählig versammelt waren. Sein Blick fiel auf einen weiteren Mann, der vor dem Schreibtisch saß und missmutig auf den Inselpolizisten starrte.

»Michael wollte mir ja nicht zuhören«, sagte der gerade verdrossen. »Wer bezahlt denn die Steuern und bringt dat Geld auf die Insel? Da ist es nicht mehr als

233

recht und billig, dass einem Aufmerksamkeit geschenkt wird. Gerade eben zum Beispiel: Ich ruf ihn an. Zweiter Versuch meinerseits und wat is? Aufgelegt. Als ob ich nix Besseres zu tun hätte, als hinter der Polizei hinterherzutelefonieren.«

Arndt Kleemann versuchte, den Redeschwall des Mannes zu unterbrechen. »Und was haben Sie uns zu sagen, Herr Sangmüller? Bitte!«

»Also, dat war nämlich so: Ich war nächtens mal wohin, wenn Sie wissen, was ich meine. Und weil dat normalerweise hier auffe Insel immer so still is, hab ich mich dann doch gewundert, dass ich draußen Stimmen hörte. Die haben sich vielleicht angeschrien, das könn'se mir glauben. Un dat war genau in dieser Nacht, wo der Grombach über die Wupper gegangen is. 'tschuldigung, verstorben ist. Aber um den is echt nich schade! Wenn ich das mal so sagen darf. Hat der mich geärgert. Stellen Sie sich dat mal vor …«

»Herr Sangmüller!« Die Stimme des Kommissars hatte eine etwa dunkelblaue Klangfarbe angenommen.

Friedel Sangmüller zuckte zusammen. »Wollte't nur erzählen, dass Sie wissen, was für ein Mensch das war. Mensch? Was sach ich?« Er holte tief Luft. »Also gut. In der Nacht hat der sich gestritten. War so gegen elf. Die andere Stimme konnte ich nicht genau ausmachen. Kam mir bekannt vor, aber dann auch wieder nicht, wenn Sie verstehen, was ich meine.«

Ein Stöhnen aus vier Kehlen füllte die kleine Inselwache. Martin Brinkmann fing sich als Erster. »Bitte genauer, Herr Sangmüller. Wer hat was in welcher Reihenfolge zu wem gesagt?«

Eine Weile schwieg Friedel Sangmüller. Acht Augen schauten den Mann mit erwartungsvoller Aufmerksamkeit an. Dann zuckte er schwer mit den Schultern. »Also so ganz genau, ehrlich gesagt, hab ich dat auch nich mehr auf der Pfanne. So das eine oder andere Bierchen, wenn Se wissen, was ich meine …«

Arndt Kleemann war aufgestanden und hielt dem Mann seine Hand hin. Er versuchte, ein irgendwie geartetes Lächeln auf sein Gesicht zu zwingen. »Danke, Herr Sangmüller. Sie haben uns sehr geholfen.«

Auch Friedel Sangmüller stand auf und sagte verdattert: »Wie, dat war's schon? Muss ich denn kein Protokoll unterschreiben?«

»Später, guter Mann, später«, war das Einzige, was Kleemann einfiel.

Kopfschüttelnd drehte Sangmüller sich um und verließ die Wache. »Wenn dat man alles so richtig is«, hörten die Polizisten ihn im Rausgehen sagen, bevor die Tür hinter ihm zuschlug.

Die vier Männer atmeten auf. »Meine Güte, mit was für Typen man sich in unserem Job herumschlagen muss, ist wirklich grässlich«, stöhnte Kockwitz, bevor er den Kollegen Bericht erstattete, was die Gespräche mit Stefan Mendel und Fenna Boekhoff ergeben hatten. »Dieser Mario war natürlich mal wieder nicht da. Hatte das Gefühl, dass der Mendel darüber ziemlich beunruhigt war«, fing er an. »Und die Boekhoff hat mir den Verlauf des Abends geschildert. Danach habe ich mich noch mit dem Rest der Familie unterhalten. Und mit unserem Herrn Krimischreiber.« Kockwitz fing einen genervten Blick von Arndt Kleemann auf. »Da ist mir übrigens noch etwas aufgefallen: Arndt, hast du nicht erwähnt, der Russe hätte ausgesagt, dass er keinem von seinem Streit mit Grombach und dem Verhältnis mit dessen Frau erzählt hätte?«

»Der Russe hat einen Namen. Viktor Lubkovits. Und ja – das hat er gesagt.«

»Der Pottbarg hat aber erzählt, dass er die Schwester von dem Ru… von Lubkovits im Supermarkt getroffen hat, und die hat sehr wohl gewusst, was da abgelaufen ist. Der soll sich sogar eine ganze Nacht bei denen ausgeheult haben.« Kockwitz war aufgestanden. »Ich glaube, wir sollten dem Mann auf der Stelle einen Besuch abstatten. Auch wenn er nicht Mitglied im Kirchenchor ist. Gibt genügend andere Gründe, warum die sich in dieser Nacht begegnet sein könnten.«

»Nicht zu vergessen die Kerze«, fügte Martin Brinkmann hinzu. »Dazu müssen wir auch noch eine Erklärung finden. Sollte mich nicht wundern, wenn wir genau dort erfolgreich wären.«

»Ihr habt recht. Dr. Neuberts Worten war übrigens ebenfalls ganz klar zu entnehmen, dass die Siemerings genau Bescheid wussten«, erwiderte Kleemann. »Ich schlage vor, Michael und ich reden mit Herrn Lubkovits. Fast wären wir ja schon dagewesen, wenn uns nicht der nette Herr Sangmüller aufgehalten hätte. Martin und Klaus, ihr beide werdet die Schwester aufsuchen. – Okay, alles klar. Dann lasst uns losgehen«, sagte Kleemann mit dem letzten Enthusiasmus, zu dem er sich aufraffen konnte.

»Willst du nicht lieber hierbleiben? Du siehst aus, als könntest du dich kaum noch bewegen«, wandte Röder ein.

»Ich werde zumindest versuchen, euch zu begleiten. Wenn's nicht geht, mache ich einen Rückzieher. Ihr wisst ja, ich bin kein Freund von der Einstellung: Was muss das muss. Manchmal gibt es eben Grenzen«, erklärte Kleemann und hob sich mühsam aus seinem Stuhl.

»Was ist mit Amir? Kann der mit, oder soll ich ihn zu Sandra bringen?«, fragte der Inselpolizist, als sich der Heidewachtel leise bellend bemerkbar machte.

»Zum richtigen Polizeihund reicht es bei ihm noch nicht, aber solange er stubenrein ist – meinetwegen. Nimm ihn mit.«

Michael Röder klinkte die Leine ein und folgte den

236

anderen nach draußen. »Die Siemerings wohnen nicht
weit von hier.« Er beschrieb seinen Kollegen den Weg
und sagte: »Ihr könnt das Haus gar nicht verfehlen. Steht
groß der Name dran.«

*

»Er ist am Festland.« Elena Siemering saß auf dem Sofa
und ihre Augen wanderten unruhig zwischen den beiden Kommissaren hin und her. »Was wollen Sie denn
überhaupt hier?«

»Wir möchten wissen, was Ihnen Ihr Bruder über sein
Zerwürfnis mit seinem Ex-Arbeitgeber erzählt hat«
erklärte Klaus Kockwitz. »Und zwar möglichst genau.«

»Aber … aber«, stotterte sie ängstlich, »was hat das
denn damit, ich meine mit dem Mord zu tun? Mein
Bruder ist ein guter Mensch. Das könnte er gar nicht.
Er hat sie geliebt, wissen Sie. Aufrichtig geliebt. Trennen
wollte sich die Christina von ihrem Mann. Warum sollte
er sie umbringen?« Die letzten Worte schrie sie fast.

»Beruhigen Sie sich, Frau Siemering. Bitte sagen Sie uns,
was Sie wissen. Warum hatten die beiden Männer Streit?«

»Na, wegen Christina doch. Als der Grombach rausgekriegt hat, was da lief, hat er dem Viktor gedroht.
Scheißrusse hat er ihn genannt. Und: so was müsse
zurück in die Steppe geschickt werden.« Jetzt weinte
Elena Siemering.

»Und da hat Ihr Bruder zugeschlagen in der Nacht,
nicht wahr?« sagte Martin Brinkmann ruhig.

Elena Siemering schüttelte unmerklich den Kopf. »Ich
sage jetzt gar nichts mehr.«

*

Arndt Kleemann und Michael Roder hatten die Fahrräder stehen lassen und waren zu Fuß das kurze Stück
bis zu Lubkovits' Haus gegangen. Es war still auf den

Wegen. Die Insulaner schienen die Gemütlichkeit eines Sonntagnachmittages im November in ihren vier Wänden zu genießen. Michael Röder versuchte, Amir mit dem Kommando ›bei Fuß‹ vertraut zu machen, aber offensichtlich hatte der Hund in der Welpenschule in dieser Stunde nicht sehr gut aufgepasst. Es musste wohl der Geruch der vielen Inselkaninchen sein, der ihn immer wieder an der Leine zerren ließ. Arndt Kleemann schenkte den Erziehungsversuchen seines Kollegen kaum Beachtung. Seine Abschürfungen brannten nach wie vor höllisch, und er hatte nun auch noch das Gefühl, dass sein linker Knöchel anzuschwellen begann.

Als sie auf das Grundstück einbiegen wollten, wurden sie zurückgerufen. »Hallo, Michael, falls du den Jungen suchst, der ist eben bei Viktor rein.«

Irritiert drehte Röder sich um und sah Hagen Oppel am geöffneten Fenster stehen. Beim Handballtraining nannten ihn alle nur Hoppelhase. Sein Name und seine Spieltaktik forderten dies immer aufs Neue heraus.

»Ich weiß nicht, was der Viktor wollte, aber der Junge hat sein Rad hier abgestellt und ist rein.«

»Welchen Jungen meinst du denn um alles in der Welt? Drück dich doch mal klarer aus.«

»Weiß ich doch nicht. Jedenfalls kein mir bekannter Insulaner. Vielleicht ja einer von der Chaotentruppe. Aber warum sollte …«

»Erziehungscamp!«, warf Arndt Kleemann entschieden dazwischen.

»Von mir aus auch das. Solange die mich und meine Gäste in Ruhe lassen, soll's mir egal sein, ehrlich gesagt. Echt schlimm mit dem Grombach, nicht? Sag mal, habt ihr …«

»Nein haben wir nicht. Bis später.« Michael Röder atmete tief durch. »Komm«, sagte er zu Kleemann, »wir gehen hinten rum.«

238

»Sag mal, der Kollege Kockwitz hat uns doch erzählt, dass dieser Mario überfällig ist. Ob der hier rein ist?«, überlegte Kleemann. »Verstehe nur nicht, was der hier beim Lubkovits zu suchen hat.«

»Das wird er uns sicher gleich erzählen«, sagte Röder und band seinen Hund an einen Wäschepfahl. Ohne große Umstände öffnete er dann die Hintertür.

Kleemann schnupperte. »Es ist, als ob sich alles wiederholt.« Ein einladender Essensduft zog durch die dunklen, mit tausend Dingen vollgestellten Räume.

»Viktor?«, rief Röder laut. Er erhielt keine Antwort.

»Vielleicht macht er gerade einen Verdauungsspaziergang?«, schlug Kleemann vor.

Röder schüttelte nach einem Blick in die Küche den Kopf. »Im Herd steht Essen warm. Der ist bestimmt nicht unterwegs.«

Noch einmal rief Röder laut nach Lubkovits, dann hörten sie das Schlagen einer Tür im Obergeschoss. Viktor Lubkovits kam die Treppe herunter und stand mit bleichem Gesicht vor ihnen. »Was wollt ihr?«

»Erst einmal ›Guten Tag‹, Herr Lubkovits. Wir hätten da nur noch ein paar Fragen«, versuchte Kleemann den Mann zu beruhigen. »Dürfen wir ins Wohnzimmer?«

Der nickte. »Bitte schön.«

»Hier soll eben ein Junge reingegangen sein. Sein Fahrrad steht draußen am Haus.« Michael Röder hatte sich neben seinem Kollegen auf das Sofa gesetzt. Seine Hände spielten in der Jackentasche mit der Plastiktüte, in der sich die Kerze befand. Er hatte sofort entdeckt, dass eine genau gleiche in Viktors Kerzenständer steckte. Ein erster starker Hinweis?

»Ein Junge war hier nicht«, antwortete Lubkovits. »Kann sein beim Nachbarn, aber nicht hier.«

»Aber Hagen, du weißt schon, von gegenüber, hat den Jungen das Haus betreten sehen«, insistierte Röder.

»Hier nicht«, murmelte Lubkovits und schwieg.

»Und dann hätten wir noch etwas.« Röder zog die Kerze aus der Tasche. »Kannst du dir einen Reim daraus machen, warum genau die gleiche Kerze auf Grombachs … ich sage jetzt mal Dünengrab, gefunden wurde?«

Entsetzt starrte Lubkovits auf die Kerze. »D…d… das muss ein Zufall sein«, stotterte er.

»Sie wissen genau, dass das kein Zufall sein kann«, sagte Kleemann. »Bei unserem letzten Besuch haben Sie uns erklärt, dass der Leuchter ein Erbstück Ihrer Mutter ist. Und ich gehe davon aus, dass diese kunstvoll gearbeitete Kerze, und vielleicht noch die eine oder andere als Ersatz, dazugehört. Von Anfang an. Ist das so?«, fragte Arndt Kleemann dringlich. »Wenn Sie uns was zu sagen haben, Herr Lubkovits, dann tun Sie das jetzt. Vor allem beantworten Sie mir die Frage: Wo ist der Junge? Er ist hier reingegangen, also muss er auch hier irgendwo sein. Also los jetzt, bevor hier gleich eine Hundertschaft zum Suchen anrückt.«

Michael Röder zuckte zusammen. Wo wollte der Kollege die denn hernehmen? Dachte der wirklich, dass sich das Ganze hier noch zu einem Großeinsatz mit weiteren Kräften vom Festland entwickeln würde? Er hoffte sehr, dass sie die Kontrolle über die Situation behalten würden.

Er sah, dass sich Lubkovits auf seinem Sessel unruhig hin und her schob. Dann sprang der Mann auf und schrie. »Ungerecht, das ist doch alles ungerecht.«

»Was ist ungerecht, Viktor?«, fragte Michael gespannt.

»Na, das mit dem Grombach. Manche dürfen eben alles. Dann müssen sie sich nicht wundern, wenn die Strafe kommt. Oder darf ein Mensch andere Menschen beleidigen und schlagen und quälen? Sag mir, Michael, darf er das?« Viktor Lubkovits bewegte sich langsam auf die Wohnzimmertür zu.

»Viktor, bleib stehen«, sagte Röder, doch der Mann

zitterte am ganzen Leib, wich Meter für Meter zurück. Dann drehte er sich um, riss die Tür auf, lief an der Küche vorbei und rannte, jeweils drei Stufen auf einmal nehmend, in das darüber liegende Stockwerk. Die beiden Polizisten blickten sich kurz an. Röder hechtete hinter Lubkovits her. Kleemann erhob sich mit unterdrücktem Stöhnen und zog sein Telefon aus der Tasche.

Bevor Michael auch nur die Treppe erreicht hatte, hörte er, wie eine Tür laut zuknallte und ein Schlüssel sich knirschend im Schloss drehte. Der Polizist rannte die Treppe hoch, dann blieb er im Flur stehen und lauschte. Hinter welcher Tür steckte der Mann? Er überlegte kurz, dann rief er »Viktor, mach keinen Scheiß. Das bringt nichts. Glaube mir. Damit machst du alles nur noch schlimmer. Gib den Jungen raus.«

Er erhielt keine Antwort. Wütend hämmerte er an die Türen, doch es kam keine Reaktion. Gerade wollte er wieder hinuntergehen, um mit seinem Kollegen die notwendigen Maßnahmen zu besprechen, als er hinter einer der Türen Gepolter hörte, dann unterdrücktes Fluchen. Zentimeter für Zentimeter öffnete sich die Tür rechts von Röder. Unwillkürlich griff er zur Waffe, erkannte aber sofort, dass es sinnlos war. Lubkovits hatte Mario einen Arm um den Brustkorb, den anderen fest um seinen Hals gelegt. Energisch schob er ihn vor sich her Richtung Treppe.

»Lasst mich gehen, dann passiert dem Jungen nichts. Das verspreche ich«, schrie er. »Du bleibst stehen, bis wir unten sind.«

Röder nickte. Er hatte sowieso keine andere Wahl. Jede Aktion wäre jetzt viel zu gefährlich gewesen. Für beide. Lubkovits schob Mario die Treppe hinunter. Immer wieder versuchte Mario, sich aus der Umklammerung zu lösen, aber die Kraft des Mannes ließ keine Flucht zu.

»Du bleibst oben«, hörte Röder die Stimme des Man-

241

nes, den er bis zum jetzigen Zeitpunkt immer für einen sympathischen, liebenswerten Menschen gehalten hatte.

»Du bleibst oben, und Sie«, Lubkovits nickte Arndt Kleemann zu und seine Stimme überschlug sich fast: »verschwinden im Wohnzimmer. Los jetzt.«

Wie man sich doch in Menschen täuschen kann, dachte Röder verwundert. Dann aber konzentrierte er sich wieder auf ihre verfahrene Situation. Er selbst stand oben auf der Treppe und sein Kollege konnte kaum reagieren. Zumindest körperlich nicht. Was sollte er tun? Er konnte nicht einfach stehen bleiben und zusehen, wie die Dinge unter ihm ihren Lauf nahmen. Röder beschloss, es drauf ankommen zu lassen. Viktor war kein rücksichtsloser Mörder. Der würde dem Jungen nichts antun. Röder konnte es sich zumindest einfach nicht vorstellen.

Er würde das Wagnis eingehen. Er schaute nach unten, suchte Kleemanns Blick und sah, wie der zur Küche deutete, bevor er ein paar halbherzige Schritte auf die Wohnzimmertür zu machte. Möglichst leise versuchte Röder, die Treppe hinunterzukommen, doch seine Stiefel erzeugten bei jedem Schritt auf dem blanken Holz ein unangenehm lautes Klacken. Er konnte es nicht ändern. Es musste ihm etwas einfallen. Irgendetwas, damit der Mann den Jungen freiließ. Viktor stand in der Küche, den Jungen immer noch fest umklammert. Allerdings hatte er es geschafft, sich das Küchenmesser zu greifen, das auf dem Küchentisch gelegen hatte.

Röder stöhnte. Warum hatten sie es nicht beim Hereinkommen gesehen und entsorgt? Ein fataler Fehler. Er musste mit dem Jungen reden. Vielleicht kam er so an Viktor ran. Der Mann war kein Mörder.

»Hallo, Mario«, sagte Röder so ruhig, wie es ihm möglich war. »Ich habe dich noch gar nicht um Entschuldigung gebeten für das, was ich mit dir gemacht habe. Ich würde mich freuen, wenn du mir verzeihen könntest.« Michael sah, wie sich ein kleines Leuchten der Hoffnung in Marios Gesicht stahl.

»Danke«, krächzte der Junge. »Ist schon gut.«

»Übrigens, mein Hund ist draußen angebunden. Der braucht dringend mal ein paar Ausbildungsstunden in gutem Benehmen. Wie es scheint, bin ich dafür nicht der Richtige. Hättest du Lust, dich darum zu kümmern?«

Mario nickte. Röder schaute in Viktors Gesicht. Dessen Augenlider zuckten. Es war, als ob jede Nervenfaser seines Inneren gegen die andere kämpfte. Röder musste weiterreden, damit der Mann merkte: Er hatte einen Menschen im Arm. Einen Menschen, für den er verantwortlich war. Unkontrolliert schwankte das Messer in Viktors Hand.

»Viktor, hör auf. Es ist vorbei.«

Michael stutzte. Woher kam diese Stimme? Er drehte sich um. Auch Arndt Kleemann hatte seinen Blick auf eine der Türen gerichtet, die sie bis jetzt noch gar nicht richtig wahrgenommen hatten.

Vor ihnen stand wie aus dem Nichts Hilko Siemering. »Ich habe es getan.«

Aus den Augenwinkeln sah Röder, wie Viktor ganz langsam seine Arme sinken ließ und mit resigniertem Blick das Messer vorsichtig auf den Tisch legte. Im gleichen Moment stürzte Mario aus der Küche und rannte, so schnell er konnte, zur Ausgangstür.

*

»Was haben Sie getan?« Arndt Kleemann bemühte sich um einen ruhigen Tonfall. »Und darf ich fragen, wer Sie sind?«

»Mein Name ist Hilko Siemering. Ich bin der Schwager von Viktor. Und ich habe …«

»Nun mal langsam, Herr Siemering.« Arndt Kleemann hatte das Gefühl, als müsse er erst einmal gedanklich einiges auf den richtigen Weg bringen. Wurde hier gerade ein falsches Geständnis serviert, aus welchen Gründen auch immer? Oder deutete sich tatsächlich etwas an, was die Ermittler bisher noch gar nicht auf dem Schirm gehabt hatten?

»Ich habe Horst Grombach getötet. In der Nacht nach der Kirchenchorprobe«, fuhr Hilko Siemering fort. Seine Stimme klang sicher. »Ich wollte das nicht, aber er hat mein tiefstes Inneres mit seinen niederträchtigen Beschimpfungen über meine Frau und Viktor getroffen. Ersparen Sie mir, zu wiederholen, was er gesagt hat.«

Der Mann schien es ernst zu meinen. Arndt Kleemann wandte sich an Viktor Lubkovits. »Haben Sie einen größeren Raum, in dem wir uns aufhalten können?« Und zu Hilko Siemering gewandt: »Da werden Sie nicht drum herumkommen, Herr Siemering. Später. Sie erklären uns erst einmal genau, was genau in dieser Nacht passiert ist. Die Kollegen werden gleich hier sein.«

Noch immer konnte Kleemann kaum glauben, was der Siemering da gerade gesagt hatte. Zu sehr war er auf Lubkovits fixiert gewesen. Das Verhalten des Mannes hatte seine Überlegung schließlich nur bestätigt. Auch Röder stand die Überraschung ins Gesicht geschrieben.

In diesem Moment öffnete sich erneut die Tür. Die beiden Kommissare und Elena Siemering waren eingetroffen. Kleemann atmete auf. Gut, dass seine Kollegen so schnell auf seinen Anruf reagiert hatten.

Elena machte ein paar schnelle Schritte auf ihren Mann zu, wurde aber von Martin Brinkmann zurückgehalten. »Bitte nicht. Nicht jetzt.« Resigniert blieb sie stehen.

»Gehen wir nach nebenan. Dort ist genug Platz. Ich gehe davon aus, dass sich die Herren Lubkovits und Siemering vernünftig verhalten. Fluchtversuche wären hier ziemlich sinnlos. Aber das muss ich Ihnen nicht erklären.«

Lubkovits führte alle in einen geräumigen Aufenthaltsraum, in dem unter normalen Umständen eine fröhliche Gästeschar gemütlich ihr Frühstück verzehrte. Jetzt war von Gemütlichkeit nichts zu spüren. Eine traurige, düstere Stimmung lag über dem Raum.

»Bitte nehmen Sie alle Platz.« Kleemann wandte sich an Kockwitz. »Hast du draußen Mario gesehen?«

Kockwitz nickte. »Er unterhält sich mit Amir. Ich hoffe, dass das okay ist.«

Röder lächelte leicht. »Das ist in Ordnung. Ich werde ihm aber trotzdem anbieten, nach Hause in die Wärme zu fahren. Den Hund kann er mitnehmen. Ich werde ihn wiederholen, wenn wir den Jungen befragt haben.«

»Stell den Herd aus, wenn du rausgehst. Nicht, dass wir uns zusätzlich noch mit einem Brandfall beschäftigen müssen.«

Röder nickte. Ein kalter Luftzug erreichte den Raum, als er die Haustür öffnete und nach draußen ging.

»So, jetzt fangen Sie bitte ganz von vorne an, Herr Siemering«, sagte Kleemann. »Natürlich nur, wenn Sie aussagen wollen. Bitte erlauben Sie mir, dass ich das Gespräch aufnehme.«

»Mir ist alles recht. Hauptsache, diese elende Geschichte findet jetzt ein Ende. Meine Frau hat übrigens bis heute Morgen von nichts gewusst, das müssen Sie mir glauben.«

Die beiden Siemerings schauten sich ineinander verloren an.

Dann zuckte Hilko Siemering zusammen, als erwache er aus einem tiefen Traum, und wandte sich wieder Arndt Kleemann zu. »Wie ich schon sagte, er hat meine Familie auf das Äußerste beleidigt. In dieser Nacht war der Punkt erreicht, da brachte er das Fass zum Überlaufen. Schon in den letzten Jahren hatte ich immer wieder Stress mit ihm. Es war seine gnadenlos menschenverachtende Art, die mich zur Weißglut getrieben hat.«

»Wie verträgt sich Grombachs Verhalten denn mit seiner offensichtlich glänzend laufenden Vermietung – und offenbar zufriedenen Gästen?«

»Ich weiß es nicht. Ich glaube, der Mann hatte zwei Gesichter. Auf der einen Seite das, was ich Ihnen eben beschrieben habe, auf der anderen Seite hatte er so etwas Katzenfreundliches. Er konnte den Gästen nach dem Munde reden, wenn Sie wissen, was ich meine.«

»Und der Kirchenchor?«, warf Brinkmann ein. »Wieso singt solch ein Mann ausgerechnet im Kirchenchor?«

»Beim Shantychor hat er sich unbeliebt gemacht. Die wollten ihn wohl nicht mehr so richtig. Da ist er in den Kirchenchor eingetreten. Vielleicht hat Lambert gehofft, dass er mit dessen Aufnahme in den Chor noch eine verlorene Seele retten kann. Außerdem – Stimme hatte der, das muss man ihm lassen. Und das wollte er allen zeigen!«

»Und wie ging es nun weiter in dieser Nacht?«, fragte Kockwitz. Ungeduld lag in seiner Stimme.

»Es war glatt. Wir fuhren den Weg hoch zur Inselglocke. Es war Zufall. Warum er überhaupt dort hochfuhr, weiß ich nicht. Sein Weg nach Hause führte eigentlich genau in die andere Richtung. Er fing an, über Viktor herzuziehen. ›Der kriegt Christina nie‹, hat er gerufen. ›Der kriegt sie nie! Der kriegt sie nie!‹ Zwischendurch hat immer wieder schrecklich gelacht. Dann hat er mich beschimpft. Nur weil ich Viktor in Schutz genommen habe. Kurz hinter der alten Kirche scherte er plötzlich aus und krachte gegen den Zaun. Muss wohl auf eine Eisplatte geraten sein. Es war spiegelglatt draußen. Sein Hinterrad rutschte weg, und er schlug mit dem Gesicht auf. Er hat versucht aufzustehen. Sein Gesicht voll Blut. Ich wollte ihm helfen. Ja, das wollte ich. Ich bin vom Rad gestiegen. Ich habe ihm meine Hand gereicht, doch er hat sie weggestoßen und auf die Erde gespuckt.

›Nimm deine dreckigen Pfoten weg. Damit kannst du deine Russenfrau anfassen, aber nicht mich‹, hat er geschrien. Da bin ich ausgerastet. Habe gewusst, die Sache musst du jetzt zu Ende bringen. Ich war – wie im Rausch, verstehen sie? Konnte nicht mehr klar denken, so aufgebracht wie ich war. Nicht weit entfernt lag einer dieser roten Klinkersteine. Den habe ich genommen und zugeschlagen. Zweimal.«

Arndt Kleemann, wurde bei der Schilderung des rutschenden Fahrrades noch einmal in Sekundenbruchteilen von seinem eigenen Sturz eingeholt. »Und was haben Sie dann gemacht?«

Hilko Siemering schaute seinen Schwager an. »Ich habe Viktor angerufen.«

»Ich bin dann mit der Wippe hin«, erklärte der. »Da haben wir den Grombach draufgeladen. Er war tot. Hilko hat das Fahrrad von ihm genommen, und wir sind zu mir nach Hause.«

Elena Siemering hatte die Hände vor das Gesicht gelegt und sah nicht, wie ihr Mann vergeblich versuchte, nach ihrer Hand zu greifen. Dann fuhr er fort: »Wir haben überlegt, was wir machen sollten. Bis Viktor die Stelle in den Dünen einfiel. Er hatte sie tags zuvor gesehen und meinte, das wäre in Ordnung. Es wäre fast so wie ein richtiges Begräbnis.«

Viktor Lubkovits nickte.

»Daher auch die Kerze? Erst bringst du ihn um und dann beerdigst du ihn im Schein einer Kerze?«, fragte Röder ungläubig.

»Ja. Die Kerze habe ich von Viktor mitgenommen.« Hilko Siemering stockte. »Als ich Horst erschlagen habe, da war ich so wütend, so außer mir. Da habe ich nicht gewusst, was ich tat. Aber dann, hinterher, da tat es mir schon wieder leid. Aber ich musste ihn doch loswerden, verstehen Sie …«

»Hatten Sie denn gar keine Angst, dass Sie gesehen werden?«, fragte Martin Brinkmann.

»Natürlich hatte ich Angst. Darum habe ich bis in die frühen Morgenstunden gewartet. Ich habe gedacht, dass dann garantiert keiner mehr unterwegs ist. Ich hatte eine Plane über den Grombach gebreitet, so dass nichts zu erkennen war. Selbst wenn mir jemand entgegengekommen wäre. Dann bin ich mit Viktors Fahrrad und der Wippe dran losgefahren. Sie sehen also, meine Frau und Viktor hatten mit dem ganzen Unglück nichts zu tun. Ich werde alleine die Verantwortung dafür tragen.«

Arndt Kleemann winkte ab. »So weit sind wir noch nicht, Herr Siemering. Immerhin hat Ihr Schwager inzwischen auch einiges auf dem Kerbholz. Das wollen wir nicht vergessen. Außerdem steht noch der Tod von Christina Grombach auf unserer Liste.«

In diesem Moment sprang Viktor Lubkovits auf und trommelte mit seinen Fäusten an die Wand des Aufenthaltsraumes. Gleichzeitig waren Brinkmann und Röder auf den Beinen. Mit vereinten Kräften versuchten sie, den Mann wieder auf seinen Stuhl zu drücken.

»Aber vorher noch: Wo haben Sie die Tage seit der Tat gesteckt? Waren Sie in Ihrem Haus?«, fragte Kockwitz. »Sie hätten doch leicht die Flucht ergreifen können.«

Hilko Siemering schüttelte den Kopf. »Wo sollte ich denn hin? Ich habe doch nichts anderes als meine Familie. Meine Frau und Viktor. Ich war zu Hause – und bei Viktor.«

»Daher der große Braten, den Sie bei unserem Besuch auf dem Herd hatten, Herr Lubkovits?«, fragte Kleemann. »Dann war Ihr Schwager bei Ihnen im Versteck, als wir Sie das erste Mal aufgesucht haben? Na, da kommt aber noch ganz schön was auf Sie zu, das können Sie mir glauben«, sagte er entschieden.

Viktor Lubkovits liefen unaufhörlich die Tränen über

die Wangen. »Ich habe Ihnen noch etwas verschwiegen«, schluchzte er. »Am nächsten Abend habe ich Christina angerufen. Wollte fragen, ob ich mit ihr sprechen kann. Aber sie sagte: ›Nein. Wer weiß ob Horst nicht dann gerade wieder auftaucht.‹ Und da – und da – da habe ich ihr schon am Telefon gesagt, dass der nicht mehr wiederkommt. All das, was ich ihr eigentlich persönlich sagen wollte, ist mir in der Aufregung einfach rausgerutscht. Sie hat den Hörer aufgeknallt. ›Du bist doch verrückt‹, hat sie vorher noch geschrien. Ich wusste nicht, was ich machen sollte. Habe hin und her überlegt. Schließlich bin ich los. Zu Fuß. Ich wollte Zeit gewinnen. Hatte Angst, dass sie mich nicht sehen wollte. Das verstehen Sie doch? Ich liebte sie, verstehen Sie?« Lubkovits war aufgestanden, und beugte sich zu Kleemann. Sofort waren Röder und Brinkmann wieder bei ihm. »Als ich angekommen war, habe ich zuerst ans Wohnzimmerfenster geklopft, aber sie hat nicht reagiert. Mir war in dem Moment klar, dass sie mich nicht mehr wollte. Aber dann bin ich doch rein.«

»Wie viel Zeit war zwischen Ihrem Telefonat und Ihrer Ankunft bei Christina vergangen?«, fragte Kleemann.

»Ich weiß nicht. So etwa anderthalb Stunden. Wieso?« Lubkobits Worte wurden fast vollständig vom Weinen verschluckt, als er fortfuhr: »Ich habe sie gefunden. In der Küche. Tot. Sie lag da einfach ausgestreckt auf der Erde. Ihr Kopf lehnte am Herd. Es sah erst so aus, als ob sie schliefe, aber da war das Blut. Rundherum um sie. Und diese komischen Körner. Überall in der Küche. Mein Christina. Meine geliebte Christina lag da einfach so und antwortete nicht mehr …« In diesem Moment klappte Viktor Lubkovits zusammen. Sein Gesicht war von wächserner Blässe überzogen, der Kopf nach hinten gefallen, und seine Arme hingen wie leblos über den Sessellehnen.

»Los! Notarzt!«, rief Kockwitz. »Sonst macht der uns hier noch 'nen Abgang.«

*

Es war Abend geworden. Die vier Kommissare saßen in Michael Röders Wohnzimmer und ließen den Tag noch einmal an sich vorbeiziehen, als Kleemanns Handy klingelte.

Als er auflegte, stand Traurigkeit in seinem Gesicht. »Das war das Krankenhaus. Viktor Lubkovits ist tot. Sein Herz hat nicht mehr mitgemacht. Bei allem, was er mit angerichtet hat – das hat er nicht verdient. Finde ich zumindest.«

»Na ja, so einiges ist das schon zusammengekommen an Straftaten«, erwiderte Martin Brinkmann. »Aber: Nein, das hat er wirklich nicht verdient. Genauso wie ich denke, dass der Siemering eigentlich nur zur falschen Zeit am falschen Ort war. Aber Horst Grombach würde das natürlich etwas anders sehen.«

»Und der Richter, der sich demnächst mit dem Fall beschäftigen muss, natürlich ebenfalls«, sagte Röder. »Wenigstens ist für Christinas Tod keiner verantwortlich – zumindest nicht direkt. Sie ist tatsächlich auf den Pfefferkörner ausgeglitten und hat sich dabei die tödlichen Verletzungen zugezogen.«

»Das sieht wohl so aus«, nickte Kockwitz. »Übrigens glaube ich nicht, dass die Siemerings das Versteckspiel noch viel länger durchgehalten hätten. Früher oder später hätten die sich gestellt. Obwohl der Siemering da definitiv nicht mit gerechnet hat, dass er beobachtet wird«, sagte er versonnen.

»Das stimmt«, erwiderte sein Inselkollege. »Aber Mario ist viel unterwegs gewesen. Selbst sein Betreuer war erstaunt, was der Junge alles wusste. Der wird von Mendel wohl trotzdem nichts zu befürchten haben. Er hat genug ausgestanden. Obwohl er versichert hat, dass Lubkovits ihm vor unserem Eintreffen nichts getan hat. Der Mann wollte ihn nur aushorchen. Wollte wissen, warum Mario ihn verfolgte. Er wusste, wo der Junge hingehörte. Immerhin kannte er das Fahrrad vom Grombach sehr genau. Der Junge kommt morgen noch einmal vorbei. Wegen des Protokolls. Außerdem holt er Amir für ein paar Stunden ab. Übermorgen wird die Truppe wieder nach Hause fahren.«

Arndt Kleemann schaute seinen Inselkollegen erstaunt an. »Was ist das denn plötzlich für eine neue Liebe?«

Röder wurde rot. »Na ja, kann doch nicht schaden. Und bei der ganzen Arbeit habe ich gar keine Zeit, mit dem Hund Gassi zu gehen.« Mit diesen Worten verließ er fluchtartig das Wohnzimmer und verschwand in der Küche.

Seine drei Kollegen schwiegen verschmitzt.

*

»Bis zum Nikolausfest musst du unbedingt bleiben. Bitte. Bitte.«

Jakob lächelte. Konnte er Riekes Bitte widerstehen? Vermutlich nicht.

Noch immer war er dem Mittelteil seines neuen Alsterkrimis nicht so recht nahegekommen. Außerdem schien wieder ein Stück Normalität auf diese Insel und in seine Gastfamilie zurückzukehren.

Der Inselpolizist war bei ihnen gewesen und hatte berichtet, was die Polizei an diesem Sonntagnachmittag erfahren hatte. »Ihr sollt es wissen. Weil ihr davon ja mehr oder weniger betroffen wart.« Röder hatte Jörg Boekhoff bei diesem Satz nicht angesehen, aber man konnte merken, wie unangenehm ihm die Situation war. Er hatte dann schnell weitergeredet. »Aber bitte tragt es nicht auf der Insel herum. Wir müssen erst die

Ermittlungen zum Abschluss bringen.« Das hatten sie ihm versichert.

»Jakob, aufwachen!« Er zuckte zusammen und schaute in die Runde, die sich um den Abendbrottisch versammelt hatte. Die ganze Familie Boekhoff war da, auch Tant' Anna.

Ole schaufelte eine Gabel Labskaus nach der anderen in sich hinein. Jörg und Fenna saßen ruhig nebeneinander und Rieke versuchte, ein paar Gräten aus dem Matjes zu pulen. »Ich habe mir übrigens überlegt, dass ich nach dem Abi auch zur See fahren will«, kündigte sie plötzlich an.

»Dann werden wir wohl in Zukunft auf Fisch verzichten müssen«, wandte Tant' Anna ein.

»Warum das denn?«, fragte Rieke erstaunt.

»Ein altes Sprichwort sagt: Frauen dürfen nicht mit auf See, sonst fällt der Fang schlecht aus.« Tant' Anna lachte und die anderen fielen ein.

»Na, das wollen wir echt nicht riskieren. Allerdings – auf Containerschiffen soll das Mitfahren von Frauen übrigens neuerdings sehr gern gesehen sein«, erklärte Ole und fügte nach einer kurzen Pause hinzu: »Wenn es nicht gerade die eigene Schwester ist.«

Rieke war aufgestanden und bemühte sich, das Gelächter in der Küche zu übertönen. »Hallo, Leute! Ich habe eine Frage an unseren Gast!«, versuchte sie dem Gespräch eine neue Wende zu geben. »Jakob, du hast mir neulich mal erzählt, dass du deine Bücher unter Pseudonym schreibst. Wie heißt du denn als Krimischreiber? Raus mit der Sprache!«

Jakob steckte sich eine Gabel voll Labskaus in den Mund und ließ den köstlichen Geschmack genussvoll auf der Zunge zergehen, bevor er mit einem kräftigen Schluck Bier nachspülte.

»Arthur C. Dohle. Nach meinem großen Vorbild.

Dem Mann, der der Welt Sherlock Holmes geschenkt hat. Vielleicht«, sagte er verträumt, »vielleicht wird man eines schönen Tages auch von mir sagen ...«

Irgendwie fand er es in diesem Moment nicht verwunderlich, dass der Rest seines Satzes in unbändigem Gelächter unterging. Erst unbeholfen, dann immer kräftiger stimmte er mit ein.

ENDE

ULRIKE BAROW

1953 in Gütersloh geboren, lebt mit ihrer Familie im schönen Leer (Ostfriesland) und auf der Nordseeinsel Baltrum.
Sie ist gelernte Buchhändlerin.
Der erste Kurzkrimi *Baltrumer Wintermärchen* wurde in der Anthologie *Inselkrimis* (Leda-Verlag, 2006, TB 2010) veröffentlicht.
Dort erschienen auch ihre Krimimalromane, die alle auf Baltrum spielen.
Endstation Baltrum (2008)
Dornröschen muss sterben (2009)
Baltrumer Bärlauch (2010)
Außerdem ist sie in vielen Anthologien mit Kurzgeschichten vertreten, zuletzt in *Gepfefferte Weihnachten* (Leda-Verlag) mit der Geschichte Titel *Wie immer, nur anders*.
Sie ist Mitglied der *Mörderischen Schwestern*.
Weitere Informationen unter www.barow-baltrum.de.

 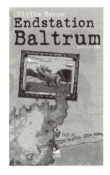 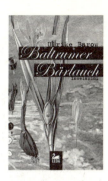

Ulrike Barow **Dornröschen** **muss sterben** Inselkrimi – Baltrum 978-939689-14-0 8,90 Euro	Ulrike Barow **Endstation** **Baltrum** Inselkrimi 978-939689-09-6 8,90 Euro	Ulrike Barow **Baltrumer** **Bärlauch** Inselkrimi 978-939689-31-7 9,90 Euro

Regula Venske **Bankraub mit** **Möwenschiss** Inselkrimi – Juist 978-939689-18-8 8,90 Euro	Peter Gerdes **Wut und Wellen** Inselkrimi Langeoog 978-3-939689-34-8 9,90 Euro	Regine Kölpin **Muschelgrab** Inselkrimi Wangerooge 978-3-939689-59-1 9,90 Euro

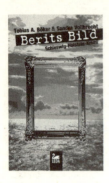  

Böker/Vollbrecht **Berits** **Bild** Schleswig-Holstein 978-3-939689-70-6 9,90 Euro	Ab.&B. Sieberichs **Mord am Fjord** **Die Perle der Schlei** Schleswig-Holstein 978-3-939689-69-0 9,90 Euro	Andreas Schmidt **Tod mit** **Meerblick** Schleswig-Holstein 978-3-939689-67-6 9,90 Euro

Klaudia Jeske **Erben ist menschlich** Heidekrimi 978-3-939689-52-2 8,90 Euro	Angelika Stucke **Kaltmond** Historischer Krimi 978-3-939689-50-8 9,90 Euro	Lars Winter **Blonder Mond** Ostfrieslandkrimi 978-3-939689-59-1 10,90 Euro